Irrwege des Glücks

Irrwege des Glücks

François Loeb

Von François Loeb bisher im Prospero Verlag erschienen:
• Grossvatergeschichten (2009)

Von François Loeb außerdem erschienen:
• Geschichten, die der Zirkus schrieb (2007)
• Geschichten, die der Bahnhof schrieb (2008)
• Geschichten, die der Fussball schrieb (2008)
(alle Benteli Verlag)

François Loeb: Irrwege des Glücks
© 2010 Prospero Verlag, Münster, Berlin
www.prospero-verlag.de

Der Prospero Verlag ist eine Unternehmung des Verlagshauses
Monsenstein und Vannerdat OHG, Münster

Alle Rechte vorbehalten

Satz: MV-Verlag/Linna Grage
Umschlag: MV-Verlag/Tom van Endert
unter Verwendung eines Fotos von istock/solarseven
Herstellung: Monsenstein und Vannerdat, gedruckt in der EU

ISBN: 978-3-941688-11-7

Ringlinienträume

MAERZ
P
R
I
L

Das Leben
ist ein
Würfelspiel

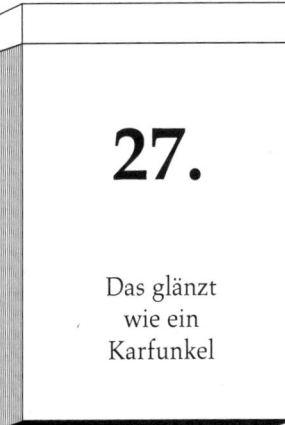

27.

Das glänzt wie ein Karfunkel

»Gebucht habe ich schon«, bemerkt mein Verleger.

Ich sitze in seinem luxuriös eingerichteten Büro. Gebucht hatte er also schon. Nun ja.

»Gebucht habe ich also schon. Für die Premier«, er sagt Premier mit rollendem R, »deines Buches. Für unseren Starautor müssen wir Medienwirksames unternehmen. Es wird dir gefallen. Wenn es auch kalt wird auf dem Gletscher. Aber Äxion«, er betont das X wie vorher das R, »ist allemal gut. Ich habe mir Folgendes ausgemalt: Am neunten April, also in genau zwei Wochen und zwei Tagen, begeben wir uns per Helikopter auf den Concordiaplatz, du weißt, der Gletscher unterhalb des Jungfraujochs. Der Helikopter wird frühmorgens einen Konzertflügel samt Klavierstimmer hinaufgeflogen haben, der Pianist mit uns fliegen, ha, ha, der kalten Hände wegen, und wir werden das Medienereignis gestalten. Der Pianist wird auf dem frisch gestimmten Flügel einige klassische Etüden, möglichst in Alpennähe komponiert, vor versammelten Kritikern und Kameras«, ein Leuchten geht durch des Verlegers Augen, »zum Besten geben. Danach wirst du im schwarzen Anzug und mit schwarzem Hemd, um den Kontrast zum ewigen Eis zu betonen, einige Seiten aus deinem Buch vortragen. Nicht zu laut, damit die Aufmerksamkeit vollkommen ist. Und dann wirst du natürlich Fragen beantworten. Die üblichen. Du hast ja Übung nach deinem neunten Werk. Das zehnte wird dich kaum mehr aus der Ruhe bringen. Und dann gibt's Glühwein mit viel Zimt, zubereitet auf dem Armeeschnellkocher, den ich mieten werde, und literarische Würstchen, ohne die ich ja nicht leben kann!«

Des Verlegers Lachbass durchflutet sein Büro, oder wie er es oftmals nennt, seinen Buchsteuerstand mit eingebautem Radar für die richtige, also verkäufliche Literatur.

Stumm sitze ich da. Eingefroren. Schon jetzt vom Gletscher eingenommen.

»Muss das denn sein?«, meine kurze Frage.

»Ja, es muss!«, seine in Buchstaben gerechnet noch kürzere Antwort. Ich weiss, Widerrede duldet er nicht. Schon gar nicht bei einer seiner »kreativen« Ideen. Und schlussendlich lebe ich vom Verkauf meiner Bücher, auch wenn mir ein Taschentheater zur Premier – jetzt übernehme ich schon gedanklich sein Diktum – viel lieber wäre. So trinke ich meinen starken schwarzen, zucker- und milchlosen Kaffee aus der Minitasse in einem Zug leer, verabschiede mich für den 9. April morgens um neun Uhr dreissig auf dem Helikopterhafen und verlasse den Steuerstand mit dem Radar, der mich vor sieben Jahren erfasst und aus mir einen erfolgsverwöhnten Bücherbastler mit jeweils mindestens drei Auflagen und Übersetzungen in neun Weltsprachen geformt hat. Oder ist gestylt der zutreffende Begriff?

28.

Nicht alle
Blütenträume
reifen

Ich hatte eine schlechte Nacht. Träumte von Gletschern in Eiscornets. Die überquollen. Nicht zu bewältigen waren. Obwohl mein Mund riesengross war. Gross wie der Mond. Der Gletscher wollte gar nicht enden. Es war kalt draussen. Dies wohl die Erklärung. Mein Fenster nachts weit offen. Weil doch Frühling war. Seit sieben Tagen und sechs Nächten. Oder war es die Angst vor dem Fliegen?

Schwamm drüber.
Kaffee kochen.
Nochmals das Manuskript vornehmen.
Auslesen, was vorzulesen war.
Auf dem Gletscher.
Aus dem Zusammenhang gerissen.
Was?

Nur das Vorwort war in sich abgeschlossen und kurz. Und die Widmung: Meinen lieben Eltern, die ich niemals kannte. Was soll's! Irgendetwas musste ich ja vorlesen, auswendig lernen.

Damit ich mein Publikum über den Brillenrand hinweg fixieren konnte. Nicht zu laut sprechen. Des Bannes wegen. Die Mönchsgeschichte? Nein, die Sätze schlängelten sich bandwurmartig über zwölf Seiten. Zu lang, und aus dem Zusammenhang gerissen fehlte die Spannung. Spröd. Brüchig. Schon wieder diese Zweifel. Wie würde die Kritik das Buch aufnehmen?

Zwar war mein Ruf schon recht gefestigt. Doch einen Durchfall hätte ich nicht ertragen. Hätte ich nicht besser zu schreiben aufgehört? Nach den unzähligen Erfolgen, Vorlesungen, Signierstunden und Preisentgegennahmen? Der Stoff war mir wohl ausgegangen. Ein Ruhejahr! Zum Auftanken. Regenerieren. Noch war die Notbremse zu ziehen. Mit Kosten zwar verbunden. Wie jede Notbremsung. Einstampfen die gedruckten Seiten. Feig.

Ich muss. Nein, ich will mich stellen. Brauche das Elixier jeden Erfolgs. Die Fernsehrunden mit ihren abstrusen Beurteilern. Das Fluidum der Interpretation meiner Gedanken, die keineswegs die meinen sind.

Also, welche Seiten?
Würfeln?
Einspruch, Euer Ehren!
Mit Kopf und Verstand und einer Prise Herz.
Stattgegeben.

Fünf Seiten liegen drin. Von vierhundertdreiunddreissig. Macht exakt 1,1547344 Volumen-Prozente. Zwar nicht zu teure. Denn ich schreibe schnell. Spätabends. Nach durchträumten Tagen. Taggeträumten Tagen voller vergnügtem Genuss. Bar jeder Anstrengung. Druckreif. Ohne Korrekturen. Eine Gabe. Eine gegebene Gabe. Eine gabengegebene Gabe. Die fünf Seiten. Fünf gletscherkalte Seiten, die das Herz erwärmen.

Das Manuskript ins Tiefkühlfach! Heute Nacht wird es gletschersteinhart gefroren sein. Ein jedes Blatt. Die Wahl aus vierhundertdreiunddreissig steif gekühlten Blättern. Weil ich die Gletscherkälte fühlen werde. Die Gletscherkälte des Lebens in einem jeden Blatt. Meines Manuskripts. An den Fingern. Tiefgefroren. Zu keiner Bewegung mehr fähig. Aber überlebend. Fünf Seiten aus meinem Leben. Aufgetaut, dann schlaff. Oder aufgebacken mit Brosamen darauf. Die sich verteilen auf dem Boden. Aufgesaugt werden vom Universum, der Milchstrasse, die in absoluter Kälte friert oder glüht, verglüht. Mit Herzenswärme. Und doch nicht aufzutauen vermag.

Der Kaffee ist heiss, schwarz und macht mich wach. Auf in den Genuss! Auf in den Tagtraum! Beim nächsten Ton ist es genau zehn Uhr zwanzig Minuten fünfzig Sekunden. Biiipp.

Seit die Tantiemen reichlich fliessen, habe ich mir eine zweite Telefonleitung einrichten lassen, an der ich über Lautsprechertelefon die sprechende Uhr vierundzwanzig Stunden abhören kann. Ein Luxus, den ich mir gönne, ohne den ich wohl kaum mehr leben wollte. Ein Lebenselixier.

29.

Er hängt die
Flügel wie
die Gänse vor
der Ernte

Steif gefroren ist es tatsächlich einfacher.
Kalte Fingerbeeren lesen schneller. Ein Satz, den ich geschrieben haben könnte. Mit Seite siebzehn, erster Absatz werde ich beginnen. Deklamatorisch:

»Er sass in einem gläsernen Haus. Einem Treibhaus. Hatte Wurzeln geschlagen. Sich an die Feuchte gewöhnt. Genoss sie. Bewegte jeweils nur noch den Kopf. Und dreimal täglich, wenn die Menschin kam und ihm die flüssige, feste und geistige Nahrung hinstellte, einige belanglose Worte zu ihm sprach, bewegte er auch seine Arme, deren er siebzehn besass, mit fünfundachtzig Fingern, an deren Innenseite wohl geschützt jeweils drei Augen saßen, kleine zwar nur, mit eingeschränktem Gesichtsfeld, aber immerhin Augen, welche die Arbeitsproduktivität zusammen mit den Armen wesentlich erhöhen dürften, nicht ausgetestet noch, doch viel versprechend, als Fortschritt durchaus sich sehen lassend. Das Glashaus war keimfrei. Das wusste er. Wusste auch um seinen unermesslichen Wert. Seinen Forschungswert. Seinen Wert, die Welt, die Menschheit zu verändern. Eine Armrevolution auszulösen. Eine Handrevolution. Eine sehende Revolution.«

Beim Kapitel fünf, »Das Kloster«, Seite dreiundfünfzig Mitte soll es dann weitergehen; das Blatt ist an den Eselsohren schon wieder biegsam und gibt einzelne Tropfen geschmolzenen Tiefkühlreifes ab, als seien es Tränen der Trauer über verlorenes Glück:

»Das Kloster lag auf der Kuppe des bewaldeten Hügels. Umgeben von Koniferen, die sich kontrastreich schwarz abhoben von den hellen Kalkfelsen, welche auf der Wetterseite ausgewaschen leuchteten und auf der Gegenseite mit dickem, bräunlich-grünem Moosbefall gepolstert waren, als ob sie vorgesorgt hätten, bei einem allfälligen Fall ganz weich zu fallen, obwohl sich dieser Fall nach kalkfelslicher Erfahrung mit äusserst kleiner Wahrscheinlichkeit bewahrheiten konnte. Das Kloster selbst war ein stattlicher Bau, drei Stockwerke hoch, die Eingangsfassade aus behauenen Quadern errichtet, die Eingangspforte gerahmt von zwei schlichten ionischen Säulen. Die Pförtnerloge stand leer. Gedämpftes Licht. Der Gang führte zum Refektorium. Ungehobelte Tische, an denen die Mönche sassen. Vertieft. In ihre Arbeit. Innige Arbeit. Mit ihren Armen – deren siebzehn hatte jeder, mit fünfundachtzig Fingern – spitzten sie Bleistifte. Bis deren Spitze so spitz war, dass sie abbrach, um erneut gespitzt zu werden, von einem anderen Mönch nun, der nach seinerseits vollzogener Prozedur den Bleistift weitergab, bis von diesem schlussendlich nichts mehr übrig blieb und statt seiner ein neuer in den Prozess einbezogen wurde, andächtig, siebzehnhändig, in vollkommener Ruhe, nur das Scharren der Messer auf dem Holz war zu hören, ein in vielhundertfacher Wiederholung fast liturgischer Klang.«
Kapitel zwölf, Seite hundertsiebenundachtzig, dritte Zeile –

meine Finger haben zwischenzeitlich jedes Gefühl verloren, was sich offensichtlich wie erwartet fördernd auf den Auswahlprozess auswirkt:

»Hans, schrie Laura, so können wir nicht weitermachen.
Hans, schrie Laura, so können wir nicht.
Hans, schrie Laura, so können wir.
Hans, schrie Laura, so können.
Hans, schrie Laura, so.
Hans, schrie Laura.
Hans schrie.
Hans.«

Sich mit eigenen Texten befassen. Nein, da kann niemand behaupten, dass das einfach sei. Mit den eigenen Ängsten. Mit dem eigenen Innern, das, zu Papier gebracht, bereits Geschichte ist. Ausgeschnitten aus dem Ich. Abgelegt in den dicken Manuskriptordner. Wie die Hülle einer Echse nach deren Häutung.
    Doch weiter. Die Auswahl muss geschmiedet werden, solange das Papier noch kalt, die Buchstaben fixiert, sodass sie nicht vor meinen Augen tanzen können.
    Kapitel achtzehn, Seite zweihundertdreiunddreissig, dritter Abschnitt:

»›Das Leben. Ja, das Leben‹, sagte sie zu mir, mit ihrer stets leicht heiseren, aber dadurch so anziehenden Stimme. ›Das Leben ist für mich wie der Blick aus der Schiessscharte einer Burg. Immer wieder andere Schiessscharten. Andere Durchblicke. Fest gerahmt und doch ganz unbeständig. Ausschnitte, in denen Leben geschieht. Doch nie ein ganzes. Alles ist fest gefügt, geordnet. Kaum erfasst, der Wunsch nach der nächsten Scharte, dem nächsten Rahmen, und stets die Sehnsucht nach dem Zusammenfügen. Doch es fehlen Teile.

Deshalb die Jagd. So denke ich. Nun bereits zweiundfünfzig Jahre … und auch du ein Teil, obwohl ich mir einst mehr von dir versprach. Hilf mir in meiner Not!‹ Sprach's. Öffnete das Fenster im Dachgeschoss des Hochhauses, in dem meine Wohnung lag, atmete tief durch und schritt hinaus, wandelte auf der Luft, als ob sie eine Strasse wäre, hin zum Horizont, den es zu erforschen galt, als Teil des Ganzen. Fest gerahmt und doch unendlich.«

Noch keine fünf Seiten alias fünfundzwanzig Gletscherminuten. Das Manuskript, jetzt aufgetaut, scheint ausgelaugt. Ist feucht und weich. Ohne Biss und Pfiff. Mit dem Fön rücke ich ihm zu Leibe. Jedem Blatt einzeln. Braune Flecken entstehen. Ornamente. Es riecht nach Angesengtem. Das Fönen lang und anstrengend. Jedes Blatt. Bereits meldet sich der Morgen. Diffuses Grau. Ein Vogel zwitschert. Zwei Blatt nun in den Toaster. Das geht viel schneller. Besser. Einfacher. Die Blätter brennen. Verbreiten Glut. Wärme. Das werde ich vermelden auf dem Gletscher. Auf der Lesung. Zwei Seiten heldenhaft gefallen. Aufgelodert. Verpufft. Der Rest ist Asche. Soll ich Ihnen, werte Kritiker, daraus zitieren oder sie lieber auf mein Haupt streuen? Und wenn es nun Schlüsselstellen waren, wie die in meinem Leben, als ich zu ihm den Schlüssel verlor? Meinen Schlüssel. Zu meinen Schlüsselstellen. Genug, genug. Ich drehe mich im Kreise. Hin zum Gletscher. Zum nächsten Erfolg.

30./31./ 1./2.

Hoffen heisst
Wolken
fangen
wollen

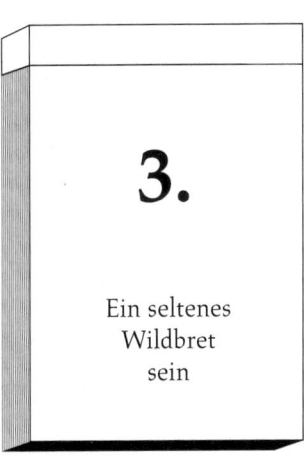

3.

Ein seltenes Wildbret sein

Heute Morgen erschien ein Vorbericht der Gletscher-Premier als Agenturmeldung in allen wichtigen Blättern des Landes. Gut gemacht, Verleger. Du verstehst dein Handwerk. Zwei, drei Andeutungen auf den Inhalt des Buches waren geschickt eingeflochten. Um die Neugier zu steigern. Die treue Lesergemeinde aufzuwärmen. Was dem Gletscherklima in sechs Tagen ja versagt sein musste. Sicher wurde ich jetzt vom Verlagssekretariat bereits verplant. Interviews, Talkshows, Radioliteraten-Gespräch, Kritikerrunden. Hektische Wochen standen mir bevor. Sicher überbrachte mir die Post die frisch ab PC ausgedruckte Terminliste. Gross überschrieben mit »provisorisch«. Denn noch wichtigere Treffen kippten weniger wichtige aus dem Sattel. Frühstücksrunden und Mitternachtsplaudereien dazwischen eingezwängt.

»Geschäft ist Geschäft«, sagt dazu mein Verleger, »eine Premier kommt selten allein«, nickt mit dem Kopf und fügt sein klassisches, nur bei vollkommener Zufriedenheit zwischen Zunge und Zähnen ausgestossenes tze, tze, tze hinzu.

Vor sieben Jahren, bei meinem ersten Werk, hatte ich dieses

Vergnügen noch nicht. Damals musste ich mich mit der Lektorin begnügen und einem der zahlreichen Verlagsassistenten. Erst als die zweite Auflage vorbereitet wurde, hatte ich die Ehre ihm vorgestellt zu werden, um einen Satz von ihm zu hören:

»Hätte ich nicht gedacht, bin überrascht, tzse, tzse, tzse, aber die Geschmäcker ändern sich. Weiter so, junger Mann. Ändern Sie sich nicht, bevor es nötig wird«, und schon hatte er sich anderem zugewandt, die Audienz beendet.

Ab dem zweiten Buch betreute er mich dann persönlich. Ich war zu einer seiner Goldadern geworden – noch war sie dünn, aber auch ausbaufähig. In seinen Augen. Er schulte mich, mit Kritikern umzugehen. Auf brennende Fragen nichts sagende Antworten zu erteilen, nichts sagende Fragen tiefgründig zu beantworten, und empfahl mir, mich nicht zu stark zu sonnen im Ruhm, denn Ruhmbrand mache ausgebrannt, und um meinen Ruf zu festigen und damit auch den seinen, müssten noch Werke her, koste es, was es koste. Und ich solle mich doch zum Schreiben in Klaussur – er sprach es mit zwei S – zurückziehen, vielleicht in einem Kloster, welcher Richtung, ob katholisch, buddhistisch oder jüdisch, sei gleichgültig, wichtig sei, dass ich anknüpfen könne und vor allem nichts verrate vom Inhalt vor der jeweiligen Premier, die er selbst passend einzurichten wisse.

Der Erfolg hatte mich vor sechseinhalb Jahren selbst überrascht. Bis sechs Monate davor hatte ich dann und wann eine Kurzgeschichte platziert, Manuskripte versandt an Verlage, klassische Absagebriefe geerntet, »Ihr Genre passt nicht zu unserem Verlagsprogramm«, bei Rückfragen die klassische Antwort kassiert: »Gehen Sie doch in eine Buchhandlung, möglichst eine grosse, suchen Sie selbst, in welchen Verlag Sie passen könnten, und fragen Sie die Buchhandlungsangestellten nach der Adresse, viel Glück«, klick, aufgehängt. Schon wieder jemandem die Zeit gestohlen, das schale Gefühl, das im Ohr hängen blieb.

Und dann die Geldnot. Jobben an Supermarktkassen. Die auf dem Fliessband vorüberziehenden Produkte wurden zu

Romanfiguren, Frau Zucker und Herr Pfund, Pfefferland, das von Rosmarin träumt, Pistazien wurden zu Kegelkugeln, Milch füllte die Seen meiner Träume, Haferkleie stach mich, Trauben zierten Rosenstöcke, Schokoriegel verschlossen Türen, und nach solchen schriftstellerischen Tagtraumorgien fehlte abends das Geld in der Kasse, was zu erregten Nachfeierabendauseinandersetzungen mit dem Geschäftsführer und zu Nichteinsatzaufgeboten für die kommenden Tage und Wochen führte und mich zum nächsten Supermarkt, wo sich das Ganze wie ein Perpetuum mobile erneut abspielte. Mit anderen Produkt-Rollen, aber dem immer gleichen Resultat.

Und dann der Erfolg! Herumgereicht zu werden! »Ach, Sie sind der Autor. Gratuliere«, »Sie haben mir meinen Schlaf geraubt«, »Interessantes Werk, es liegt auf meinem Nachttisch«, »Ich habe Sie im Fernsehen gesehen, Sie waren einfach umwerfend«, »Diesem Kritikaster haben Sie es aber gegeben«, »Unser junger Dichterfürst, darf ich vorstellen?«. Zugegeben, es stieg mir schon zu Kopfe. Herrlich, im Mittelpunkt zu stehen und nicht an der Supermarktkasse. Partys und Lesungen, Lesungen und Partys beherrschten mein Leben. Zuverlässig und regelmässig sandte der Verlag mir Presse-Spiegel. Gefeiert, doch mit Zweifeln, ob dies das Erst- und Letztwerk sei, ein Zufallstreffer. Man erwartete. Man wartete. Offen wurde bereits die Frage gestellt: »Woran schreiben Sie jetzt? Ach, verraten Sie es mir doch!«

Erfolgsdruck, Erfolgszwang, ich dachte an des Verlegers Kloster, setzte mich aber an meinen schwarzen nächtlichen Schreibtisch, gekauft mit dem Tantiemenvorschuss-Check, der mir nach den ersten tausend Absatzerfolgsmeldezahlen vom Verlag unaufgefordert zugestellt worden war. Das Erfolgsbad hemmte mich. Bleistiftkauend sass ich Nächte aus, bis es doch wieder zu fliessen begann, dieses Zeilen füllende, Seiten blau färbende Gleiten der Tinte übers Papier, wie wenn ein Bierfass angezapft worden wäre, ohne Einsatz eines Hahnes. Und so entstanden meine weiteren Werke ohne grosses Zutun meinerseits, es flossen die Worte wie im Diktat, ich brauchte bloss die Fülle aufzufangen, die sich aus mir ergoss. Unterbrochen nur durch das Ausbaden der Erfolge, die mich wieder an den Schreibtisch bannten, um noch mehr davon zu kosten.

4.

Das geht über schwarzen Kaffee

Mit Kopfweh aufgewacht. Wetterwechsel? Suche krampfhaft Thema für nächstes Buch. Soll es auf dem Mond, der Venus oder in der Karibik spielen? Warum spielen Bücher? Meine nicht. Den Kinderschuhen bereits entwachsen. Bin viel zu angespannt zum Spielen. Selbst mit Büchern. Selbst in Büchern. Mein Ruf. Oder ist es bereits ein Rückruf, auf den der Nachruf folgt? Auswendig lernen für die Premier! Wenigstens die ersten sieben Minuten. Um des Brillenrandblickes wegen. Schwarzer Kaffee begleitet heute meinen Kopf, der sich wie vom Körper getrennt aufführt. Schwarzer Kaffee in allen Temperaturlagen. Bis das Herz rast und den Kopf wieder einfängt.

5.

Mit Wurst
nach
Speckseiten
werfen

Ans elfte Buch sollte ich auch schon denken. Nach dem zehnten muss ich unbedingt eine neue Idee entwickeln. Das braucht Zeit. Und neue Impulse. Eine Reise buchen? Zu Fuss durch Italien wandern? Oder auf dem Kopf stehen, damit die Worte neu durchmischt werden? Meine Angst, kein Thema mehr zu finden, wird nach jedem abgeschlossenen Buch grösser. Immer grösser. Zelte abbrechen. Fliehen. Davonstürzen. Immer weiter laufen, laufen, laufen. Abstand schaffen.

Doch plötzlich laufe ich in Zeitlupe. Rund-elegante Bewegungen. Ohne jede Geschwindigkeit. Langsam drehe ich den Kopf nach hinten. In einer geschmeidigen Bewegung. Sehe meine Verfolger. Sie holen auf. Die Buchstaben meiner Bücher. Sie haben sich befreit. Zu Hunderttausenden. Die Erde bebt. Ein getrappeltes Inferno. Die Buchstaben wollen heim zu ihrem Autor. Zurück. Sie wollen sich entdenken. Als erste erreichen mich zwei S. Umschlingen mich mit ihren Rundungen. Das Wort Leere, immer noch in perfekter Formation, springt mir an den Kopf, klammert sich in meinen Haaren fest. Ich stolpere über eine Kohorte von F's, die mir den Weg versperren, falle hin, werde überrannt von den Verfolgern, die in mich dringen, mich zur Rechenschaft ziehen für ihre Verbannung, ich werde eingedeckt, die Brust schmerzt, ich kann kaum atmen, ein Fenster schlägt.

Ich schrecke auf, finde mich kaum zurecht, kalter Schweiss läuft aus meinen Poren, vor mir mein schwarzes Pult. Schon wieder eingenickt! Muss einfach länger schlafen, die weissen Nächte bringen mich noch um. Bereits acht Uhr. Anziehen. Zurechtmachen. Hetzen. Zur Botschaft fahren. Bei der ich heute als Ehrengast geladen bin. Nun ja, Schriftstellern, besonders erfolgreichen, sieht man manches nach, auch eine einstündige Verspätung.

»Ach, da sind Sie ja, wir dachten schon, Sie hätten uns vergessen, Sie konnten sich wohl von Ihrem übernächsten Buch nicht lösen?«, Verständnis überall, »Sie sind wunderbar!«, »Würden Sie mir eine Widmung schenken?«

»Lesen Sie uns doch etwas vor«, fordert mich die Gastgeberin auf, »ich besitze all Ihre Werke, soll ich Ihnen ein bestimmtes bringen, oder erzählen Sie uns von Ihrem neuen Buchprojekt?«

Und ich erzähle, erzähle von meinem neuesten Novellen-Projekt, das in den kommenden Tagen und Wochen das Nachtlicht meines schwarzen Schreibtisches erblicken könnte, doch nicht müsste, wüsste man doch nie, was Nächte für Kapriolen vollziehen.

»Buchstaben, Sie werden es nicht für möglich halten, haben alle eine Seele. Es sind lebendige Wesen, Individuen. Kein B ist wie ein anderes B, kein T gleicht dem anderen.«

Die Gäste im so genannten Kaffeezimmer hören mir gespannt zu.

»Die Aufgabe des Schriftstellers ist einzig das Zusammenstellen der Buchstaben, das Auflösen des Chaos, in welchem diese sonst verharren würden. Das Neugruppieren. Das

Beugen der Revolution durch Ordnung, das erst den Buchstaben den wahren Sinn ihres Daseins gibt. Dabei sind aber die feinen Unterschiede, die ich Ihnen zu Beginn darlegte, zu beachten, ebenso die Bräuche und Gebräuche der Buchstabenwelt, sonst kann es nicht gelingen.

Meine nächste Novelle will tief in diese Welt eindringen. Die Verwandtschaften zwischen den Buchstaben aufzeigen. Die Feindschaften. Die Machtausübung der Vokale, das Los der Minderheiten und derjenigen, die stumm zu bleiben haben. Ich werde versuchen, wie ein Astronom neue Buchstaben zu entdecken, die noch keiner kennt, weil sie tief im Verborgenen leben. Werde sie zu Worten fügen, die durch sie verfremdet unverständlich klingen, so wie es uns oft geht, wenn wir unsere Welt betrachten. Trauer wird mich erfüllen, da niemand, nicht einmal ich als Entdecker, die Botschaft der Neuen werde entziffern können.

Übrigens, wussten Sie, dass Buchstaben, auch diejenigen, welche wir kennen, äusserst nachtragend sind? Mit den Autoren. Hetzjagden können sie veranstalten, Autoren überfallen und eindecken, sie erdrücken. Aber auch untereinander. Kopfgelder setzen sie aus. In Verschwörungen, in Erzfeindschaften. T's gegen D's, B's gegen P's, X's gegen U's, was sogar in unserem Wortschatz seinen Niederschlag fand. Achten Sie beim Lesen auf Verletzungen. Ist ein F nicht ein E mit ausgerissenem Unterarm, ein Y nicht ein K mit abgebrochenem Fuss? Sehen Sie hinter die Dinge: Ein M sind zwei verliebte N's, ein H ein A ohne Dach. Ich werde schreiben. Schreiben. Schreiben. Geheimnisse aufdecken über mein Rohmaterial, die Buchstaben.«

»Himmlisch, Ihre Phantasie!«, bemerkt die Botschaftergattin, »Genau das liebe ich an Ihren Werken«, und drückt mir die Hand.

Bin ich zu weit gegangen beim Ausschmücken meines Minutentraums? Wohl kaum. Dem Autor wird auch das abgenommen. Das Gespräch wendet sich nun plätschernd dem Zigarrengenuss zu, aussenpolitischen Fragen ohne Antworten, nebensächlichen Hauptsächlichkeiten und verliert sich in dem stereotypen Schlusssatz: »Sie müssen unbedingt wiederkommen, ein Abend mit Ihnen als Ehrengast ist unvergesslich.«

Tür zu. Wohnung. Noch drei Tage bis zur Premier.

6.

Den Senf
überzuckern

Heute das Leben geniessen. Genug gearbeitet. An meinen Büchern. An meinem Ruf. Heute gehe ich beim Küchenfürsten essen. Der poetischste Koch dieses Landes. Drei Monate Anmeldung, wenn man zu speisen wünscht. Es sei denn, man wünscht zu speisen, ist berühmt und mit dem Küchenfürsten gut bekannt. Er, ein Leser meiner Werke. Behauptet, sie inspirierten ihn für seine Kunst. Wir seien Denkbrüder. Er, der Küchenfürst hat schon Denkbruderschaft mit mir getrunken. Also findet sich immer ein Tisch. Zu jeder Stunde. Ein ruhiger noch dazu. Ich rufe an.

»Ach, wie freue ich mich, Sie, lieber« – seit der Denkbruderschaft redet er mich mit dem zweiten Vornamen an, wie ich ihn auch – »Arthur, zu hören, noch lieber würde ich Sie sehen, Arthur, Ihre Anwesenheit wertet meine Kunst auf, wann darf ich Sie erwarten? Ach, wie schön, schon heute Abend, ich werde mein Bestes geben, Arthur, das verspreche ich Ihnen.«

Eine halbe Stunde später bin ich im Lokal. Köpfe drehen sich, als ich eintrete. Mein Küchenfürst wird seine Gäste vorbereitet haben. Zum Wohle ihrer Gesellschaftsfreude, zum Wohle wohl auch seines Lokals. Ich setze mich. Der Küchenfürst kommt an meinen Tisch. Weiss gekleidet wie ein Arzt, zieht seinen Mundschutz nach unten weg, entfernt den Latexhandschuh seiner Rechten:

»Wie schön, Sie hier zu haben, regen Sie sich nur nicht auf, nichts Schlimmes ist geschehen, wohl nur ein leichtes Unwohlsein. Aber eine gründliche Untersuchung muss sein, wir wollen Ihr Genie noch lange unter den Lebenden behalten«, – er zückt die Spritze: »Nur zur vorläufigen Beruhigung.«

Ich werde auf einen Wagen verladen. Weissgekleidete Menschen um mich, Neonröhren verschmelzen zu einem Lichtband, Türen gleiten auf und zu, endlose Gänge, weissgekacheltes Zimmer – oder ist es die Küche? –, der Küchenfürst, jetzt wieder bemundschutzt, beugt sich über mich; nur nicht nervös werden, nichts Schlimmes, nur ein Unwohlsein. Die Lider werden schwer, die Wände drehen sich, ein riesiger Topf mit Buchstabensuppe wird angefahren.

»Speziell für dich zubereitet«, flüstert der Küchenfürst, »intravenöse Ernährung«, höre ich, »zwei Einheiten, ist völlig ausgetrocknet, nicht anders zu erwarten nach Medikamentenmissbrauch und Magenauspumpung«.

Ich wache auf in weissem Zimmer, weissem Bett, umspült vom Meer der bunten Blumen. Mein Verleger sieht mir ins Auge:

»Was machen Sie nur für Sachen? Zwei Tage vor der Premier. Und ich glaubte, Sie seien Routinier. Na immerhin, der Arzt meint, dass Sie übermorgen wieder flugfähig sind, tzse, tzse, tzse, Sie haben mir einen Schrecken eingejagt, bin ich froh, dass es so glimpflich ablief, steht ja viel Geld auf dem Spiel.«

Er schlägt mir kräftig auf die Schulter. Abgang, mit dem stereotypen, für kranke oder absteigende Autoren reservierten

Gruss: »Halten Sie die Ohren steif.« Dabei ist mein Mund trocken, trocken wie die Wüste. Wasser! Fata Morganas von beschlagenen Gläsern mit kühlem Inhalt ziehen vorbei. Doch der Verleger lässt mir nicht mal diese Illusion. Er zieht sich, umringt von den Gläsern, durch die weisse Tür zurück. Die Augen fallen mir erneut zu.

Mit Mühe öffne ich die Augen. Immer noch weisse Umgebung. Nicht der des Küchenfürsts: Krankenhausgeruch.

Ich hatte einen Traum. Hatte mich in einem meiner Bücher verlaufen. Es war wie in einem Wald. Die Buchstaben wie Bäume. Baumgruppen die Worte. Es war dunkel und ich rief nach mir. Suchte mich. Rief verzweifelt. Konnte mich nicht finden. Obwohl ich mich suchte. Ich musste doch da sein. War es aber nicht. Ich fühlte schreckliche Verlassenheit. Und in dieser Verlassenheit begannen Buchstaben und Worte zu lachen. Sie hielten sich die Schenkel und die Umlaute. So sehr lachten sie. Über mich. Es dröhnte. Der Boden begann, sich im lachenden Rhythmus zu bewegen, zu rollen. Wellen erfassten mich. Warfen mich hin und her, als sei ich eine Nussschale auf dem Boden des sich lachwellenden Waldes. Und als ich zu einer Baumgruppe mehr fiel als lief, erkannte ich in ihr das Wort Gletscher, in riesigen Lettern.

Es mussten uralte Bäume sein. Sie kreisten mich ein, und als übergrosse Blüte auf dem Querast des T-Baums der grinsende Kopf meines Verlegers, der mit seinem tzse, tzse,

tzse einen richtigen Sturm entfachte, in dem sich die Bäume bis zum Boden gefährlich bogen, ächzten, sich wieder aufstellten, um sich erneut zu biegen, bis der Verlegerkopf wie eine reife Frucht sich vom Ast löste, herunterfiel, kurz über mir jedoch mit seinen Riesenohren zu schlagen begann – der Luftzug liess mich zu Boden gehen –, um langsam Höhe zu gewinnen und wie ein Luftballon davon zu schweben. Ich blieb zurück in meinem Wald, allein, immer noch auf der Suche nach mir selbst in der Gewissheit, mich niemals mehr zu finden.

Was haben die mir bloss verabreicht, dass ich so träume? Welche halluzinogenen Stoffe haben sie mir eingeflösst? Aber ich fühle mich besser. Besser als in den letzten Wochen. Wacher. Lebendiger. Es muss eine Rosskur gewesen sein. Damit ich für den Gletscher fit werde. Sicher hat mein Verleger die Hände im Spiel. Nun, was soll's? Wir sitzen ja im gleichen Boot, nur dass ich eine Planke bin und er der Steuermann.

Die Türe geht auf, weiss gewandete Hilfskräfte bringen die Blumen, die wohl im Gang genächtigt haben, herein und mit ihnen den schweren Duft, als bereiteten die Blumen sich auf ihr nächstes Dasein in einem Trauerkranz in Schleifennähe vor.

»Unserem unvergesslichen Verblichenen, Verleger und Verlag«.

»In letzter Liebe, Lotti«.

»Dem Dichterfürsten, vom Küchenfürsten; Arthur, Sie werden mir fehlen, die Tantiemen werden weiter fliessen, haben Sie Dank!«

Hinter den Blumen kommen die Schwestern.

»So, jetzt wollen wir uns erst brav waschen.«

Puls, Temperatur, dazwischen Bücher unter Schürzen.
Vorgezurre.
Widmungsbitten.
Bitterfüllung.
Volle Teller.

Der Küchenfürst persönlich mit seiner Brigade:

»Ich hörte von Ihrem Missgeschick, werter Arthur, und beeilte mich, Ihnen Ihr vorgestern durch Indisponibilität entgangenes Mahl hier in der Klinik zu kredenzen. Leicht und bekömmlich. Aufbaunahrung. Wohl bekomm's!«

Verschwindet gleich wieder, gefolgt von seinem Tross, ohne Mundschutz und Handschuhe heute.

Dann der Professor, mit vier Sternen auf seinen Epauletten – oder bilde ich mir das nur ein, Restbestand der verabreichten Spritze in meinem linken Auge?

»Sie können heute Abend getrost nach Hause gehen, kerngesund, junger Mann, aber zu viel weisse Nächte – und die hatten Sie ja wohl – führen zu fibrosen Nervenenzephalogrammen, Sie müssen sich das so vorstellen, wie durch ständige Bewegung durchgescheuerte Drähte, deren Isolation dann leckt, und wenn sie sich dann gegenseitig, wenn auch nur leicht, berühren, ja, Sie wissen ja, Positiv- und Negativströme: Ploff!« – die F's ausgesprochen, wie wenn die Luft aus einem Autoreifen entflieht, erinnerten mich an die Kohorte F's, die mich kürzlich zu Boden gerissen hatte –, »Kurzschluss! Die Wirkung muss ich Ihnen nicht beschreiben.

Und trotzdem schätzen wir uns glücklich, Sie hier bei uns als Gast betreut haben zu dürfen. Und wenn ich eine Bitte der Belegschaft, der gesamten Belegschaft unseres Hauses, auszusprechen wage, dann nur die, ob es Ihnen etwas ausmachen würde, beim Eingang, in der Pförtnerkabine, Ihre Unterschrift in unser Gästebuch zu setzen, mit ein paar Zeilen, wenn es Ihnen nichts ausmacht, aus einem Ihrer Bücher, oder – was uns alle noch mehr freuen würde – mit zwei, drei originären Sätzen aus Ihrer Feder. Der Letzte, der sich eingetragen hat, war der Kultusminister, Sie sehen, Sie wären in bester Gesellschaft.«

Ich sage zu, verlasse das Haus nach zwei originären Sätzen aus meinem Verlegerblütentraum, die gebührend bewundert und vom Viersterne-Professor mit seiner Assistentenschaft, die gleichsam mich zum Ausgang geleiten, sogar dezent beklatscht werden.

Frische Luft. Himmel. Wie lange habe ich das vermisst! Den Todesblumendüften entronnen, trete ich gemach den Heimweg an.

8. ¹⁄₁

Ein liederlicher
Strick
sein

Zuhause angekommen, kann ich endlich wieder lachen. Seit langem wieder einmal lachen. Über Originäres mit vier Sternen und Trauerblumenschleifengerüche. Was für ein Tag! Und den gestrigen habe ich einfach verloren, wie ein Vier-Sous-Stück nach dem Telefonieren in Paris. Plopp. Einfach auf den Boden gefallen. In den Gully gekullert. Es lohnt sich nicht, nach ihm zu suchen.

Ist mein schwarzer Cordanzug gebügelt? Mein schwarzes Gletscherkontrasthemd? Und die fünfundzwanzig medialen Literaturminuten? Immer noch zu wenig ausgewählt. Das Schlusskapitel? Wohl am einfachsten. Kontroll-Lesen. Wenigstens satzweise. Gut artikulieren. Schon der dünnen Gletscherluft zuliebe. Je dünner die Luft, desto dünner die Stimme. Oder ist es umgekehrt? Hoffentlich ist morgen ein Leichtluft-Schall-Experte anwesend. Was anzunehmen ist. Bei der Kritiker- und Feuilletonistenschar. Ich werde ihn fragen. Also los, rein ins Verderben!

»Schluss – Kapitel.«

Zwischen Schluss und Kapitel eine ausgedehnte Pause.

Macht sich gut. Erhöht die Spannung:

»Ich tastete mich die Höhlenwände entlang. Ein mechanisches Klopfen durchdrang die feuchte, nach Moder riechende Höhenluft. Immer wieder Gänge, die abbogen und deren Richtung ich folgte, sodass der Eindruck für mich entstand, ich würde mich im Kreise drehen und drehen, ohne Ziel und Zweck. Die Höhlenwände waren nicht rau und zackig, wie es eigentlich zu erwarten war, sondern glatt und ausgeglichen, ja angenehm zu berühren, als hätte der Berg hier seine Innenhaut erstmals nach aussen gestülpt, um zu beweisen, dass auch er verletzlich sei. Das Klopfen wurde lauter, und ich versuchte, ihm auf meinem tastenden Weg zu folgen, konnte nun zwischen dem regelmässigen Klopfen ein helleres Geräusch vernehmen, als ob Metall sich aufeinander rieb. Ein reissend knirschendes Geräusch, begleitet von einem hellen, fast pfeifenden Ton, einer Pfeifenglocke gleich, übertönt jeweils vom dumpfen Klopfen. Es schien mir, als ob der Gang breiter würde, höher auch, der Boden, nun weich wie die Wände, federte meine Schritte ab. Angenehm das Schreiten. Der Pegel des pochenden Lärms steigerte sich von Gang zu Gang, obwohl ich mich nach wie vor im Kreise drehte, zwischen Metallgeräuschen und Klopfen war jetzt Musik zu hören, sanfte Klänge im Takt der Maschinen, denn um Maschinen musste es sich handeln, dies war nun unverkennbar. Ein diffuses Licht, wie die ersten Sekunden des Morgengrauens nach stockdunkler Nacht, begann sich auszubreiten, an den Wänden wandelten übergrosse Regentropfen Hand in Hand mit ebensolchen Schneekristallen, sich gegenseitig Trost zusprechend, über ihren jeweiligen Aggregatzustand, ihn aber trotzdem heimlich, unausgesprochen beneidend. Am Boden lachten Kieselsteine aus ihren vollen, steinernen Herzen und begrüssten so das fahle erste Licht der Höhlenwelt. Höhlenblumen, die von der Decke zum Boden wuchsen, mit Löwenfratzenblüten nickten mir emsig zu, ihre grätenbespickten Blätterflossen wiesen den Weg, den ich beschreiten sollte, immer den Gängen nach, immer im Kreis herum.«

Sollte ich hier abbrechen? Damit sie weiterlesen mussten. Zuhause. Oder in der Jungfraubahn. Um hinter das Geheimnis zu kommen. Das erst das Schlusskapitel offen legte. Oder sollte ich der dünnen Luft wegen eine Pause einlegen? Eine Mineralgletscherwasserpause, abgefüllt in PET-Flaschen, die mit ihren Eiszungen auf dem Etikett Gletscherstimmung zu entfachen suchten? Oder sollte ich einfach aufstehen und sagen: »Ich habe es satt, ich mag nicht mehr, ich kann nicht mehr schreiben, lesen, die Leserschaft bemarkten«, und aufrecht von dannen schreiten. Auf dem Schneefeld ein schwarzer Punkt werden. Der sich allmählich auflöst. Auf dem Eis. Meinen eigenen Eingang zur Höhle des Schlusskapitels finden. Für immer. Oder sollte ich von hinten lesen? Rückwärts? Wie das Leben: »Esuahuz hci nib hcildne.« Zu grosse Betonungsschwierigkeiten. Zu anstrengend. Also weiterlesen.

»Und doch kam ich dem Höhlenepizentrum näher. Die hämmernden, quietschenden Geräusche wurden lauter, es gesellte sich ein Geruch dazu, Schweiss gepaart mit Maschinenöl, durchsetzt mit Moderblütenstaub. Treibt Moder Blüten? Mit blau-grün-braunen Sekrettropfen, um die Höhlenlinge anzuziehen, auf dass sich der Moder befruchte und vermehre. Nun wurde es auch merklich wärmer. Als ich in den nächsten Gang trat, sah ich vor mir riesige, durchsichtige Behälter wie alte Süsswarengläser in einem Krämerladen, auf Stelzen befestigt, einige Stockwerke hoch – ich hatte Mühe, die Masse in der Höhle richtig einzuschätzen –, das Innere der gläsernen Gefässe wellte und wogte leise, mit speziellen Zuluftstutzen wurde feuchte Höhlenluft hineingeleitet, silbrig blitzte der Inhalt.

Ich trat heran an einen der Behälter, der – so konnte ich jetzt im dämmrigen Höhlenmorgenlicht erkennen – aufgefüllt war mit Milliarden Silberfischchen aus der Familie Lepismatidae – wie mein Zoologielehrer mir vor Jahren einmal erklärt hatte –, deren silbrige Schüppchen sich, wenn ein Lichtstrahl einfiel, im Glas tausendfach spiegelten, aufblinkten, silbrig hell, als seien sie dazu da, das Licht zu vermehren. Beim näheren Betrachten aber erkannte ich die ganze Beschaffenheit der Gefässe, zweigten doch an Hunderten von Stellen dünne Röhrchen ab, ebenfalls aus Glas, die Zentimeter weiter wieder in den Behälter einmündeten; und durch diese Röhrchen krochen jeweils Tausende von Silberfischchen, vorbei an klingenähnlichen Glasvorsprüngen, an denen die Silberschuppen hängen blieben, um dann durch winzig kleine Löcher in den Röhren auf ein schräges Förderband zu fallen, das – ich konnte es erst jetzt erkennen – in die Ferne des von mir begangenen Höhlenausgangs führte. Wie geschorene Schafe krochen die Silberfischchen weiter auf das Riesenglas zu, in dem sie sich wieder mit ihresgleichen mischten. Die Schuppen – stellte ich mir vor – mussten wieder nachwachsen, sonst würde die Anlage nur wenig Sinn machen.

Dem Förderband entlang, das fortlaufend Silberschuppen aus Glasbehältern sammelte, aus unzähligen Glasbehältern sammelte, näherte ich mich der Quelle des nun zur Kakophonie anwachsenden Lärms, zwischen dem aber immer Musikklänge, scheinbar auf das Hämmern und Schleifen abgestimmt, zu hören waren. Unvermittelt begann der von mir beschrittene Gang einen leicht abwärts gerichteten Neigungswinkel einzunehmen, der immer steiler wurde, ich kam beinahe ins Rutschen.

Da entdeckte ich, dass der Gang sich nun eigenmächtig fortbewegte, hinunter, immer tiefer, es war gar kein Höhlengang mehr, vielmehr ein Schrägaufzug. Neben mir kamen die Silberschuppen leicht ins Fliessen, ein heller Klang wie von rieselnden, in einer auslaufenden Sanduhr davontreibenden Körnern entstand. Zu meinen Füssen, in den Spalten des Schrägaufzugbandes, konnte ich einen Riesenraum erkennen, in dem es hochofengleich dampfte und zischte, glühende, wie Lava aussehende Massen aus Öffnungen traten und still vor sich her in Metallkanäle flossen.

Von der Decke fielen Quarze in die Öfen, glühten auf, um sich dann ruhig mit dem Lavastrom zu vereinen. Ganz hinten in dem von mir nun besser überblickbaren Raum wurden unter Getöse Rahmen gestanzt, ohne jede Arbeiterhand, ferngesteuert, Rahmen um Rahmen, dann an den Ecken verschweisst, um alsdann auf einem Förderband Stück für Stück geradeaus gerichtet dem Lavastrom entgegengebracht zu werden.

Zu meiner Linken nun ein Trichter, die Silberschuppen schwebten in den glühenden Strom, wurden dort aufgesogen, leicht silbrig nun der Strom, der gleich darauf den Rahmen füllte, Rahmen für Rahmen in wohl dosierten Mengen, Kühlprozess, Spiegel für Spiegel erblickte so das Licht der Höhle, mein Band lief weiter, verengte sich, vor mir die Spiegelflucht, in der ich mich ganz spiegelte, die Höhlendecke hier entfernt, der Himmel hing voller Spiegel, hin zur Unendlichkeit, mein Spiegelbild entflog. Und ich flog mit. Endlich zu Hause.«

9.

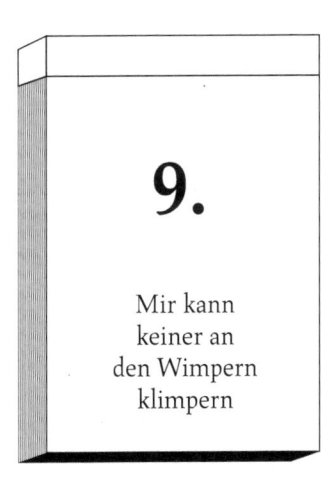

Mir kann keiner an den Wimpern klimpern

Aufreibende Nacht. Zuerst nicht eingeschlafen. Dann alle dreiundfünfzig Minuten aufgewacht. Warum in diesem Rhythmus? Ich hätte die Uhr danach stellen können. Dauert der Flug so lange? Ganz sicher nicht die Lesung. Um sieben Uhr dreissig dröhnt ein Helikopter über der Stadt. Ich laufe zum Fenster. Ein Konzertflügel, schwarz und schwer, schwebt über die Häuser, gewinnt an Höhe. Der Concordiaplatz liegt hoch über unseren Giebeln.

Schwarzer Anzug, schwarzes Hemd, schwarze Haare, durch das Leben geschwärzte Seele. Kontraste genug. Zum ewigen Weiss des Gletschers. Schwarzer Kaffee passt ebenfalls zu diesem Tag. Kippen. Nicht schlürfen. Ich bin spät dran. Feuerzeug einstecken. Man weiss ja nie. Ist sicher kalt da oben. Ein wenig Wärme kann nicht schaden. Manuskript einpacken. Die Seiten sind markiert. Mein Taxi wartet schon. Neun Uhr fünfzehn am Helikopterhafen, Rotoren unbewegt. Noch. Der Pianist, ebenfalls schwarz gewandet, reibt sich die klammen Hände. Fingerübungen. Er zieht und drückt. Spreizt und krallt. Vom Verleger noch keine Spur. Telefoniert wahrscheinlich mit dem Flügelstimmer. Braust an in seinem von mir verdienten Wagen. Schulterklopfen. Backenklemmen. Gibt's nur vor einer Premier.

Helikopter-Ledersitze. Rotorenwind. Der Verleger neben dem Piloten. Die Kultur als Zuladung. Böen. Geknatter in den Kopfhörern. Abhub. Oder Abhebung. Was ist hier richtig? Korrektor nicht an Bord. Alpenquerung. Die Sphinx lächelt gelassen. Landung auf dem Concordiaplatz. Vorsicht. Tückisch. Schneebrücken. Wir sind gewarnt. Der Flügel gleisst im Sonnenlicht. Klavierstimmer bringt Flügel in Stimmung. Der Pianist übt immer noch mit seinen Fingern. So ein schöner Tag wie heute. »Premier-Premier!« Wie das Martinshorn der Feuerwehr. Im Anmarsch die ersten Journalisten. Schwarze Punkte auf weissem Feld – ach, würden sie's doch bleiben! Angeseilt und ausser Atem erreichen sie den Platz. Der Pianist und ich am Flügel angeseilt. Man kann schliesslich nie wissen.

»Wie erfrischend innovativ und erst noch gesund, die Lesung auf dem Gletscher abzuhalten«, wird der Verleger aufs herzlichste begrüsst. »Genau das Richtige für Ihren Autor. Nirgendwo anders kann der lesen. Mit seiner eisigen Sprache«, »Das Tüpfelchen auf dem I, den Vogel haben Sie abgeschossen, und das Glück mit dem Wetter, Langzeitprognosen oder Kristallkugel? Sagen Sie's mir, ich brauche dringend Stoff für meine Kolumne.«

Mehr und mehr angeseilte Kolonnen erreichen den Concordiaplatz, alle angeführt von diplomierten Bergführern, eingestellt und entschädigt vom Verlag, zum Vorzugstarif, versteht sich, denn der entstehende Kontakt zu den Menschen kommt ihnen vor der Sommersaison sehr gelegen. Die Fernsehteams mit ihrem schweren Gerät werden von Helikoptern eingeflogen. Ins Schwarze trifft wohl – es wurde auch entsprechend vermerkt und videoisiert – der Verleger der Literaturzeitschrift »Kreativ«, der sich von drei Skilehrern, einem

Fahrer und zwei Bremsern in einem Rettungsschlitten vom Joch, wohlig in Wolldecken verpackt, bequem schneestiebend zum Platz chauffieren lässt. Die Armeeschnellkochvergaser zischen, um die Würstchen zu wärmen, das kalte und warme Getränkebuffet steht kunstvoll aufgebaut und schon umlagert. Mittendrin ein osterglockenumkränztes betextetes Schild: »Warnung des Bundesamtes für Kultur. Alkohol kann in dieser Höhe Ihrer Gesundheit abträglich sein.« Das in drei Sprachen. Obwohl mein Buch auf Deutsch geschrieben ist.

Das Spektakel kann beginnen. Anmeldelisten werden mit Anwesenden verglichen. Die Entscheidungsträger hier. Der Verleger schlägt mit einem Schlüssel an sein Glas, die Umstehenden tun es ihm gleich, ein Halbkreis bildet sich. Kein Mikrofon, dafür ein Trichter aus Holz, wohlgeformt, mit Alpenblumen bemalt, der hierzulande zum Ausrufen des Alpensegens dient, verleiht des Verlegers Stimme Kraft und Abrundung.

Wie nur, wie soll ich denn bei meiner Lesung das Manuskript bloss halten? Wie nur, wie kann mir denn bei diesem Trichter der Blick über den Brillenrand gelingen? Werde den Pianisten bitten, auf seinem Stuhl zu sitzen und mir bei leisem Nicken meinerseits die Seiten zu wenden. Übung darin sollte er haben. Und den Blick, den werde ich für die Fotografen mimen, fürs Fernsehen werde ich ja wohl aus der Gletscherspalte sprechen müssen, der Differenzierung wegen, wie die Regisseure so prägnant zu sagen pflegen.

»Meine Damen und Herren, wir haben uns am Gletscher versammelt«, der Verleger hat dazu sein bestes Lächeln aus dem Repertoire hervorgeholt, »um das neuste Werk unseres jungen Freundes zu inaugurieren, es der Welt vorzustellen. Es ist sein zehntes, in meinen Augen sein bestes, reifstes, das ihm wohl nun endgültig seinen Platz, gestatten Sie, wenn ich das so sage, obwohl es aus dem Munde des Verlegers überhöht tönen mag, aber in dieser Höhe überwältigen mich meine Gefühle, seinen Platz im schriftstellerischen Olymp sichern wird.«

Kleine Pause, in der »sichern wird« als leises Echo von der Blendschutzwand, vom Fernsehen aufgestellt, zurückgeworfen wird.

»Sie werden beim Lesen, aber auch bei der Lesung, für die ich meinem jungen Freund bereits jetzt danken möchte, die tiefgründigen, metaphysischen Gedanken und Zusammenhänge erkennen, die mich immer wieder zutiefst bei der Lektüre seiner Werke berühren. Die allgemeingültigen Wahrheiten, die zu Tage treten und tief in unserem kollektiven Bewusstsein verankert sind, lassen Saiten erklingen, deren Töne wir in unserer heutigen Zeit dringend bedürfen.«

Das Geklapper der Fernsehtechniker, welche die Richtskala-Antenne errichten, passt hervorragend zu dieser Stelle der Rede.

»Doch genug der Worte, lasst uns gemeinsam durch die in Alpennähe komponierten, also den Lokalbezug unterstreichenden Etüden von Brahms und Schubert auf die Lesung einstimmen.«

Applaus. Für wen er gemeint ist, steht nicht fest, verneigt sich doch der Pianist in seinem schwarzen Frack neben dem Flügel und nimmt die Beifallsäusserung als Huldigung an die Komponisten oder an sich selbst gelassen, aber würdevoll entgegen.

Etüden. Der reine Klang. Hallt über den Gletscher. In den Gletscher hinein. Zerbrechlicher Widerhall aus dem Eis. Andächtiges Publikum. Fachkenntlich. Will keinen Ton verlieren. Nach Ende des ersten Stücks, klirrende Stille über dem Gletscher, verlegenes Umschauen. Auf-den-Verleger-Schauen. Ob Klatschen am Platz oder Blamage. Er steht mit verschränkten Armen da. Also kein Applaus. Nach dem zweiten und dritten ebenfalls Stille, Gletscherstille, Todesstille, die der Pianist mit seiner sonoren, einwortigen Ansage »Imprévue« aufs heftigste unterbricht, er legt sich in die Tasten, entlockt dem Flügel Fülle, überlappende Töne, lässt die Saiten in Schwingung geraten, die sich auf das Instrument überträgt. Auf das Eis. Auf dem es steht. Und mit fürchterlichem Krachen brechen Flügel und alles, was ihn umgibt, Pianist, Notenblätter, Getränkestand, heisse Würstchen, Manuskript und ich selbst in den Gletscher ein, verfolgt von eingefrorenen Kameraaugen, direkt übertragen, später wohl zeitlupensiert, als Gruselstück, den Wohnstubenbewohnern einige Gletscherkälte den Rücken hinunterjagend.

Erster Gedanke: Mein Manuskript!
Zweiter Gedanke: Fliegt auseinander, olé!
Dritter Gedanke: Sind angeseilt. Am Flügel. Und der im freien Fall.

Versuche, mich zu halten. Am Frackschoss meines Vorfliegers. Misslingt. Wenigstens nicht allein. Werde Musik haben. Ha, ha! Am Gletschergrund. Nach jedem Stück Applaus. Kein Verleger mehr, der bestimmt, wann Gefühle freien Fall haben. Und plötzlich, wie entrückt, beginnt mein Leben an mir vorbeizuziehen. Wie ein Film. Ein Comic. Ich schon als kalte Comicfigur geboren.

9. minus

Du bist ein
Leierkasten

Eiseskälte.
Ich vermisse.
Was?
Weiss nicht.
Angenehm!
Voller Bauch.
Warmes Bad.
Zuneigung.
Doch schöner:
Filmriss. Unfall. Warmes Blut. Weisse Laken.
Schmerzen. Lernen. Ungenügen. Ferien. Wärme.
Freundschaft. Streiche. Schläge. Sirenen.
Geknatter. Feuer. Heim.
Ich vermisse.
Spielsachen.
Eltern.
Haus.
Mit den Wölfen heulen.
Richter. Hart. Erziehungsheim.

Kämpfe. Unterdrückt. Liebe. Schlecht.
Ich vermisse.
Weite.
Freiheit.
Mich selbst.
Heimzeitung. Aufmüpfig.
Als Bibliothekar entnannt.
Weg vom Fenster.
Bücher. Bücher. Bücher.
Trocken.
Lerne, dass Leben trocken.
Entlassung. Lehre.
Setze, was andere gedacht.
Schlummermutter.
Liebe. Bett. Davongejagt.
Artikel schreiben.
Abgelehnt.
Bücher schreiben.
Passt nicht ins Programm.
Hundertfach.
Passe ich in diese Welt?
Zusammenleben.
Dreitagesparadies.
Tellerschmeissen.
Auszug.
Besitzlos Reisen.
Hunger-Magen-Knurren.
Schreiben.
Schreiben.
Schreiben.
Ich vermisse.
Alles.
Tzse, tzse, tzse.

9. + Schmerz

Aus der
Rolle fallen

Ein Ruck. Nachfedern. Nachwippen. Der Flügel muss sich verfangen haben. Im Eis. Gibt einen Gesamtakkord von sich. Kakophonisch. Nachhaltig nachklingend. Ich pendle am Seil. Ein Stück unter mir der Frack. Am Gletscherboden, zwanzig Meter tiefer, mein Manuskript, fröhlich, farbig, rotweissrot, orangensaftgelb, gulaschsuppenbraun, als sei's auf Schnitzeljagd. Der Flügel knarrt, der Gletscher knackt. Gletscherspalten können sich unheimlich schnell schliessen, habe ich vor Jahren im »National Geographic« gelesen. Tiefgefroren der Nachwelt erhalten. In zweitausend Jahren als Relikt an der Gletscherzunge. Mutmassungen. Zwei, die einen Flügel über den Gletscher tragen. Einer immer spielbereit im Frack, um die Pausen zu überbrücken, oder um nachts nicht zu erfrieren. Der eine hat im Flügelkasten geschlafen, der andere pausenlos gespielt, die Kältekristalle vertreibend. Mein Manuskript dann ein eisiger Fund, wie die Schriftrollen am Toten Meer, im Museum dann tiefgekühlt in einer Vitrine der Nachwelt erhalten. Mit Notstromaggregat, der Sicherheit wegen. Und nur fünfzig auf einmal dürfen zur Betrachtung eingelassen werden. Hunderte von Metern Menschenschlangen vor dem Manuskriptoleum. Lesend. Plaudernd. Die Wartezeit totschlagend.

In der Zwischenzeit muss ich irgendwie die Zeit totschlagen. Ohne Warteschlange. Der Pianist unter mir stöhnt.
»Sind Sie verletzt, haben Sie Schmerzen?«
»Ja«, gibt er zur Antwort, »ich habe schreckliche Schmerzen. Dieser Gesamtakkord des Flügels klang wie die Trompeten von Jericho. Hat sich tief eingerillt in mein Gehirn. Wiederholt sich. Alle Augenblicke. Eine Blasphemie für einen musischen Menschen. Eine wahre Folter. Eine Strafe. Aber wie kann man auch so leichtsinnig sein, auf das Angebot einzugehen, auf einem Gletscher Pianoforte zu spielen. Nur des Geldes, nicht der Muse wegen. Die gerechte Strafe ist der Schluss. Ach, wenn Sie wüssten, wie das schmerzt!«
Weiteres Stöhnen folgt.
»Hören Sie. Die holen uns hier schon raus. Nur einschlafen dürfen wir nicht. Sonst holen wir uns gleich den Tod. Ich weiss es. Erste-Berghilfe-Kurs. Absolviert vor acht Jahren.«
»Ach, dieser Ton. Einverstanden. Schlafen wir nicht ein. Erzählen wir uns Geschichten. Sie sind doch Geschichtenschreiber. Wegen Ihnen sitze ich ja auch in dieser Tinte. Fangen Sie an!«
»Wir können uns auch duzen in dieser Lage. Findest du nicht? Also hör, ich habe eine andere Idee. Damit die Spiesse gleich lang sind. Wir stellen uns vor, was morgen in der Zeitung steht. Über uns. Unseren Unfall. Zuerst die Erstmeldung, dann selbstverständlich der Kommentar. Aber den schreibt der Chefredakteur. Einverstanden?«
»Ja, fang du an!«
»Concordiaplatz: Schrecklicher Unfall auf dem Gletscher. Während der Buchpremiere unseres Nationaldichters – es ist sein zehntes Werk – öffnete sich, wie Augenzeugen be-

richten, nach einer ergreifenden Ansprache des Verlegers der Schlund des Gletschers und verschlang Dichter, Konzertflügel – der wenige Minuten zuvor eingeflogen worden war – sowie den begleitenden Pianisten. Die Ursachen des Gletschereinbruchs werden zurzeit von Glaziologen ermittelt. Die Rettungsaktion, falls unwahrscheinlicherweise die Verunfallten überlebt haben sollten, ist in vollem Gange. Jetzt bist du dran.«

»Musiker in schrecklichen Unfall verwickelt. Bei einer unverständlicherweise auf einem Gletscher stattfindenden Premierenfeier, in deren Mittelpunkt die Interpretation von Brahms- und Schubertwerken stand, wurde der Pianist während des Spiels in eine sich öffnende Gletscherspalte gerissen und spielte auf dem wertvollen Konzertflügel – so vertieft war er in seine Kunst – noch während des Falls weiter, bis er durch eine Kollision mit dem ebenfalls stürzenden Autor, der aus einem seiner Bücher vorlesen sollte, den Kontakt mit seinem Instrument verlor. Die Szene, so berichtet unser vor Ort anwesender Korrespondent, erinnerte an den Untergang der ›Titanic‹, bei dem die Musiker sich ebenfalls heldenhaft benahmen. Die Bemühungen, das wertvolle Instrument und den Musiker zu retten, sind im Gange. So war's. So ist's. Und so wird es auch immer sein.«

Pause.

Was soll ich mit der Selbstüberhöhung des unter mir am Seil hängenden Musikers anfangen? Teuflisch, sein Text. Eisiges Schweigen als Antwort. Übrigens entdecke ich erst jetzt, dass ihm der Kopf fehlt. Wie konnte er dann sprechen? In so einer Gletscherspalte formen sich andere Dimensionen. Ein Feind hängt unter mir. Will überleben. Mich klein machen. Meinen Lebenswillen brechen. Kalt wird mir. Klamm meine Knochen. Kratzendes Geräusch. Ein kleines, schwarzes Kästchen, befestigt an einem bis zum Gletscherhimmel reichenden Draht, pendelt zu uns herunter. Knisterndes Geräusch. Spitze, militärische Stimme:

»Hallo, hallo, lebt noch jemand? Wenn ja, dann antwortet! Ein Mikrofon ist eingebaut.«

»Ja, ja«, schreien wir beide zur selben Zeit, »holt uns hier raus, schnell, kalt, eisig kalt!«, füge ich hinzu.

»Das wird nicht ganz so einfach sein. Wir haben nur eine kleine Spalte. Wir holen euch. Brauchen schweres Gerät. Wird eingeflogen«, antwortet der schwarze Kasten. »Zwischenzeitlich« – ein schreckliches Wort in unserer Lage, denn wie lange kann wohl die Zwischenzeit dauern bis zum Manuskriptoleum? –, »zwischenzeitlich lassen wir ein aufblasbares Not-Cheminée aus Armeebeständen zu euch hinunter. Kräftig aufblasen. An beiden Ventilen. Schalter kippen. Und bei euch wird es sein wie auf der Berghütte, knisterndes Feuer, warm, behaglich. Verstanden?«

»Verstanden!«

Der schwarze Kasten entschwindet. An seiner Stelle eine lange, überlange Plastikwurst mit zwei Ventilen, in die ich blase und blase und blase, Schalterkippen. Knistern. Wärme. Schlage die Augen auf. Liege warm verpackt im Rettungsschlitten, der Musiker hält meine Hand, ich höre des Verlegers trichterstarke Stimme:

»Meine Damen und Herren, die Lesung muss leider ausfallen. Der Schwächeanfall unseres Autors – Sie verstehen, Höhe, Aufregung, Überarbeitung, um den Termin einzuhalten, die letzten Seiten wurden erst in der vergangenen Nacht gedruckt – ist nicht beängstigend. Lesen Sie das Buch. Ich lege Ihnen besonders die Mönchsgeschichte und das Schlusskapitel ans Herz; es folgt noch eine musikalische Einlage, vorgetragen von unserem jungen Pianistenfreund, und dann gemütliches Beisammensein, Meinungsaustausch. Unser Autor wird Ihnen in den nächsten Tagen im Tal wieder zur Verfügung stehen. Happy Heimkehr, es war wundervoll, Sie hier zu haben!«

Er kommt zu mir. Zum Schlitten.

»Halt die Ohren steif und lass dich gründlich untersuchen, diese Ohnmachtsanfälle …, na, da haben die Medien was ans Herz Gehendes zu schreiben, nicht schlecht fürs Geschäft, tzse, tzse, tzse.«

Stiebende Abfahrt. Die zwei Bremser kaum zu erkennen. Ich müsste wirklich etwas gegen diese Ohnmachten unternehmen. Oder ist es Angst? Nackte Angst? Oder brauche ich die Ohnmachtsträume als Inspiration?

10.

In die
Kritikerkreide kommen,
doch der Himmel hängt
voller Geigen

Ich weigerte mich gestern, zum Arzt oder gar ins Krankenhaus zu gehen. Bin kerngesund. Hat mir der Arzt erst vor zwei Tagen explizit bestätigt. Statt dessen nach Hause. Kochen. Herrliche Pasta. Mit Radieschensauce. Eine Arthur-Spezialität, würde Küchenfürst jetzt betonen. Die Pasta immerhin schmackhafter als tiefgefrorene Verleger-Würstchen.

Dann Fernsehen. Tagesschauerschauen. Concordiaplatz an erster Stelle:

»Concordiaplatz: Schrecklicher Unfall auf dem Gletscher. Während der Buchpremiere unseres Nationaldichters (eingeblendet mein Kopf, vor drei Jahren aufgenommen) – es ist sein zehntes Werk – öffnete sich, wie Augenzeugen berichten, nach einer ergreifenden Ansprache des Verlegers der Schlund des Gletschers und verschlang Dichter, Konzertflügel...«

Zappen:

»Musiker in schrecklichen Unfall verwickelt. Bei einer unverständlicherweise auf einem Gletscher stattfindenden Premierenfeier, in deren Mittelpunkt die Interpretation von

Brahms- und Schubertwerken stand, wurde der Pianist …«, eingeblendet der kopflose Rumpf des Musikers im Frack.

Aussteigen.
Abstellen.
Kalter Luftzug.
Befinde ich mich noch im Gletscher?
Ist das die Agonie?
Eine erneute Ohnmacht?

»Mach's Beste draus«, würde der Verleger sagen und in seine Wurstfingerhände klatschen wie ein Dreijähriger.

Ich besuche meinen Freund, den Geigenbauer – half immer, wenn ich nicht mehr weiter wusste. Hose. Jacke. Hemd. Schuhe. Brille. Wo ist die verflixte Brille? Beim Pasta-Essen noch auf der Nase gehabt. Suche eine halbe Stunde. Krame sie schliesslich aus dem Abfallsack. So ganz beisammen bin ich wohl noch nicht.

Aus dem Abfallsack … CK = TZ … Abfallsatz … Besteht mein Buch aus Abfallsätzen? Die Angst vor Kritikern wird übergross. Krankhaft. Bin krank. Im Gletscher oder daheim. Auf zum Geigenbauer. Unterwegs. Halt an einem Zeitungsstand. Kaufe acht der bedeutendsten Zeitungen des Landes. Weiterfahrt. Parken unter einer Linde, deren Blätter sich entknospen und den Käfern entgegenträumen, die sie durchlöchern werden.

Schnellblättern.
Langsamblättern.
Zeile-für-Zeile-Blättern.
Kein Buchstabe über einen Gletscherfall.
Keine Zeile über die Premier.
Kein Abschnitt über mein Buch.
Satanisch, diese Agonie.

Weiterfahren. Stadtgrenze verlassen. Bewaldete Hügel im ersten hellen, zart schimmernden Grün. Links abbiegen. Grosse Waldlichtung. Endlich, das Haus des Geigenbauers. Mein Freund steht auf dem Feld. Er winkt mir zu. In schweren Stiefeln, Jägerjacke, verbeultem Regenhut.

»Komme gleich«, und wendet sich erneut dem Boden zu.

Das Haus strahlt Ruhe aus. Unter dem grossen, nach vorn gewellten Vordach hängen Geigen. Grosse und kleine. Lange und schmale, alle mit geschwungenen Rändern, herrliche Töne versprechend, die eines Tages aus ihnen klingen werden. An der Wand des Hauses, an der die Abendsonne sie noch erreichen kann, lehnen Geigen mit abgebrochenen Hälsen, offenen Mägen, in denen Saiten sich im Sonnenlichte kringeln, Geigen ohne Stimme, deren Korpus still dahindämmert. Der Geigenbauer legt seine schwere Hand auf meine Schulter.

»Du betrachtest all das Unglück und Elend der Geigenwelt mit Trauer, aber glaub mir, wenn ich täglich mit diesen Violinen spreche und sie stumm zum Klingen bringe, versinkt die Trauer wie bei einer Sonnenfinsternis das Licht, und ihr stiller Klang«, seine Augensterne glänzen, »ergreift mich mehr als ein Quintett mit echten Stradivaris. Denn es ist ein innerer Seelenklang, der weiss, wo Geigenlebenkontrapunkte schwingen.«

Er wendet sich nun hin zu den an der Hauswand angelehnten Geigen, schreitet an ihnen entlang, berührt da den gedellten Geigenboden, dort die Stelle mit dem verkümmerten Steg, streicht mit seiner breiten Hand über eine verwachsene Rundung, mit der Fingerspitze tupft er zärtlich einen Knorpel einer Geige, der ihr lautes Spiel verwehrte, sie aber zur Meisterin des stillen Klangs erst werden liess, wie mir der Geigenbauer ernst versichert.

»Schau nach oben«, sagt er, »siehst du, die Ernte letzten Herbst war reich, die Violinen, jetzt getrocknet und gealtert, werden bald die Welt beglücken, die Trennung von ihnen wird mir nicht leicht fallen. Wenn man im Frühjahr

Geigensamen im Acker sät, wie ich es jetzt gerade unternehme, die Schösslinge auf dem Felde täglich pflegt, ihnen hilft, mit den Widerlichkeiten der Natur sich zu versöhnen, wenn man erkennt, wie jede Geige anders wächst und blüht, und im Herbst die ganze Geigenernte einbringt, Stück für Stück wohlgeformt, gut im Holz, wohl auch im Klang, und all jene, die nicht vollkommen, mit dem Verheiss auf innere Töne, dann hat einen zu jeder Geige die Freundschaft ergriffen, auch zu denjenigen, von welchen ich mich im Frühjahr trennen muss. Des Geigenbauern Los.

Und trotzdem würde ich immer wieder Geigenbauer werden, die Äcker suchen, in denen Geigensamen keimen, und mich freuen auf den täglich stillen Klang.«

Ergriffen drücke ich des Geigenbauern raue Hand, danke für die Zuversicht, die er mir, wie jedes Mal davor schon, zuspricht.

»Auf bald, mein Freund«, und trete in mir ruhend den Heimweg an.

Ins Ungewisse. Wissend ins Ungewisse.

11.

Wie das Krokodil weint, wenn es dich zu fressen meint

Der Heimweg ist mir lang, da ich die Zuversicht auf eigenen Füssen nach Hause tragen will, das Auto zieh ich mit einer langen Schnur hinter mir her, wie ich es als Kind auch immer tat. Bis ich daheim eintreffe, fallen die Blätter bereits vom Zweig, den ich im Geigenbauerfeld pflückte. An einem Tag ist es Herbst geworden. Doch ohne Ernte. Wo ist die Zuversicht geblieben?

Der Briefkasten – obwohl dem Erfolg volumenmässig angepasst – quillt über. Als sei ich Wochen weg gewesen. Gratulationen zum neuen Buch? Premier-Genesungswünsche? Ich trage die unzähligen Briefe, die in ihren Regenbogenfarben ein buntes Bild abgeben, in meine Wohnung.

Zweihundertundachtzehn Briefe zähle ich. Umwerfend. Also doch Erfolgsautor. Auch mit dem neuesten Werk. Ein Stein fällt mir vom Herzen.

Mit der Umschlagaufschneidemaschine, die ich mir nach meinem fünften Werk des grossen Postanfalles wegen selbst zum Geburtstag schenkte, fallbeile ich die Post fein säuberlich, einen Brief nach dem anderen – die Revolution frisst ihre

Kinder, bei mir ganz ohne Blutvergiessen –, lege die hauptlosen Briefe in die Schale meiner Küchenwaage. Den Erfolg der Bücher messe ich jeweils am Gewicht der eingegangenen Post, trage täglich aufs Gramm genau die Zahlen in mein Logbuch ein, das ich mir vom Seefahrtsamt jeweils besorge.

Und dann, vor dem Lesen aller Zeilen, die nach einer Neuerscheinung meist des Lobes voll – die Kritiken sind schliesslich zu diesem Zeitpunkt noch nicht erschienen –, lege ich die Post, auch dies ein Ritual, auf den Küchentisch, damit, als sei's ein Kuchenteig, die Hefe ihre Wirkung voll entfalten möge, die Briefe sich mit der Prise von zwei Stunden Vorfreude auf ihr Lesen vorbereiten. In der Zwischenzeit Kaffeegenuss und Warten. Wie Regentropfen fallen die Sekunden auf mich nieder, zunächst vereinzelt, alsdann prasselnd durchnässt mich die rinnende Zeit bis auf die Haut.

Mit klatschnassen Haaren ziehe ich zweihundertsiebzehn Einzelseiten meines neuen Buchs, eine nach der anderen, aus den Umschlägen, alle auf Vorder- und Hinterseite grossflächig durchgestrichen mit einem grossen X. Unterbrochen diese Zerstörungsorgie nur durch einen Brief, der mich höflich einlädt, in der nationalen Fernsehkette spät abends in zwei Tagen mein Buch mit Kritikern zu diskutieren. Eine Namensliste ist aufgeführt und auch der Hinweis, dass ein Überraschungsgast – die Sendung soll wohl aufgelockert werden – zwar angefragt, die Zusage jedoch noch ausstehend sei.

Ich wäre doch sicher einverstanden, führe doch ein Überraschungsgast stets zur Erhöhung der Einschaltquoten, was sicherlich im Interesse des Buchabsatzes sei. Ohne Gegenbericht, den man von mir – dafür sei ich zu offen – nicht erwarte, sei alles abgemacht; ob ich wohl um neun Uhr dreissig, die Sendung beginne kurz nach zehn, schon präsent sein könne, um mich einzustimmen …

Also nichts zu unternehmen.
Nur hinzugehen.
In zwei Tagen.
Das Buch gestrichen.
Fein säuberlich zertrennt.
Zugesandt, zerstückelt.
Wer?
Verflogen die Zuversicht des Geigenbauers.

11./12.

Erbsen auf die
Stufen streuen

Ich wage nicht, mich in mein Bett zu legen, aus Furcht vor Gletscherträumen. Oder träume ich jetzt und fürchte mich, im Gletscher über dem Rumpf des Pianisten aufzuwachen? Um nicht einzuschlafen, öffne ich zwei Büchsen Erbsen – mein Steckenpferd –, kleine Erbsen, extra fein, und beginne sie zu zählen. Erbsenzählen, da vergisst man alles, Träume, Gletscher, Briefe und das Buch. Jedes Mal nach dem Durchzählen ein anderes Resultat. Diesmal muss es gleich sein. Ganz ohne Selbstbetrug. Erst dann leg ich mich schlafen.

Ich zähle.
Und zähle.
Und zähle.
Kleine, feine, grüne Erbsen.

Unvermittelt beginnen die Erbsen zu singen. Eine nach der anderen. Nicht melodiös. Aber im perfekten Takt. Wie Trommeln. Buschtrommeln.

»Erbsen zählen, zählen,
Erbsen zählen Seelen,
Erbsen Seelen zählen.«
So klingt die Nacht.

Mit jedem Klang wachsen die Erbsen ein klitzekleines Stück.
Und sind nun einfacher zu zählen.
Sie nehmen den Boden ein.
Erstrecken sich bis ans Fenster.
Ein Erbsenmeer.
Mein Leben.

Ich verkralle mich in eine Königserbse, die schneller wächst, aus meinem Fenster schwebt und wächst und wächst, Stratosphäre, Ionosphäre, Mondesnähe, Quellen beginnen zu sprudeln auf meiner Erbse, Flüsse bilden sich, ich kann mich aufrecht halten, Erbsenwälder spenden mir Schatten, Erbsenmeere trennen Kontinente, und ich darf alles zählen, unsterblich sein im Erbsenmeer.

    Ich schrecke auf. Doch eingenickt. Kein Gletschertraum. Kein Wachwerden im Gletscher, kein Pianistenrumpf, kein Kältetod. Ewiges Erbsenleben. Getrost ins Bett. Zwei Büchsen Erbsen helfen immer. Extra fein.

12.

Dicke Luft zerschneiden

Ich wache auf. Nach traumloser Nacht. Traumlos? Das Traumlos habe ich gezogen. In meinem Leben. Ein Traumleben. Aber die Luft ist dick. Empfinde ich beim Atmen. Heute morgen. Dicker als gestern. Viel, viel dicker. Ein Zwischending aus Luft und Wasser. Das schmerzt in meinen Lungen. Oder Kiemen? Weder Vogel noch Fisch. Heute. Schon beim Aufstehen Angst. Grosse Angst vorm Zeitunglesen. Die Kritiken müssen heute erscheinen. Fühle mich gefangen in der dicken Luft. Gletscherluft? Die Gletscherspalte in meiner Seele? Bin ich dort hineingefallen?

»So wie du den Tag begonnen, so endet er«, zitiert aus einem meiner Bücher meine Zunge, indem sie kunstvoll an meine Zähne schlägt.

Also Schluss damit. Fröhlicherem zuwenden. Dem Frühstücksei. Das lauthals lacht, weil dem Leben entronnen. So auch nicht. Das Ei schmeckt trotzdem köstlich. So ein Morgen mit Ei und Zeit und ersten warmen Sonnenstrahlen. Verpackt in der Schale der eigenen vier Wände. Was will man mehr! Wenn nur die Schale keine Türe hätte, aus der ich nun stramm marschiere, bei meinem schweren Gang zum Zeitungsstand!

Mit meinen acht Leibblättern unter dem Arm betrete ich, noch unrasiert, das Kaffeehaus.

»Mélange und ein Croissant!«, rufe ich dem Kellner zu. »Das Croissant schön gebogen, damit ich damit geradebiegen kann, was Krummes in den Blättern steht.«

»Guten Morgen, nein, hervorragenden guten Morgen! So guter Laune habe ich Sie schon lange nicht gesehen, das höchste Gut, die gute Laune. Gut gegangen vor zwei Tagen auf dem Gletscher?«, erwidert mit Kennerblick auf den Zeitungswulst unter meinem Arm der Kellner.

Die Mélange wird serviert, das Croissant ist wie gewünscht besonders stark gebogen. Ich breite meine Zeitungen aus, ein Leibblatt über das andere, wie ein Schiffsbauer, der die Utensilien für sein Tagewerk bereitlegt, und ich brauche dringend ein Rettungsboot, um im See der Kritik nicht unterzugehen. Der Angstschweiss tritt bei mir immer bei den Füssen auf. Socken und Schuhe sind richtig durchnässt. Ich ziehe sie aus. Reisse einige Zeitungsseiten ab, stopfe damit meine Schuhe. Ein probates Mittel, um trockenen Fusses über den See zu gelangen.

Dann falte ich mir einen Zeitungshut, die ersten vier entsprechen nicht meinen Wünschen, sodass sie im Aschenbecher in Flammen aufgehen. Den fünften setze ich mir auf – wer weiss, wie stark die Sonne auf dem Heimweg scheint? Ein Papierfernrohr folgt, dann ein Kaleidoskop, wobei ich in Marmelade getauchte Salzkörner als Glasperlen benutze und für den Spiegel zwei Glasaschenbecher zerbreche, der Kellner bringt höflich zwei neue – er ist von mir schon einiges gewohnt.

Immer noch bleiben hunderte von Zeitungsseiten, die der Leseumgehung bedürfen, und so beginne ich, mir aus dem

Papier ein Zeitungskleid zu schneidern, Hemd, Hose, Jacke und Krawatte, und beschliesse, morgen den Kritikern im Fernsehstudio so entgegenzutreten, vorausgesetzt das Kleid, in das ich nun, nachdem ich es Tische wegrückend am Boden des Kaffeehauses fertig gestellt habe, hineinschlüpfe, würde den Tag und die folgende lange Nacht überstehen.

Ich bezahle, schenke dem Kellner noch einen Original-Autoren-Zeitungsschmetterling, den ich aus den letzten Seiten, mit Hilfe einer immer mitgeführten Klappschere ausgeschnitten habe. Der Schmetterling sieht in seiner Trauerdruckerschwärze mit seinen hängenden Flügeln nicht fröhlich aus, eher gleicht er den Tintenschmetterlingen, die mir bei der erfolglosen Berufsberatung vor Jahren vorgelegt worden waren.

Nach Hause nun. Zur Rasur. Im Zeitungskleid. Seitenverkehrt prangen mir Titel und Texte unleserlich aus dem Spiegel entgegen. Zeitungen verarbeitet und nichts gefunden, atme ich mit dem satten Gefühl der Pflichterfüllung auf. Die Luft nun leichter. Der Bann für heute gebrochen. Wenn nur nicht die Dissonanz des fallenden, am Eis sich reibenden Flügels mir in den Ohren klingen würde. Sich stetig wiederholend. Schlafschutzpfropfen hinter dem Spiegel. Noch nie gebraucht. Ich zerre sie hervor. Appliziere sie in beide Ohren. Doch der Klang schwingt weiter. Unerbittlich. Dissonante Akkorde. Akkordante Dissonanzen.

Fenster verriegeln.
Nützt nichts.
Ins Bett.
Nützt nichts.
Das Kissen auf den Kopf.
Nützt nichts.
Wälzen.
Erster Riss im Zeitungskleid.

Auf dem Kopfkissen neben mir der rumpflose Kopf des Pianisten.
Mit leicht geschürzten Lippen trällert er die Dissonanz.

Aufstehen. Ich darf nicht schlafen. Lieber tagwandeln. Bereite mir meinen Lieblingstee. Setze mich. Grüble. Auf meinem linken Zeitungshosenbein unterhalb des Knies prangt in fetten Lettern der Titel »Enthoffte Hoffnung.« Beginne zu lesen, was trotz Falten, Nähprozess und Druckerschwärzeauflösungsfluss noch zu lesen ist:

»Enthoffte Hoffnung. Der Fackelträ Literatur unseres neusten gestellten berechtigte Hoff dass auch dieses anknüpft. Tiefsinnige Welten unbewusst stumpf neutral Held. In ihm fällt der Blick haltlos ins Bodenlose, in dem man versinken kann. Anfang gekämmte Masse Licht entdeckt Überwindung Leidenskörper distanzieren. Trotz aller Bitterkeit lässt das Werk aber Raum zur Hoffnung letzten Jahre Weg gegangen Nicht entgehen lassen. Leseabenteuer Fratzen der Angst begegnen wie Kaleidoskop aufblitzen man sich selbst erkennt. Wärmstens fohlen.«

Wie ein Fohlen springe ich auf.
Riss im linken Hosenbein.
»Niiiiiicht durchgefallen!«, schreie ich in die leere Wohnung.
»Fallen, fallen, fallen«, hallt es zurück.
Ferien.
Nein.
Neues Thema suchen.
An Erfolge anknüpfen.
Hinunter in den Keller.
In mein Archiv.

Mit viel Überredungskunst habe ich vor drei Jahren von fünf Mitbewohnern das ihnen zustehende Kellerabteil anmieten können, die Holzlattenverschläge brach ich aus, sodass ein ansehnlicher Raum entstand, umgab diesen mit einer Ziegelsteinwand, die ich selbst aufmörtelte, um ungestört arbeiten zu können, und begann dort alles zu lagern, dessen ich habhaft wurde. Einen Tannenzapfen aus dem Wald, ein Schilfrohr, durch das Kirschsteine pustbar waren, Schuttteile aus einem Abbruch, eine rostige Stossstange, gefunden nachts auf der Nationalstrasse Nummer 6, eine ausgepresste Senftube, getrocknete Rosendornen, angebissene Pausenäpfel vom Schulhof nebenan, eine Sternschnuppe, die Glocke einer Katze ohne Schwengel, fünf Tropfen Leitungswasser in einer Pipette, ein altes Kinderlaken, zwei Schwanenfedern, eine Fahrradkette, Reklamebriefe, vergilbte Zeitungsseiten, ein Kompass ohne Nadel, Vogelnester, abgeschnittene Barthaare, ein teurer, von einem Bettler erworbener Sammelhut, Jurasteine, Orden und Diplome, Lochkarten und Kreuzworträtsel, den Einband eines Lexikons ohne Inhalt. Alles Dinge, so mein jeweiliges Gefühl, die ich einmal dringend benötigen würde. Der Raum, das versteht sich von selbst, war rasch zu klein, und so erstand ich mir vor bald zwei Jahren einen gebrauchten Presslufthammer mit eingebautem Schalldämpfer. Schaufel. Pickel und Lore. Begann zu graben. Mein Archiv auszubauen.

Zu Beginn gab es Schwierigkeiten. Mit dem Presslufthammer, obwohl schallgedämpft, und dem Aushub. Ersteres löste sich so, dass ich die Mitbewohner und Nachbarn informierte, ich hätte mir für meinen Beruf als Schriftsteller einen Zufallswortgenerator konstruieren lassen, der Stahlbuchstaben in einer besonders harten Legierung durcheinanderwirble, äusserst schnell durcheinanderwirble, um den Zufall wie bei einer Zentrifuge durch Schwerkraftelimination vollständig wirken zu lassen. Die Buchstaben würden – man hätte sich das vorzustellen wie bei einer Lottoziehungsmaschine – oben beim Einfüllstutzen eingeführt, unheimlich rasch, dies im Gegensatz zum soeben angeführten Glücksspielinstrument, gedreht, in verschiedenen Richtungen zwar auch, um dann in Buchstabenformationen nach Öffnen des Verschlusses ans Tageslicht zu geraten mit der einzigen Aufgabe, mich zu inspirieren.

Da mein Ruf zu dieser Zeit bereits gefestigt war und ich versprach, den Apparat nur jeweils zwischen fünfzehn Uhr fünfzehn und sechzehn Uhr fünzehn in Betrieb zu nehmen, selbstverständlich nur an allgemeinen Werktagen, samstags ausgenommen, willigten die Betroffenen, zwar unwillig und als Opfer dargebracht der Kultur, ein. Der Aushub hingegen stellte mich vor wesentlich schwierigere Fragen. Das Zerbröseln, Tragen in die Wohnung, abgefüllt in Einkaufstüten mit anschliessendem Abspülen in meinem Bad, das ich als erstes praktizierte, war nicht effizient genug, stellte mich auch bei den Steinen, die ich nicht vermeiden konnte, vor die Frage, ob diese vor der Entsorgung in einer Steinmühle zu mahlen waren. Ein mir entsprechendes Modell fand ich trotz intensiver Suche leider nie. So musste ich nolens volens nach anderen Möglichkeiten der Entsorgung suchen.

Nach Tagen stiller Überlegung, unterbrochen nur durch das Leerlaufenlassen des Presslufthammers – ein Schriftsteller braucht ja täglich seine Inspiration, so glaubte ich zumindest, glaubten es die eingewilligten Betroffenen –, kam dann die zündende Idee: Bei einem meiner Stadtgänge blieb ich vor dem Fenster eines Zoogeschäftes stehen, betrachtete die Kanarien und Käfighamster, verglich ihr Schicksal mit dem meinen, trat ein, um Kraft meiner schriftstellerischen Autorität gegen die engen Verhältnisse der Hamster, und damit indirekt auch meiner selbst, Einspruch zu erheben. Wurde von einer Heimtierberaterin, deren Diplom eingerahmt genau gegenüber der sich im Inneren des Ladens befindenden

Hamsterkäfige an der Wand befestigt war, also gut einsehbar für die Tiere wie für die Kunden, wurde aufs herzlichste begrüsst, es schien mir fast, sie hätte mich erkannt.

Nach meinen Wünschen gefragt, gab ich an, unbedingt mehr Raum für die Hamster haben zu wollen, das sei für mich überlebensnotwendig, die äusserst prekären engen Verhältnisse, in denen diese Tiere zu leben hätten, schränkten auch mich in meiner Lebensfreude ein. Und das hätte Folgen, auch für sie nachvollziehbare Folgen, und diese Verantwortung wolle sie, oder besser gesagt könne sie doch nicht tragen.

Flugs legte die Beraterin mir eine Hamsterenzyklopädie vor, geschrieben von einer Kapazität der Zoologie der hiesigen Universität – ich war durch die routinierte Antwortgebung inzwischen sicher, nicht der erste Reklamant zu sein –, wies darauf hin, dass Hamster auch in der Natur sich enge Nester bauten, Tretmühlen als Lebensbereicherung zu schätzen wüssten, obwohl diese in freier Wildbahn nicht vorkämen, und dass das Zoogeschäft sich bei den Käfigen genau an die DIN-Norm halte, abgesegnet vom Fachausschuss für Nagetiere, auf die sich die Koryphäen dieser Fachrichtung international zum Wohle aller geeignet hätten. Ich beharrte noch des Anstandes wegen einige Minuten auf meiner Sicht, streute da und dort ein Wort der Einsicht ein, sodass wir uns schlussendlich glänzend verstanden und mich die Diplomfrau einlud, die Handlung eingehend, mit den notwendigen zoologischen Erklärungen versehen, zu besichtigen.

Ich sah Schlangen, Beckenfrösche, Nahrungsmäuse, Kakadus und Zwergelefanten mit niedlichen Rüsselchen, bis ich vor einem überproportionalen Vivarium wie angewurzelt stehen blieb. Die eine Seite des Glaskastens war voll gefüllt mit Erde und Steinen, die andere, erreichbar in einer Art Überlaufbrücke, war mit Wasser gefüllt. Ich beobachtete Tausende von etwa zehn bis fünfzehn Zentimeter grossen ameisenähnlichen Tieren, welche mit unheimlicher Geschwindigkeit Erde und Steine frassen, die Steine zwischen ihren Zangen in feinstes Steinmehl zersplitterten und dann genussvoll verspeisten.

»Diese Spezies«, belehrte mich die Beraterin, »lebt ausschliesslich von Erde und Steinen. Sie ist in der Lage, in kurzer Zeit ein Mehrfaches ihres Eigengewichts durch ihre Mundöffnungen zu integrieren«, ein vornehmes Wort für Fressen, empfand ich, der Unterschied der Wortwahl machte bestimmt das Diplom aus, »in ihrem Magen schnell zu verarbeiten und alles Nutzvolle, Ernährende, aber auch Salze, Kalk und weitere Ingredienzien aus dem Eingenommenen zu extrahieren, bevor sie ins Wasser wechselt, um dort die für sie nicht brauchbaren Ballaststoffe auszuscheiden, die dann verdünnt einerseits der Fischpopulation als Futter dienen, andererseits angeschwemmt zur Humusbildung an entlegenen Stellen beitragen. Interessant ist zu vermerken, dass das Rätsel der Humusbildung unter Wasser, die Schilf- und Algenpopulationen nährt, erst wissenschaftlich befriedigend erklärt werden konnte, nachdem man diese Ameisenspezies entdeckte.«

Ich zeigte lebhafte Zeichen der Begeisterung über die Ausführungen und vor allem Respekt vor dieser Ameisenart und gesamthaft vor der Natur, die solches erst ermöglichte. Meine Erkundigungen ergaben, dass das Spezialvivarium samt Inhalt käuflich war, dass aber der Gefahr wegen, die Tropeninsekten könnten ausbrechen und sich unkontrolliert vermehren – »nur bei grosser Wärme«, betonte die Beraterin –, was äusserst verheerende Folgen hätte, es eine schriftliche Genehmigung des staatlichen Veterinäramts brauche, die aber bei Interessennachweis wissenschaftlicher Natur – wobei Beobachten und ein tadelloser Leumund durchaus als Erfordernis genügten – ohne Zimpereien abgegeben würde.

Zu beachten sei, dass das Vivarium versiegelt angeliefert werde und einzig eine Wasser- und eine Erdschleuse, die zeitverschoben die Verbindung beider Welten sicherstellten, errichtet werden müsse, das heisst, sowohl das Wasser als auch die Erde mit den Steinen würden in die jeweilige Schleuse eingegeben, und erst wenn diese zu unserer Welt hermetisch abgeschlossen, öffne sich das Tor zum Inneren. Das Patent sei bereits angemeldet. Sagte sie. Und zudem – doch dabei handle es sich nur um eine Kleinigkeit – sei jährlich die Bewilligung der Spezialhaltung zu erneuern, wobei das Vivarium vorzuführen sei. Selbstverständlich im eigenen Heim. Der Inspektor spreche übrigens den Termin jeweils wie ein Schornsteinfeger vorgängig ab.

Den Kaufvertrag, obwohl er mich drei Monatstantiemen kostete, schloss ich auf der Stelle ab, der Lieferwagen des Fachgeschäftes brachte mich samt Ameisen an meine Wohnadresse. Das Vivarium liess ich in den Keller stellen, dort sei ich für Beobachtungen ungestört, könne mich wissenschaftlich konzentrieren. Der Aushub gelangte nun täglich in die Schleuse. Mein Problem war gelöst. Nur mit der Menge war ich nicht zufrieden, sodass ich mich entschloss, das Glas zu zertrümmern, und der Spezies ihre Freiheit gab.

Nun ging es rasend schnell. Die Vermehrung war beachtlich, Staat um Staat entstand und mit ihnen kilometerlange unterirdische Gänge, mein Archiv wuchs in Windeseile, sodass ich Mühe hatte, genügend Material für die Archivierung zu beschaffen. Eines Tages gab ich mein Bemühen auf, tröstete mich mit Raumreserven, die beständig wuchsen, in die Tiefe, in die Breite – die ganze Stadt war unterhöhlt mit Gängen, die niemand kannte ausser mir, eine brüchige, instabile Welt, die täglich einzubrechen drohte, ohne dass jemand von der Gefahr Kenntnis genommen hätte.

Das Wandeln in den Gängen, wie ich es heute tat, war inspirierend. Mein neues Buch will ich dem Inneren der Erde widmen, den Regenwürmern mit ihren Ballettgeschichten, den Asseln mit ihren Hinterleibsgliedmassen, die der Atmung dienen, den Engerlingen, die von ihrem Käferleben träumen, den Wurzeln, die zusammenhalten, den Höhlengnomen, den Irrlichtern, dem Humus, der sich bildet und leise von seinem früheren Leben erzählt, der modrigen Wärme, dem Schoss der Erde, dem Leben, das darin entsteht. »Ein toller Ansatz«, würde mein Verleger sagen, »ein toller Ansatz, tzse, tzse, tzse, fahr' weiter so!«, und würde die Druckmaschinen schon stampfen hören.

Zurück in meine Wohnung. Die Gänge entlang. Ohne zu unterlassen, die Ameisenschar freundlich einzeln zu grüssen. Früh zu Bett, um morgen gewappnet, mit Ameisenwärme versehen, den Kritikern entgegenzutreten.

13.

Es ist aller Tage Abend

Gleissendes Scheinwerferlicht. Vorgeplänkel im Vorraum des Senderaums. Artiges Händeeinschlagen. Schulterklopfen. Beschnuppern und Warmlaufen. Auch Aufwärmrunde im Fachjargon. Vier nationale Kritiker, der Rundenleiter mit, wie jeder weiss, versteckten literarischen Ambitionen, die er, wie in den Fernsehgängen laut geflüstert wird, unter Pseudonym auslebt. Und dann der Überraschungsgast, gross angekündigt als Gast ohne Namen, nicht im Vorraumsvorgeplänkel anwesend, um die Spannung auch in der Runde zu erhöhen.

Letzte Puderquasten werden des Schweisses wegen appliziert, die Stimmung ist nervös gelöst, Voraussetzung für einen guten »Talk«, wie der Regisseur anmerkt. Ich ohne Zeitungskleid, schliesslich doch feige, habe meine besten Jeans gewählt, ein schwarzes Hemd und eine Cravache – der letzte Modeschrei. Und zum Schreien ist mir zumute wie eh und je, wenn ich mich unentrinnbar den Kritikern zu stellen habe. Zwei von ihnen, wohl bekannt für ihre Häme und ihre Formulierungswut; der Dritte, schlau und federfuchsend, bereit, die Fallen zu bereiten, in die der Autor stürzen soll, um sich an seinen vergeblichen Rettungsversuchen zu ergötzen. Der Vierte ist neu aufgenommen in die Runde, ein noch unbeschriebenes Blatt voller Gefahrenherde, weil noch keiner weiss, wie er debattiert.

»Darf ich bitten, sich bequem zu setzen?«, beendet der Rundenleiter die Warmlaufphase.

Die Scheinwerfer setzen mir wie immer zu, strahlen hypnotisch auf mich ein.

»Stimmen- und Bildprobe nun, bleiben Sie, wie Sie immer sind. Werde Ihnen jetzt allen einzeln eine Frage stellen, eine fiktive Frage, klar, die Spannung darf nicht weichen. Der Überraschungsgast sitzt links von mir, er wird hereingeleitet werden, der Sessel bleibt bis dahin leer, die Bildregie wird auch den leeren Sessel zeigen, damit die Seher bindend – ein probates Anti-Zapp-Rezept.«

Die Übergangsfragen gehen leicht vonstatten, widmen sich den Küchenkünsten, Wetterkapriolen und dem Stauverkehr. Die Spannung steigt, der Ansagetext wird auf dem Monitor in konzentrierter Stille mitverfolgt.

»Noch zwanzig, zehn, fünf Sekunden, Achtung Sendung!«, der Arm der Regieassistentin senkt sich mit der Wucht des Fallbeils in der französischen Revolution. Rote Lampen an den Kameras beweisen blinkend das Hinaustragen der Worte in das ganze Land.

»Guten Abend, liebe Literaturgemeinde, wir haben uns hier versammelt am Grabe unseres Nationaldichters, auf dessen Leben und Werk wir alle mit Recht stolz sind, ist es doch nichts anderes als ein Stück von uns. Dass der Verblichene uns so rasch, zwar ein reiches, aber leider unvollständiges Werk und eine literarisch verwaiste Nation hinterlassend, verlassen hat, schmerzt uns zutiefst. Bewegt unsere Herzen.

Wir wollen aber nicht trauern. Es wäre nicht im Sinne des Autors, dessen feinsinnige Feder bei aller Verzweiflung über den Stand der Welt stets einen äusserst geistreichen Humor durchscheinen liess. Wir, die ihn kannten, erlebten dies immer aufs Neue, stärker als in seinen Werken, sozusagen »live«, wenn er uns warten liess und dann auf einem Esel reitend wie Sancho Pansa im Studio eintraf, wenn er uns Kritikern fein verschnipselte, manchmal eingekochte, verdickte Seiten seiner Texte zur Verköstigung zustellte. Man musste ihn kennen, um ihn zu verstehen. Zu lieben.

Und es wäre, da bin ich meiner Sache sicher, nicht in seinem Sinne gewesen, seine Gedenksendung in eine Trauersendung zu verwandeln. Vielmehr wollen wir unseren toten Freund mit Humor ehren, mit dem Humor seiner Werke und werden deshalb als erstes Passagen aus seinen Büchern, die ich als Kenner und enger Freund selbst ausgewählt habe, vortragen lassen, aus kompetentem Munde vortragen lassen, von jemandem, der unseren Freund besser kannte, als wir alle zusammen.«

Bin ich auf der falschen Veranstaltung, immer noch in der Gletscherspalte oder, obwohl kerngesund, schon wieder in Ohnmacht gefallen?

»Wollen Sie auf die Frage noch nicht antworten? Verständlich. Eine allzu direkte Frage. Darf ich die Kritiker bitten, sich etwas zu mässigen.«

Welche Frage? Meine Konzentration lässt zu wünschen übrig. Oder sind es die hypnotischen Scheinwerfer? Der nette Rundenleiter, der mir den Rettungsring zuwirft. Sofort aufhören mit Tagwandeln, rufe ich mir stumm zu. Das Gespräch plätschert weiter.

»Also so war meine Frage nicht zu interpretieren, aber einzig und allein – dazu habe ich als Kritiker schliesslich das Recht – wollte ich wissen, ob die Doppelbödigkeit, ja ich wage zu behaupten, die Trippelbödigkeit des Werks, also die verschiedenen Ebenen, auf denen es spielt, allgemein nachvollziehbar sind oder ob hier nicht durch intellektuelle Überheblichkeit der Leser überfordert und damit der gesamten Literatur als Gattung ein Bärendienst erwiesen wird?«

»Bärendienst«, echoe ich zurück, »können Sie den Zuschauern und mir dieses Wort ausdeutschen, bitte schön?«

»Also wenn in einer Literatursendung, ich betone: in einer deutschsprachigen Literatursendung, die elementarsten Redewendungen ausgedeutscht – ein fürchterliches Wort im Übrigen – werden müssen, weiss ich mir nicht mehr zu helfen. Von Ihnen als Autor habe ich eine höhere Erwartungshaltung gehegt, was den Sprachschatz, eines unserer höchsten Güter, betrifft.«

Die Worte wogen hin und her, der Bärendienst wird nun seziert, immerhin nicht mein Buch, und es verrinnen für mich wertvolle Minuten auf Nebenplätzen, was ich mit gekonnten Bemerkungen und leisen Zwischenrufen kräftigst unterstütze.

Der Rundenleiter ruft zur Ordnung, verlässt den Bärendienst, nimmt die Zungen an die Hand und führt sie zurück zu meinem Werk:

»Ist auch Ihnen aufgefallen, wie wenig Menschen aus Fleisch und Blut, Menschen zum Anfassen, im jüngsten Werk unseres jungen Freundes agieren? Präzise will ich Sie alle fragen, ob dies der Handlung Abbruch tut«, war der in meinen unterirdischen Gängen, schiesst mir durch den Kopf, »oder ob Sie diese wundervolle Leere, wie ich, als Sublimierung mitempfinden, die den Leser hin zum Wesentlichen führt?«

Die Kamera nimmt ihn aus dem Bild, er winkt heftig, die Puderquaste kommt, umschwebt seine Stirn erneut, des Schweisses wegen. Die Assistentin rennt aus den Kulissen, flüstert ihm ins Ohr, er nickt ihr leicht sein Einverständnis zu – zu wenig Spannung, zu wenig »Äxion«, wie mein Verleger sich auszudrücken beliebt.

»Ich«, hebt der Federfuchser an, »kann der Leere, die Sie so trefflich beschreiben, kein Jota abgewinnen; für mich müssen Bücher lebendig sein, am liebsten hätt ich's, wenn sie Füsse hätten, Arme. Im übertragenen Sinne, meine ich selbstverständlich ... Doch ich hätte eine ganz konkrete Frage an unseren jungen Freund. Das Liebesleben kommt zu kurz in Ihrem Buch. Mönche, Klöster, Frauen, die aus Dachgeschossen in der Luft ätherisch dem Horizont zuwandeln, siebzehnarmige Wesen mit fünfundachtzig Fingern, Höhlen mit Silberfischschuppenspiegeln, die das Ich in das Universum projizieren, abgebrochene Bleistiftspitzen noch und noch, warum vergessen Sie das echte Leben, dasjenige, das lebt?«

Vorsicht, Falle! Den Ball geschickt zurückspielen. Mich nicht fangen lassen, damit er sich weiden kann. Pause. Stille. Stecknadelfallstimmung. Wirkt immer. Nachdenklicher Blick. Direkter Augenkontakt. Dann, äusserst langsam:

»Sind Sie denn sicher, dass Ihr Leben Leben ist und nicht nur Leere?«

Leere mit fünf grossen E's. Leere Stille. Der Rundenleiter winkt schon wieder. Der Neue in der Runde kommt der Replik zuvor:

»Gut pariert. Nackt ziehen Sie uns alle aus!«

Die Assistentin macht jetzt Zeichen aus der Kulisse, der Leiter klatscht mit beiden Händen, wieder voll im Bild:

»Nun unser Überraschungsgast.«

Ein Trompetenstoss wird eingeblendet, die Tür aus Pappmaché von aussen aufgestossen, nicht echt, denn dafür ist sie zu fragil. Sie wird mit unsichtbaren Schnüren schwungvoll geöffnet, das Aufstossbild, das dadurch entsteht, wirkt auf den Schirmen echt, ein Mönch – oder ist es ein Abt? – tritt ein, mit nur zwei Armen und zehn Fingern, wie ich aufatmend feststelle, nickt freundlich in die Runde, auch er gepudert mit der Quaste, steuert seinem Sessel zu, einen Wust Papier in seiner Hand.

»Liebe Zuschauerinnen und Zuschauer, ich freue mich von ganzem Herzen, bei uns nun unseren Überraschungsgast zu begrüssen, auch er Literat, auch er sich mit Literatur befassend, zwar abgeschieden, meist in seiner Klause, dafür den literarischen Betrieb unserer profanen Welt umso inniger, kontemplativ betrachtend. Wir sind glücklich, dass Sie den Weg hierher gefunden haben, und auf Ihr Urteil sehr gespannt.«

»Nun«, der Mönch hüstelt leicht, als wäre ein Staubkorn auf eine Faser seines linken Stimmbandes gefallen, »dazu, und weil ich der Wahrheit verpflichtet bin, gestatten Sie mir, dass ich aushole.«

Ausholende Handbewegung. Merkwürdig stechender Blick, der mich fixiert.

»Sie wissen, dass ich seit meinen jungen Jahren, nein, Sie können es nicht wissen, wir kennen uns ja erst seit wenigen Minuten, dass ich seit meinen jungen Jahren«, den Faden kann er, so scheint es mir, meisterlich wieder aufnehmen, »als Mönch im gleichen Kloster zurückgezogen lebe. Wo dieses Kloster liegt, tut nichts zur Sache, da wir, darunter verstehe ich die Gemeinschaft, abgeschieden leben und diesen Brauch auch weiter pflegen wollen.«

Die W's, das fällt mir auf, spricht er mit Weichheit aus, als wolle er seine Lippen schonen.

»Seit nun bald fünfzehn Jahren besorge ich die Bibliothek und das Archiv und bin dadurch auch literarisch tätig. Wenn auch nicht direkt.«

Immer noch direkter Blick auf mich. »Zu meiner Pflicht – denn so will es der Orden – gehört der Ankauf neuer Werke, zur Integration in unsere Bibliothek. Und da wir stets auf neuestem Stand bleiben wollen und uns die Mittel weltlicher Natur – darunter verstehe ich das Geld – meist fehlen, haben wir mit den wichtigsten Verlagen, zu dem auch derjenige gehört, in deren Uffizien«, wenn er nur endlich zur Sache käme, mein Stuhl beginnt zu brennen, »unseres heutigen Autors Werk erschienen ist, Verträge abgeschlossen, in dem Vorab-Auflagen, die einzig den Korrekturen dienen, uns mit der Pflicht übermittelt werden, sie möglichst rasch zu lesen, um so in diskreter Weise die Betriebsblindheit zu umgehen. Ich nun pflege eine Verteilung vorzunehmen unter meinen Brüdern, je nach Titel, Dicke, wobei ich auch dem Augenlichte angepasst die Schriftgrösse in meine Überlegungen mit einbeziehe.

Als vor einigen Tagen nun dieses Werk hier eintraf, waren alle Ordensbrüder mit dringlicher Lektüre eingedeckt – die Berichte müssen innert Tagen zurück an den Verlag, um die letzten Unebenheiten zu beseitigen, der Zeitdruck steigt in den letzten Jahren stetig an –, sodass ich mir, obwohl ich mich sonst anderen Fragen widme, das Buch selbst vornahm, um es kritisch würdigend zu lesen.«

Pause. Schraubstockblick.

»Nun meine direkte Frage an den Autor. Wann waren Sie in unserem Kloster, junger Mann?«

Mann, nicht Freund, der Unterschied fällt mir gleich auf.

»Ich?«

»Ja, Sie.«

Ballrückgabe abgeprallt. Kurzfassen ist hier vielleicht das Beste.

»Nie.«

»Wie können Sie das mit solcher Überzeugung sagen, junger Mann, Sie wissen nicht einmal, woher ich komme! Der Gehalt an Wahrheit Ihrer Antwort ist bereits bei Ihrem zweiten Wort erschüttert.«

Sein triumphaler Blick umfängt die Runde.

»Doch darauf will ich nicht hinaus. Ich halte hier, junger Mann, ein Manuskript in Händen, geschrieben vor dreiundvierzig Jahren von einem inzwischen verstorbenen jungen Mönch, nicht publiziert, jedoch in unseren Archiven abgelegt. Nach der Lektüre Ihres«, kurze Pause, »Werks«, das W nun hart, das Wort wie eine Kugel, die den Lauf verlässt, mit Nachdruck ausgesprochen, »kam mir dies bekannt vor, ein Déjà-vu; ich stieg also ins Archiv hinab, sah mich bei den Manuskripten um und fand das hier!«

Er schwingt das mitgebrachte Papierbündel wie einen Dreschschlegel durch die Luft.

»Ich las das hier und Ihres: Übereinstimmung, wortwörtliche Übereinstimmung, bis zum allerletzten Punkt. Ein Plagiat!«, schreit er nun auf, erhebt sich aus dem Sessel, streckt seinen rechten Zeigefinger aus:

»Ich klage Sie an, junger Mann, des Plagiats«, das P nun wie ein Explodat betonend, »des Plagiats am Manuskript eines verstorbenen jungen Mönches, des Plagiats an einem Werk eines seit über vierzig Jahren toten Menschen. Der Fledderei klage ich Sie an vor der gesamten weltweiten Literaturgemeinde!«

Ausser Atem gekommen, mit puterrotem Gesicht, setzt er sich wieder hin, sein Zeigefinger immer noch auf mein Herz zielend, meine Vernichtung heischend.

Absolute Stille im Studio. Die Geburtsstunde einer echten literarischen Sensation hat sich soeben Bahn gebrochen. Und in die Stille hinein tönt meine Stimme.

»Mich?«

»Ja, Sie!«, donnert es zurück.

Das Manuskript des Mönchs macht jetzt die Runde, wird seitenweise aufgeteilt, mit meinem Buch verglichen. Dazwischen Zweifelsblicke, die wie Pfeile mich durchbohren.

»Ein neuer Werbetrick Ihres Verlegers? Zuzutrauen wär's ihm«, durchbricht der Neue die papierraschelnde Gletscherstille.

»Gott bewahre«, entgegnet ihm immer noch wütend der Mönch. »Ich bin den weiten Weg nicht hergekommen, um als Trick karikiert zu werden. Nehmen Sie das gefälligst zurück! Ein Plagiat, ein ausgewachsenes Plagiat hat der«, wiederum der Zeigefinger, »verbrochen, und nicht ich. In unsere Gemeinschaft ist er eingedrungen. Unerkannt. Und hat gestohlen, den Ruf des Toten ebenfalls vernichtet. Ja, Sie!«

Zeigefinger.

»Wer gibt mir den Beweis, dass nicht Sie selbst«, jetzt streckt sich mein Zeigefinger in Mönchsrichtung, »das Manuskript geschrieben haben, abgeschrieben von meinem Werk, um sich zu profilieren, herauszutreten aus der Masse, sich ein Denkmal zu setzen auf meinem Kopf?«

»Was, Sie wagen es, Sie Lügner, mich zu bezichtigen? Meine Ehrenhaftigkeit zu hinterfragen? Das werden Sie bereuen! Das lasse ich mir nicht gefallen! Der Plagiator sind Sie selbst! Übers Knie sollte man Sie legen. Die Ehre der Toten in Frage stellen! Geben Sie die Blätter her. Das brauche ich mir nicht gefallen zu lassen. Dafür habe ich nicht den weiten Weg gemacht. Nein, dafür nicht!«, und er verlässt die Fernsehrunde, nicht durch die künstliche Türe, nein durch die Kulissen.

Ratlosigkeit, Stimmengewirr.

Der Regisseur wechselt heftige Worte mit dem Rundenleiter, jener stapft hinaus, dieser setzt sich in seinen Sessel und zieht sein eingeübtes Lächeln aus der Westentasche:

»Liebe Literaturgemeinde, live, ich betone live, waren Sie Augenzeuge einer Enthüllung, der unser Sender, dafür stehe ich mit meiner Literatenehre ein, ins Minutiöseste nachgehen wird. Die Überraschung hier im Studio ist gross, so gross, dass ein Kommentar, falls er nun gleich erfolgte, der mangelnden Distanz und Tiefe bezichtigt werden müsste.

Dies ist denn auch der Grund, dass erstmals seit Bestehen dieser Sendung ein vorzeitiges Ende unserer Runde angezeigt erscheint. Bis zur Wiederaufnahme des normalen Programms schalten wir jetzt direkt zur zweiten Kette, deren Sendung wir übernehmen. Für Ihr Verständnis danken wir Ihnen tief verbunden.«

Langsam wird sein Gesicht ausgeblendet, als löse es sich in Geistigkeit auf, der Nachspann taucht auf, untermalt von klassischen Klängen. Jetzt erst bricht der wahre Tumult aus. Alles redet durcheinander und aufeinander ein.

Und mitten in diesem Durcheinander schleiche ich mich unerkannt aus dem Studio, Erfolgsautor noch vor Minuten, des Plagiats Bezichtigter jetzt.

13. +

Die Beine in die Hand nehmen

Ein Plagiator? Wär ich es bloss gewesen! Dann hätte ich wenigstens meinen Spass daran gehabt. Aber ich weiss von nichts, weiss nicht einmal, wo das Manuskriptkloster liegt. Ich konnte mich nie für Klöster erwärmen. Nur eines kenne ich, mein Kopfkloster, das meines Buches, auf dem Berg mit den zwei schlichten ionischen Säulen und den Bleistiftspitzermönchen, mit siebzehn Armen und fünfundachtzig Fingern mit je drei Augen. Doch mein Kopfkloster hilft mir auch nicht weiter.

Ich?
Ja, Sie!

Der Mönchszeigefinger durchbohrt noch jetzt ein ums andere Mal mein Herz. Oder war der Mönch eine abendliche Fata Morgana, wie der kopflose Pianist, die Trauerrede und der Gletscherspalt? Was ist real? Was irreal? Oder ist das Irreale in meinem Leben Realität, die anzunehmen sich mein Innerstes nur weigert?

Allmählich beginne ich mich zu beruhigen. Zu Küchenfürsts jetzt, mich belohnen für die Auffangbälle und die Konter, für die Ruderschläge im Rettungsboot, das erst mitten im See den Felsen rammte.

Ich trete ein in den Speiseolymp, verlange nach dem Küchenfürsten persönlich, des freien Tisches wegen.

»Einen Augenblick«, werde ich gebeten. Der Empfangsmann kommt gleich zurück, ringt andeutungsweise seine Hände, bittet um Verständnis, der Chefff – wiederum jene Kohorte F's aus meinen Träumen – sei schwer beschäftigt in der Küche. Ob ich nicht lieber morgen das Lokal besuchen könne, denn beim besten Willen sei heute kein einziges Plätzchen frei.

Dann stehe ich wieder auf der Strasse. Radieschen-Saucen-einsam-Abend ist angesagt.

Über der Türe meiner Wohnung Telegramme in grosser Zahl. Nach dem Türeverschliessen, Riegeln, Ketten – man weiss ja nie – reisse ich bereits die ersten auf.

Schuft. Stop.
Plagiatoren sollten hängen. Stop. Das noch zu gut. Stop.
Wie konnten Sie es wagen? Stop.
Mein Ideal zerfällt wie unsere Welt. Stop.
Stop. Stop. Stop.
Genug.

Dampfkochtopf.
Telegramme rein.
Lautes Pfeifen begleitet den Prozess.
Abstellen.
Abkühlen.
Abtropfen.
Bällchen formen aus der Masse.
Teller.

Messer.
Gabel.
Kerzenlicht.
Eine Blume auf den Tisch.

Verinnerlicht erscheint das Ganze halb so schlimm. Kaffee ganz schwarz und dann ins Bett. Zum Gletscherspaltentraum, auf den ich mich nun erstmals freue. Der Kopf des Pianisten ist schon da, vertraut, er führt mich in das Eis, das farbig schillert. Der Flügel, hängend über meinem Kopf, bietet mir Schutz, und in den Dissonanzen, die in meinen Ohren ständig klingen, erkenne ich in dieser Nacht die Melodie des Lebens.

14.

Ans schwarze
Brett kommen

Erwacht aus meinem Eisparadiesspalt, in dem ich beim Morgengrauen die Sphärenklänge der stummen Geigen meines Freundes, des Geigenbauern, erlauschen kann, ist Raureif auf meine Decke und mein Haar gelangt, der rasch abschmilzt und das Zimmer, mein Wohnzimmer, mit modriger Höhlenspiegelluft erfüllt. Erst jetzt nehme ich das Klopfen an meiner Wohnungstür wahr, obwohl ich es im Schlaf bereits als Pickelhämmern deutlich vernommen habe und im Traum der Meinung war, dies seien die Retter. Sie riefen auch laut meinen Namen, doch ich wollte gar nicht gerettet werden, um nach der Rettung erklären, beweisen zu müssen, dass ich lebte, und nicht der Mönch. So blieb ich traumstumm, dachte an das Frühstücksei, das so aus vollem Leibe lachen konnte.

Das Klopfen wächst – ich bin nun richtig aufgewacht – zu einem Crescendo, Fäuste müssen es sein, die klopfen, auch Instrumente mit hellerem Klang, Schlüsselbünde, Taschenmesser, Klappscheren und Münzen wohl, dazu der Ruf meines Namens in vielfältigster Form und Tonlage.

»Wir müssen Sie dringend sprechen ... sprechen ... sprechen«, hallt es aus meinem Bad.

Blick auf mein Kissen, ob nicht der Kopf des Pianisten Auskunft geben könne; der ist jedoch verschwunden. Wohl zu Besuch bei seinem Rumpf.

Tür öffnen, Ameisen dringen in die Wohnung, gewachsen nun zu Menschengrösse, sie halten Bleistifte in ihren Läufen, Blöcke in ihren Zangen, bewegen ihre Fühler, sie schieben Wagen, die auf Schienen fahren, mit aufgebauten Kameras, aus denen tiefgefrorene Augen mich verfolgen.

»Ist es denn wahr?«, schreien sie alle durcheinander, bewegen ihre Lippen und Zangen. »Ist es denn wahr?«

In der Mitte steht eine Mönchsameise, die das Orchester mit den Zangen dirigiert und in den Pausen gierig meine Bücher frisst. Schweissgebadet schrecke ich auf aus meinem Doppeltraum, doppelbödig, trippelbödig, und beginne den neuen Tag.

15.

Den Tag nicht vor dem Abend loben

Ein neuer Tag? Gibt es denn einen neuen Tag? Nach pechschwarzen Träumen. Gedanken zusammensetzen. Sie aus der Nachttischschublade holen. Diese aber verschlossen. Fein säuberlich. Schlüsselaufenthaltsort unbekannt. Folglich ein gedankenloser Tag.

Strassenbahnfahren. Einfach so. Von Acht bis Sechs. Mit zweistündiger Mittagspause. Tageskarte lösen. Und ab geht's! Linie sechs. Eine Ringlinie. Ohne Aufenthalte an Endstationen. Ich hasse Endstationen. An denen es nicht weiter geht. Der Fahrer eine Zigarettenpause einlegt. Sich die Füsse vertritt. Sich auf Ablösung freut. Das schwere Gefährt wieder besteigt. Es steuert. Wissend, dass nicht er es steuert, sondern die Schienen.

Griesgrämige Gesichter. Schlafsand durch einen Kaffee, hastig gekippt, kaum aus den Augen gewaschen. Lederaktenmappen auf dem Schoss, dann in der Hand, schliesslich eng gepresst zwischen den Leibern, die dicht gedrängt die Fugen des Trambahnbodens belagern. Wie auf Kommando Leerung, alles quillt aus den Türen, als sei's ein Ritual. Ich bleibe sitzen. Eng gepresst an das Holz meines Sitzes. Mit ihm verwachsen. Eine Verwachsung im Sitzholz. Die junge Frau mir gegenüber auch.

»Ich liebe Ringlinien«, sagt sie, mehr zu ihrem Buch, in dem sie liest, als zu mir.

Halblange, schwarze Haare. Glänzend. Pony. Ein Traumgesicht ohne Restsand.

»Wenn ich verzweifelt bin, fahre ich Ringlinien. Einfach so. Tut gut. Baut auf, im Kreis zu fahren. Ewig im Kreis zu fahren.«

Sie blickt mir dabei in die Augen. Dunkle Glut. Blitzende Iris.

Ich glaube zu erröten. Ist sonst nicht meine Art. Das Brummen der Strassenbahn wird lauter. Heftig die Blitze des Stromabnehmers nun. Kein Abbremsen mehr. Kein Halt mehr an Stellen. Eine Durchsage:

»Wir bitten Sie, das Rauchen einzustellen, sich anzuschnallen, die Sitzlehnen aufrecht zu stellen, der Start erfolgt in fünfzehn Sekunden.«

Die Strassenbahn fährt Flügel aus, dröhnt, heult auf, verlässt die Schienen, durchbricht die Fahrleitung, hebt ab und kreist über der Stadt, gewinnt an Höhe, fliegt auf die Berge zu, über die Gletscher, in denen ich gefangen bin. Und hält mit einem Ruck.

»Endstation«, scheppert der Lautsprecher.

Die junge Frau steigt aus. Lässt mich allein.

»Es gibt doch keine Endstation auf einer Ringlinie!«, rufe ich ihr verzweifelt nach und werde wieder eins mit meinem harten Holzsitz, der stabil auf dem Fugenboden verschraubt steht. Nicht einmal die Strassenbahn hilft mehr.

Ich steige in der Nähe meiner Wohnung aus – die Tageskarte schon verfallen –, kehre zu meinen Ameisen zurück. Doch auch die sind verschwunden. Die Wohnung leer. Der

Briefkasten quillt über. Beschimpfungen. Fragen. Bitten um schriftliche Interviews. Zeitungen mit Schlagzeilen, die mich betreffen. Betroffen machen.

»Schriftsteller entlarvt.«

»Plagiat«, zweispaltig.

Kommentare. Mit giftgrüner Tinte geschrieben vom Kulturredaktor:

»Vor nichts wird heute mehr zurückgeschreckt, wohin treibt unsere Kultur? Unhaltbar ist wohl der wahre Ausdruck, so stark dieses Wort auch schmerzt«, die ersten beiden Zeilen meines bis gestern grössten Kritikerbewunderers. Das Telefon klingelt ohne Unterlass. Der Beantworter schaltet sich mit Präzision nach dem zweiten Klingeln ein.

»Hier spricht mein Telefonbeantworter, zur Zeit bin ich nicht erreichbar, wenn Sie eine Mitteilung hinterlassen wollen, sprechen Sie nach dem Pfeifton«, alles in fröhlich munterer Art vorgetragen, heiter, mit einem Lächeln in den Stimmbändern.

»Bitte ruf sofort zurück! Maria.«

»Was zum Teufel ist eigentlich los, Sie Pseudoautor? Ich erwarte Sie um vierzehn Uhr im Verlag«, die donnernde Stimme meines Verlegers, diesmal ohne tze, tze, tze.

»Hier ist das zweite Fernsehen. Wir möchten Sie dringend heute Abend zu unserer Nacht-Talkshow im Studio wissen. Nutzen Sie die Möglichkeit, sich zu verteidigen. Sendung ohne Überraschungsgäste, rufen Sie dringend an. Bitte.«

Ich drücke den Löschknopf. Höre nicht zu Ende. Öffne die restliche Post.

Dicker, grosser gelber Umschlag, Kalanski und Partner. Rechtsanwälte:

»Sehr geehrter Herr«, kein Name, »im Auftrag Ihres Verlegers teilen wir Ihnen höflichst mit«, höflichst fehlte gerade noch, »dass Ihre Anrechte auf die Tantiemen Ihres neuesten Werks bis zur vollständigen Klärung des Tatbestandes vorläufig gestrichen sind, das heisst, diese auf ein durch uns eingerichtetes Treuhandkonto bei der Bank Meier & Co. einbezahlt werden. Um Ihnen dienlich zu sein, legen wir diesem Schreiben eine umfassende Rechtsbelehrung sowie die entsprechenden Urteile des Obersten Gerichtes in Plagiatsfällen und die einschlägigen Gesetzestexte bei. Sollten Sie noch Fragen haben, stehen wir, sehr geehrter Herr«, wieder kein Name, »stets getreulich zu Ihren Diensten. Mit vorzüglichster Hochachtung, Kalanski & Partner, Xavier Kalanski.«

Mit der Hochachtung kann es nach einem solchen Brief wohl nicht mehr vorzüglichst sein, ganz zu schweigen von dem Stets-zu-Diensten-Stehen. Gesperrtes Konto. Auch das noch.

Das Buch muss sich nach diesem Pseudo-Mönchsskandal wie heisse Semmeln verkaufen. Ist das Ganze eine geschickte Inszenierung meines Verlegers, um dessen finanzielle Situation wilde Geschichten ranken? Riesigen Ausgabenbergen sollen unergiebige Einnahmesenkungen gegenüberstehen, überspielt durch geschickte, aber kostspielige Promotions- und Imponierdarstellungen, wollen bestinformierte Kreise wissen, wobei sich diese natürlich jetzt auf den ergiebigen Stoff, den ich abgebe, stürzen und nach weiteren Einzelheiten lechzen, wie ich aus fast allen in der Folge geöffneten Umschlägen entnehmen kann.

Den ganzen Papierpostwulst benutze ich zum Ausstopfen meiner vom Durchfliegen des Strassenbahnkondensstreifens nass gewordenen Schuhe. An diesem Abend – ich verkrieche mich bereits um sechzehn Uhr dreiundzwanzig ins Bett – geht mir die junge schwarzhaarige Frau, die Ringlinienfrau mit Endstation, nicht aus dem Sinn. Nicht einmal im Tagtraum – draussen ist ja noch hell – verliere ich sie aus den Augen.

15./16.

Wo Rauch ist,
da ist auch Feuer

Gerädert wache ich kurz vor Mitternacht auf. Schweissgebadet. Das Fenster dicht verschlossen. Dicke Luft. Kaum zu atmen. Wasser aufsetzen. Pulverkaffee. Den Tassenboden ordentlich bedeckt. Zischend findet das Wasser seinen Weg in die Tasse. Wohl die Pfanne zu lange auf dem Feuer gelassen. Nachtträumen? Das heisse Getränk wärmt kaum mein Inneres, das sich im Gegensatz zum Äusseren eiskalt anfühlt. Herzfäustlinge und Blinddarmschlüpfer gibt es noch nicht zu kaufen. Immerhin Nierenwärmer. Die muss ich mir besorgen. Kalanski & Partner damit beauftragen. Die verwalten ja jetzt mein Sperrkonto. Lassen wohl niemanden innerlich erfrieren, wenn er höflichst einschlägige Tatbestände nachweisen kann. Dann stets getreulich zu vorzüglichsten Hochachtungsdiensten.

Fernseher anstellen.

Zweite Kette.

In bequemen Clubsesseln sich räkelnd, die Plagiatorenrunde. Der Historiker vom Dienst – habe ihn schon öfter bei Aktuellem gesehen – flimmert matt vor sich hin, erläutert langfädig Plagiate in der Kultur- und Menschheitsgeschichte, von den Römern bis zu den Minnesängern.

Der Psychiater, sein Berufsethos wahrend, indem er in sich selbst zu ruhen vorgibt, setzt Kontrapunkte mit zwangshandelnden Menschen, denen kein anderer Weg übrig bleibt, als so zu handeln, wie sie handeln, Entdeckungsgefahr hin oder her, obwohl – und dies betont er fast mit innerer Inbrunst – alle zwangshandelnden Menschen es mit einer bewundernswerten Akribie verstünden, immer mit schlafwandlerischer Sicherheit den Weg zu wählen, der einer Entblössung ihres Tuns die geringste Möglichkeit eröffnen würde. Was aber nicht bedeuten soll, dass ihnen keine Fehler unterlaufen, was besagter, der Diskussionsrunde den Inhalt gebender, schriftstellerischer Fall ja zur Genüge beweise.

Fremder Federschmuck, wirft der Ethnologe dazwischen, sei ja nicht nur negativ zu werten. Viel eher zeige die Völkerkunde, dass das Tragen von Insignien geschlagener Feinde eine wesentlich tiefere Bedeutung habe, als gemeinhin angenommen, könnten doch dadurch, im Glauben dieser Stämme selbstverständlich, die edlen Züge der geschlagenen und meist getöteten Widersacher auf die Sieger übertragen, ja durch sie verinnerlicht werden. Das Plagiat könne sicher, aus eben diesem Blickwinkel heraus betrachtet, sogar Sinn ergeben. Wie stark muss sich der Autor doch dadurch gefühlt haben!

Von Interesse, greift nun der Literaturkritiker ein, der schon gestern zu sehen war, sei immerhin die Frage, ob unser Autor seine vorgängigen Werke selbst verfasst habe oder ob es sich auch hier um Abschriften handle, was ihn als gestandenen langjährigen Literaturkritiker nicht erstaunen würde, habe er doch, obwohl er sich beim bis gestern früh andauernden Feiern und In-den-Himmel-Heben des Autors nicht ausnehmen wolle, habe er doch schon immer auf die so unterschiedlichen Stilrichtungen, die der Besagte so meisterlich zu handhaben verstanden habe, hingewiesen. Ein Aufruf an alte Bibliotheken des Sprachraums, ihre Annalen zu durchforsten, könne ja nicht schaden. Es bestehe die Möglichkeit, der Wahrheit näher zu kommen, den Fall dann auch als literaturhistorisches Ereignis in seiner ganzen Tiefe und Schärfe sichtbar zu machen. Ganz abgesehen davon, dass Literatur stets einen ethischen Zweck verfolgen sollte, und das Überweisen von Tantiemen – man denke nur an die zahllosen Übersetzungen – an den falschen Autor moralisch bedenklich und sich als ungesetzlicher und ethisch verwerflicher Tatbestand erweisen müsse.

»Schade, dass unser Schriftsteller sich geweigert hat, an der heutigen Sendung teilzunehmen, ein Hinweis immerhin auf die gerade geäusserte, aber weit hergeholte These, der aber sicher nachzugehen ist, denn da, wo Rauch ist, ist bestimmt auch Feuer.«

Mit diesen wohlgesetzten Worten wünscht nun der Moderator eine gute, wohl verdiente Nachtruhe.

Ausblendung bei sich erhebenden Diskussionsteilnehmern.
Werbung.
Nachtthemen.

Bei denen der Anruf an Bibliotheken des Sprachraums bereits aufgegriffen wird, die Aussage des Kritikers in voller Länge noch einmal ausgestrahlt und auf dem Nachrichten-Netzwerk der Fernsehsender mit Sicherheit bereits anderen Anstalten im Nachrichtenaustausch angeboten wird.

Ich werde den Eindruck nicht los, mit einem Schnellzug in hoher Geschwindigkeit in einen Tunnel gefahren zu sein, der darin ruckartig bis zur vollständigen Tempolosigkeit abgebremst hat und nun im Stillstand, seit gestern früh in diesem bewegungslosen dunklen Zustand verharrt. Wasser tropft von der grob behauenen Wand, doch ohne Klang, ganz stumm. Es ist nicht der Tunnel meines Buches, auch nicht mein Archiv, welches die Stadt auf tönernen Füssen stehen lässt.

Ich beschliesse um null Uhr zehn, nicht mehr abzuwarten, was mit mir noch geschehen möge. Sondern auszusteigen. In den Tunnel zu steigen. Den Ausgang zu suchen, falls er nicht verschüttet ist. Den Koffer darf ich nicht vergessen. Zwar befindet er sich nicht im Gepäcknetz, sondern in der Kofferkammer, denn ich bin ja noch in meiner Wohnung. Das Nötigste hineingepackt, zur Eingangstür gehastet, doch die ist irgendwie verändert, gleicht einer modernen Einstiegstür eines Hochgeschwindigkeitszuges, Kästchen darüber, roter Knopf, Notausstieg, nur bei Gefahr betätigen. Ich betätige. Die Tür gleitet auf mit lautem Zischen.

Tunnelwände, schwarz mit stummen Tränen, blicken mir entgegen. Ich zwänge mich hinaus, der Koffer klemmt zwischen Wand und Wohnungstür. Ich lasse ihn klemmen, befreie mich von ihm, taste mich den Zug entlang, Lichterketten leuchten. So weit ich sehen kann beleuchtete Fenster, in denen Passagiere sich vergnügen, aus Thermosflaschen trinken, sich zuprosten, alle mein neuestes Buch lesen, darüber eingenickt die einen, die anderen heftig gestikulierend, Worte sprechend, die ich nicht hören kann. Weiter stolpere ich über den unebenen schwarzen, schwellenübersäten Boden; mein Verleger, in einem eigenen Abteil der Superklasse, winkt mir zu, hält sich die Hüften vor lauter Lachen. Vor mir ein kratzendes Geräusch, eine pudelnasse Katze mit schwarzem, glänzendem Haar kommt auf mich zu, schnurrt, reibt sich an meinen Beinen, nun sehe ich die Lokomotive, angestrahlt von Fernseh-Scheinwerfern, die Stromaggregate geben ein tausendfach widerhallendes Crescendo von sich. Reporter hasten.

»Er kann uns nicht entwischen! Nicht in diesem Tunnel.«

»Durchsuchen!«, ruft ein anderer, der Regisseur kritzelt Notizen, schreit seine Befehle, doch ich bin unsichtbar, laufe an ihnen vorbei, weiter hinein in die Schwärze, die sich vor mir unendlich erstreckt.

An der Wand – ich bin schon stundenlang gelaufen von Schwelle zu Schwelle – ertaste ich eine kalte Eisenleiter, schwinge mich hinauf, klettere hoch, endlos, wie mir scheint, öffne einen Deckel, werde geblendet von hellstem Sonnenschein, schliesse die Augen, öffne sie langsam nur zu einem Spalt. Sommergerüche wehen mir entgegen, ein Mann um die fünfundsiebzig sitzt neben dem Ausstiegsdeckel in einem Lehnstuhl, bedeckt mit feinstem, duftendem Moos.

»Darf ich Sie etwas fragen?«, spricht er sich aufrichtend. »Ich habe vor fünfzehn Jahren, zwei Monaten und drei Tagen einen Brief aufgegeben an einen Freund, an diese Adresse«, er zeigt mir einen zerknitterten Zettel, »können Sie mir sagen, ob er angekommen ist? Fünfzig Sous habe ich in Marken draufgeklebt. War das genug? Den Absender habe ich schon vergessen. Ist der Brief wohl angekommen? Er war an meinen Freund gerichtet. Meinen einzigen Freund. Ich habe ihm ein Bild von meiner letzten Wallfahrt gesandt. Mein einziges Bild. Ich habe ihn auf die Post gebracht. In den Briefkasten geworfen. Mit einer Fünfzig-Sous-Marke. Übrigens, eine solche Wallfahrt sollten Sie auch unternehmen. Trauben von Menschen. Und das Essen war gut. Sehr gut sogar. Betreut wurden wir. Sie stellen sich das gar nicht vor. Tag und Nacht. Aber wem erzähle ich das«, er schüttelt sein wohlgeschorenes, graues Haupt, »Sie kommen doch selbst von der Wallfahrt, sonst kämen Sie nicht hier heraus. Wie war's? Erzählen Sie. Hatte es auch so viele Menschen?«

Erwartungsvoll blickt er mich an. Fast andächtig, die wundervollen Erzählungen erwartend, die nun folgen würden. Als ich jedoch stumm bleibe, bläst er seine Backen zweimal leicht auf und flüstert mir dann zu:

»Ah, ah, Ihnen hat es die Sprache verschlagen. Ging mir genauso, genau sooo«, nickt mit dem Kopf, während er seinen letzten O's mit voller Aufmerksamkeit nachlauscht, ihnen Zeit gibt, sich in der Unendlichkeit aufzulösen.

»Ja, ich kann Sie nicht einmal in mein Haus bitten. Zum Auftauen. Zum Erzählen. Denn dieser Sessel ist mein Haus. Ich wohne hier, so lange ich mich erinnern kann, ich bin mit ihm verwachsen. Ganz angenehm, kann ich Ihnen nur sagen. Angenehm, auf Wallfahrer zu warten, obwohl Sie der Erste sind, der kommt. Angenehm, dem Schicksal nicht entrinnen zu wollen, sondern es zu erwarten. Erwarten, einfach so. Einfach sooo ...«, und wieder lauscht er auf die sich auflösenden O's, blickt ihnen nach, wie sie verfliegen.

Des alten Mannes Gesichtszüge kommen mir jetzt bekannt vor. Immer bekannter. Es sind die meinen. Ich schrecke auf. Schon wieder eingenickt. Jetzt vor dem Fernseher. Null Uhr fünfundvierzig. Lang währte meine Wallfahrt nicht.

16.

Fischers
Fische radeln
auf dem See

Meine Kurzträume beginnen mir Sorge zu bereiten. Bin ich denn noch bei Sinnen? Haben mich die Tiefschläge zur Strecke gebracht? Ins Bett gehen kann ich nicht mehr. Das Vor-mich-Hindämmern ist nicht die Lösung. Eine Jacke anziehen. In die Stadt gehen, die sich um diese Zeit verlassen und schlaftrunken in ihrer Hängematte wiegt, die frische Nachtluft würde mir gut tun, mich auf die Erde zurückholen. Meine Schritte hallen auf dem Pflaster. Die Beleuchtung bereits auf Sparen umgestellt, nur jede dritte Laterne verbreitet ihr diffuses Licht.

Wie konnte es nur so weit kommen? Was führt der Fernsehmönch im Schilde? Was der Verleger? Wort für Wort habe ich mein letztes Werk mit eigener Hand geschrieben, mit meinem Gehirn erdacht. Zwar locker. Die Buchstaben flossen einfach. Ohne viel Mühe. Ohne Anstrengung. Wie bei meinen früheren Büchern. Einzig der Erfolg überraschte mich. Lob und nochmals Lob, abgesehen von den obligaten Seitenhieben der Kritiker, die zur Verteidigung ihres Berufsstandes wahrscheinlich unvermeidlich waren.

Dann die Verkaufserfolge. Zweite, dritte und vierte Auflage, Taschenbuchausgaben, Übersetzungen meiner ersten Werke. Alles ohne mein Zutun. Ich liess den Erfolg über mich ergehen wie eine wohlig warme Dusche nach traumlos durchschlafener Nacht. Und nun diese »Plagiatiererei«. Der ausgewachsene Skandal, der keiner ist, Kalanski & Partner, mein Verleger mit verlegenem tzse, tzse, tzse, der Küchenfürst, bei dem für mich kein Tisch mehr frei ist, die junge Frau mit Endstation auf der Ringlinie, die Kurzträume, der Gletscherspalt mit Pianistenrumpf, die Fernsehrunden, die mir meine Identität entreissen wollten, die Wallfahrt durch den Tunnel zum moosverwachsenen Ich.

Meine Schritte hallen weiter. Werden zurückgeworfen von den abweisenden Fassaden. Ohne Antwort. Nur meine Schritte hallen. Hallen durch die ausgestorbene, matt erleuchtete Stadt.

Vorne an der Strassenbahnringlinien-Haltestelle steht ein Mensch. Die Ringlinienfrau. Ich erkenne sie von weitem. Als ich zu ihr trete, spricht sie mich an:

»Ich wusste, dass du kommen würdest heute Nacht. Auf deinen Zustand wie auf meinen kann nur die Ringlinie die Antwort sein.«

Sie greift in die Handtasche, die an ihrer Schulter hängt, und zieht eine verschweisste Plastiktüte mit fünfhundert farbigen Luftballons hervor:

»Blas alle auf, damit wir fahren können!«

Ich blase und blase mir beinahe die Lunge aus dem Leib. Sie knüpft Schnürchen um Schnürchen an die bunte Pracht, verwebt alles geschickt zu zwei dicken Schnüren, wirft die eine über die Fahrleitung, lädt mich lachend ein mich festzumachen, bindet sich an die andere, und so fahren wir von einem starken Wind, der aufgekommen ist, getrieben, mit glückstrahlenden Augen, wie sie nur Kinder haben, drei volle Male die Ringlinie, ohne zu sprechen, einzig schwebend, lachend, ohne Endstation. Wobei der Wind jeweils die Richtung folgsam ändert, um uns unserem Ziel, das keines ist, rasch zuzuwehen.

Als dann der Fahrstrom eingeschaltet wird, von einem leisen Sirren angekündet – die Glocke schlägt fünf Uhr –, platzen die Ballons Stück für Stück. Wir schweben dem Boden zu, sie drückt mir die Hand und verschwindet, als sei eine Sternschnuppe verglüht, am Firmament.

Konsterniert bleibe ich zurück. Kehre heim in meine Wohnung, weine über verlorenes Glück, bis die ersten bleiernen Sonnenstrahlen meine Augen trocknen und mich zurückführen in meine triste Wirklichkeit.

16. +

Der Tropfen fällt nicht weit vom Stamm

Nach drei Stunden erstaunlich erquicklichen Schlafs wache ich mit dem Gefühl auf, von einer schweren Krankheit genesen zu sein. Geschwächt zwar noch – ich kann, als ich mich aus dem Bett erhebe, kaum auf den Beinen stehen –, und trotzdem spüre ich, dass, wenn die zittrigen Beine nicht bebten, ich Bäume auszureissen in der Lage wäre. In dieser Nacht, in diesen drei Schlafstunden, habe ich die Wallfahrt nachvollzogen, meinen Brief, wenn auch nur einen Kopfbrief, mit fünfzig Sous frankiert, an meinen Freund zur Post getragen, ihn aufgegeben, ohne zu wissen, ob dieser je sein Ziel erreichen wird.

Vor Glück in den Kleidern geschlafen, stelle ich an mir herunterblickend fest. Zerknittert meine Kleider, weissstaubig meine Schuhe.

»So nicht, das passt nicht zur Genesung«, murmle ich vor mich hin und gehe ins Badezimmer.

Dusche auf Vollleistung. Mit Kleidern und Schuhen unter den Wasserstrahl. Wie gut das tut! Waschpulver, das neben dem Waschbecken steht, über mich gestreut. Auf der

Packung sind die Worte »noch weisser« trotz erster Auflösungserscheinungen noch zu lesen. Also? Kleider, Schuhe, Socken rubbeln. Meine Mütze ebenfalls. Erneuter Wasserstrahl. Jetzt eisig kalt, dann heiss.

Wasserlachen verbreitend, mit Saubermann-Gefühl, verlasse ich klatschnass die Wohnung, beginne, auf der Strasse zu traben, um nicht aufzufallen. Ein durchschwitzter Jogger fällt nicht auf, auch wenn er Tropfspuren nach sich zieht. Erst nach Minuten stelle ich fest, dass strömender Regen fällt, mein Tarntrab deshalb nicht nötig, und so bummle ich gemütlich durch die Stadt, ein Bürger, vom Regen überrascht, schutzlos.

Pfützen haben sich gebildet auf der Strasse, Bächlein sprudeln im Rinnstein unentrinnbar ihrem vorbestimmten Ziele zu. Auf einer Bürgersteigsteinkante, vor einer grossen Pfütze, die keinen Ablauf findet, setze ich mich hin, beobachte, wie Regentropfen Löcher in die Wasserfläche schlagen, die sich trotz ersten Aufspritzens gleich wieder schliesst. Wie Kreise sich bilden, dann ineinander greifen, sich umarmen und schliesslich nicht mehr zu erkennen ist, wer welche Kreise schlägt. Aufgenommen, in der Pfütze vereint mit ihresgleichen, empfangen die Tropfen ihre Schwestern und Brüder, die zuversichtlich vom Himmel fallen, den Traum vom Schweben begrabend, wenn vereint auch sie die Arme ausbreiten, um die Nächsten glucksend zu begrüssen.

Erste Sonnenstrahlen brechen durch die Wolken, nur vereinzelt noch ein Tropfenplopp, umso freudiger das pfützende Willkommen. Die Sonne trocknet meine Kleider und die Pfütze. Stein jetzt statt Wasserleben, heisser Pflasterstein, sich schon nach Nässe sehnend. Die Tropfen verdunsten, bereits auf ihrem neuen Weg. Wohin führt wohl der meine? Werde ich noch Bücher schreiben? Weitere Plagiate erschaffen?

Auf denn ins Leben!
Mich stellen.
Dem Verleger.
Ein klärendes Gespräch.
Vielleicht ein Rat.
Oder Unrat.
Was soll's?

Am Ringlinienstellenhalt vorbei, den ich verträumt betrachte, auf zum Verlag! Die Treppen stürmen. Vorbei an den Cerberi, die es bewachen, mich aufhalten wollen, ins wohltemperiert möblierte Verlagshausherz. Die Türe heftig öffnen. Ohne zu klopfen. Als Eindringen werde ich das in meinem nächsten Buch umschreiben.

Der Verleger, den Pianistenkopf auf seinem Pult, zu dem er spricht, im riesigen Sessel – Spezialanfertigung –, den er besitzt, seit er als junger Mann Verleger wurde, immer wieder aufgefrischt. Bringe ihm Glück, vertraute er mir einmal an. Nie einen Stuhl wechseln, wenn einer etwas bringt, so handhabe er auch seine Autoren. Frischer Bohnenkaffeegeruch. Teekanne griffbereit mit japanisch zerbrechlicher Lieblingstasse. Aschenbecher aus schwerem Bergkristall – ein Geschenk der Vereinigten Verleger-Verbände, deren Vorsitzender er vor Jahren für viele Jahre war –, noch leer.

Der Pianistenkopf nicht echt. Einzig in der Realität in meiner Phantasie, denn bei näherem Betrachten stelle ich fest, dass es sich um eine neue, ballonähnliche Skulptur seines Leibbildhauers handeln muss, dessen bebildertes, farbiges Werkverzeichnis, das hat mir der Verleger in einem Nebensatz vor der Premier erzählt, sich in druckfertigem Vorbereitungsstadium befindet. Es handelt sich wahrscheinlich um ein Dankbarkeitsgeschenk, auf das – ich wusste es – der vor mir sitzende massige Körper höchsten Wert legt.

Von mir hat er jeweils die handschriftlichen Manuskripte erhalten, die er, wie er immer wieder betonte, im Saif – tatsächlich Saif ausgesprochen – altruistisch der Nachwelt erhalten wolle, da sie ausserordentlich seien, mit so wenig Korrekturen, wie er es in seinem Leben noch nie gesehen habe, obwohl Tausende von Handschriften über sein Pult gewandert seien und er auch in Bibliotheken und Sammlungen – er selbst besässe eine große, auf Auktionen erstandene Sammlung – noch nie so etwas gesehen habe. Ein Naturtalent eben, wie er jeweils, wenn wir auf das Thema zu sprechen kamen, betonte, sodass ich mich mit Lichtpausen meiner Werke zu begnügen hatte, womit ich als Manuskriptennichtsammler problemlos leben kann.

»Wie sehen Sie denn aus!«

Kein ›junger Mann‹, kein ›mein Freund‹ folgt.

»Zerknittert. Wie aus der Waschmaschine. Sind Sie vom Regen in die Traufe gefallen? Ho, ho!«

Er führt seine massigen Hände an die Hüften.

»Warum denn so ein Siebentageregenwettergesicht? Wegen eines Plagiatsvorwurfs? Sie sind nicht der Erste, dem das geschieht. Ein Plagiätchen! Man spricht von Ihnen! Tag und Nacht! Die Münsterglocken sollten in Ihren Ohren dauernd klingen, so viel befasst sich die Literatenwelt mit Ihrem Fall. Das Trommelfell wird Ihnen noch zerspringen! Gut fürs Geschäft. Ihr Buch findet reissenden Absatz. Die zweite Auflage bereits in Rotation. Sonderschicht.«

Pause. Falten bilden sich auf seiner Stirn.

»Sonderzulagen, aber die holen wir bald rein.«

Pause. Die runzlige Stirn glättet sich.

»Ich muss mit Ihnen sprechen. Eingehend sprechen. Gehen wir zum Küchenfürsten?«

Pause.

Verlegener Verlegeruhrzeigerblick.

»Hm.«

»Ich bin verzweifelt. Halte das nicht aus. Und dann Kalanski & Partner. Stecken Sie dahinter? Warum auch das noch? Leide ich nicht schon zur Genüge? Wollen Sie mich klitzeklein bekommen?«

Rosaröte auf dem fleischigen Gesicht. Tritt auch am Hals hervor.

»Gemach, gemach, Sie wollen mir doch keine Schuld zuweisen? Oder?«

Rollende, donnernde R's hängen sich an der Zimmerdecke fest. Bedrohen mich wie knurrende Bluthunde. Und kein Knochen da, keine Wurst, sie zu besänftigen.

»Ich weiss nicht ...«, trotz Lefzen am baumelnden japanischen Fayence-Kronleuchter – wohl auch geschenkt, von wem ist die einzige Frage.

»Das Geschäft läuft. Mit meinem Werk. Ohne Tantiemen. Der Brief von Kalanski & Partner. Sie sind fein raus. Ich sitze in der Tinte. Und keine Hilfe. Nicht einmal von Ihnen.«

Faustknall auf Schreibtisch.

Dezentes Klirren.

»So, genug der schnöden Beschuldigungen. Ich hatte Sie schon immer in Verdacht. Keine Korrekturen im Manuskript. Naturtalent, dass ich nicht lache! Im Abschreiben waren Sie wohl immer Klasse. Seit der Schule. Die einzige Eins, die du einstecken konntest, bevor du hochkant aus der Schule flogst, ja, ja, schau nur belämmert drein, ich habe meine Akte«, er klopft hämmernd auf den metallenen Rollhängerregistraturaktenschrank, der hinter ihm das einzig Geschäftliche seines Büros ausmacht, und duzt mich, wie mir erst jetzt auffällt – sicher kein gutes Zeichen –, »meine Akte angelegt, Erkundigungen über dich jungen Schnösel« – dich würde er jetzt wohl klein schreiben – »eingezogen.«

Atemholen.

»Mir schwante nichts Gutes bei dir.«

Leerer Blick ins Grüne der sorgfältig gepflegten Büroblumen- und Gummibaumlandschaft.

»Zurückzahlen wirst du mir jeden Centime, das verspreche ich dir! Noch«, das CH klingt wie ein Riesenschnarcher, »noch so klein kannst du dich machen«, dazu passendes Zeichen mit Zeigefinger und Daumen, »finden werde ich dich. Die Schulden eintreiben, dich nicht laufen lassen, niemals. Lächerlich hast du mich gemacht, lächerlich in der ganzen Bransch«, mit SCH, »natürlich nur, wenn sich die Angelegenheit bewahrheitet. Die Literatengemeinde recherchiert. Und das kann ich dir sagen, wenn die sucht, kommt alles, auch das Klitzekleinste, ans Tageslicht«, – wieder das CH –, »ansonsten«, jetzt wieder die zarte, kreidige Lämmerstimme, »bleiben wir selbstverständlich auf gutem Fuss« – mit der Riesenpratze hatte ich noch nie etwas gemein –, »junger Freund«, flötet er jetzt, »dann war das Ganze ein Abenteuerchen, das Sie ja zu einem Büchlein verarbeiten können«, strahlender Sonnenschein auf Stirn und Nase, »und nun verlassen Sie bitte mein Büro, und kommen Sie erst wieder, wenn ich Sie rufe, rufen lasse.«

Die Audienz ist vorüber. Er lehnt sich zurück, federt ab, greift sich ein Manuskript, wohl von einem neuen »jungen Freund« oder einer Freundin – nennt er auch Frauen so? Mädel passt besser. Sicher Mädel, sage ich mir beim Aufstehen mit vorsichtigem Blick in die Ecken der Zimmerdecke, ob die bissigen R's noch sprungbereit über mich herfallen, mich bei lebendigem Leib zerfleischen wollen. Nichts geschieht, sie haben sich verkrochen, und so trete ich mit Erleichterungshochgefühlen aus dem Verlegerallerheiligsten, würdige die Cerberi, die mich über ihre Spiegelbrillenränder hinweg wie ein exotisches Getier betrachten, keines Blickes.

Frische Luft. Welche Wohltat! Ich wandere zurück in Richtung meiner Wohnung, vorsichtig einen Schritt vor den anderen setzend, der tönernen Stadtfüsse wegen. Vorbei an der Haltestelle der Ringlinienbahn, an der kleine bunte Ballonfetzen, die sich in der Fahrleitung verfangen haben, mich an die vergangene Nacht erinnern, hin zu meiner Strasse, vorbei an Küchenfürsts Gourmettempel, dessen Jalousien fest verriegelt sind. Seine Gastwirtschaft – ich darf sie ab heute so nennen, seit kein Tisch für mich mehr frei steht – öffnet erst gegen sieben; komme an den Platz, von dem an ich mich schon gänzlich zu Hause fühle.

Baumaschinen sind aufgefahren worden, ein ganzes Heer, meine Strasse wird aufgerissen, der Asphalt in grosse Stücke aufgehämmert, auf Lastwagen abgeführt. Mein Archiv, durchzuckt es meinen ganzen Körper, was ist geschehen, entdeckt! Noch das dazu, wie soll das enden, enden, enden ...

Reglos stehe ich da. Zur Salzsäule erstarrt, bis der Asphalt rund um mich gerissen werden soll, fein säuberlich mit Kreide markiert, der Kreis, auf dem ich stehe. Arbeiter in blauen Kleidern mit Stadtwerkwappen gruppieren sich um mich herum, gestikulieren, sprechen auf mich ein; ich verstehe kein Wort, kein Ton erreicht mein münsterglockentongefülltes Mittelohr. Rote Baustellenkegel werden um mich aufgebaut. Nervöses Rufen, Winken. Ein Schutzmann kommt herbei, zerrt an mir, doch ich bin angewachsen. Immer noch kann ich nicht entziffern, was er sagt, obwohl das Läuten, so scheint es mir zumindest, am Abklingen ist, wohl erste Ermüdungserscheinungen des Münsterküsters. Der Schutzmann hat aber auch eine ganz und gar unleserliche Mundschrift, eine Vier höchstens kann ich ihm geben. Neben ihm taucht ein schlipsbewehrter Herr mit gelbem Schutzhelm auf – der Baustellenleiter, wie ich annehme – und ihn kann ich der Glöcknermüdigkeit halber nun auch verstehen. Seine Mundschrift einwandfrei. Eine Eins!

»Sind Sie stumm, junger Mann?«

Er spricht langsam, mit Lippenwulstbewegungen, die nachbetont sind.

»Was zum Teufel suchen Sie hier? Sehen Sie nicht, dass die ganze Baustelle durch Ihr Tun behindert wird? Irgendwann habe ich Sie doch schon mal gesehen. Bekannt kommen Sie mir vor. Besetzerszene. Na. Hier haben Sie nichts verloren. Wir betonieren nicht. Wir bauen Gärten, hängende Gärten. Wir bauen miniaturisiert die hängenden Gärten von Szetschuan nach. Sehen Sie«, er zeigt mit ausgestrecktem Mittelfinger – ist vielleicht zeigefingerversehrt – auf die Fahrleitung meiner Ringlinie, »hier oben werden die Gärten befestigt. Sie können beruhigt sein. Auch wenn wir im Auftrag der Stadtverordneten und der Bürgermeisterin handeln. Ganz beruhigt dürfen Sie sein. Mehr Sauerstoff. Mehr Ozon. Stadtverschönerung. Platzumnutzung. Die Folge einer Bürgerinitiative. Also räumen Sie jetzt den Platz? Machen Sie doch keine Schwierigkeiten!«

Hängende Gärten? Was soll das Ganze? Szetschuan? Wer kommt denn auf solch einen Unsinn? Und zudem, ich habe Wurzeln geschlagen, kann, auch wenn ich wollte, gar nicht aus dem Weg gehen. Ich bin mir selbst ein Hindernis. So oder so. Also versuche ich dies dem Schutzmann, dem Baustellenobersten zu erklären, bestärke sie aber damit noch mehr in der Annahme, zu den heimischen Stadtchaoten zu gehören. Ein Ring von gaffenden Menschen hat sich hinter den leuchtenden Baustellenkegeln gebildet.

»Zerknittert ist der, schau her!«

»Genug habe ich, sage ich, von denen. Nicht einmal etwas Grün gönnen sie uns Steuerzahlern und zahlen selbst keinen Sou.«

»Das ist die Höhe, Sie haben vollkommen Recht, ich kann Ihnen nur beipflichten.«

Der Münsterküster scheint erholt oder hat Ablösung gefunden, die weiteren Kommentare sind unverständlich, tauchen unter im tosenden Ohrenglockengeläut. Nur noch bewegte Münder, als würden alle ihr Mittagsmahl wieder kauen, umgeben mich. Mit Martinshorn kommen Streifenwagen angebraust. Eine Ambulanz. Ein Wasserwerfer. Mit Schildern bewehrte Einsatztruppen der Polizei bilden einen Absperrgürtel, drängen die Gaffer zurück, sodass ich inmitten des Kreises, umgeben von leuchtend roten Baustellenkegeln, einsam eingekreist durch eine weisse Linie, die allen Sohlentritten mutig trotzt, stehe und versuche, an meinen Wurzeln zu rütteln – ohne Erfolg.

Von hinten bahnen die Polizisten nun einem Hebekran den Weg, meine Arme werden festgezurrt – der Motor des Kranwagens macht ein hässlich hustendes Geräusch –, die Kupplung eingelegt, ich an meinen Sohlen hängend ausgerissen, in die Ambulanz verfrachtet und mit Sirenengeheul zur Hauptwache gefahren, vor der sich bereits zahlreiche Reporter versammelt haben.

»Bitte zudecken, ich möchte nicht so gesehen werden. Mit all meinen offenen, nackten Wurzeln. Bitte«, sage ich zum weissbekittelten Ambulanzbegleiter. Der hat ein Nachsehen, und unter einer schwarzen Decke, die sonst Toten vorbehalten bleibt, werde ich auf der Bahre ins Innere der Wache getragen. Dort haben sich, notfallmässig aufgeboten, bereits Bio- und Soziologen sowie eine Biosoziologin eingefunden, um einen ersten Befund aufzunehmen.

»Decken Sie ihm die Augen zu, damit er sich seines Zustandes nicht schämen muss«, gibt eine Stimme Anweisung.

Die schwarze Decke wird zurückgeschlagen, von unten nach oben, meine Augen werden bedeckt.

»Erstaunlich, erstaunlich«, eine andere Stimme.

»Blutdruckmesser, Zange, Tupfer«, verlangt Nummer eins.

»Nadel. Schmerzempfindlichkeitstest«, dieselbe Stimme.

Gerassel.

Ich schreie auf. Hasse Nadeln.

»Habe noch nicht einmal die Haut berührt, und der schreit wie ein gestochenes Schwein. Ha, ha, da sieht einer wieder, wie viel Simulanten herumlaufen.«

Das war die zweite Stimme.

»Versetzen Sie sich in seine Lage«, nun die Frauenstimme, auch Sie würden schreien, wenn Sie von Nadeln hören würden mit verdeckten Augen.«

In ihrem weichen Ton löst ihre Modulation Erinnerungen an die vergangene Nacht aus, an die Ringlinienfrau. Mit warmem Herzen kann ich mich des Eindrucks nicht erwehren, dass meine Wurzeln ihre Nähe suchen.

»Sehen Sie sich das an, die bewegen sich«, zweite Stimme.

»Ha. Sollen wir den Chaoten in die Vase stellen oder eintopfen, Ihr Konzilium, Kollege!«, zweite Stimme mit ironischem Oberton.

»Wie wär's, wenn wir ihn sich ausruhen liessen, morgen wieder nach ihm sehen?«, spielt die weiche Melodie.

»Aber die Rapporte, Kollegin, die Rapporte müssen heute noch aufs Bürgermeisteramt. Ausserordentliche Fälle ertragen keinen Verzug. Sie kennen ja die Chefin«, nuschelt die zweite Stimme, muss einen Mundschutz angezogen haben.

»Brauche mehr Licht«, befehlsmässiger Erststimmenton, »hat denn auf dieser verlassenen Hauptwache niemand Scheinwerfer?«

Mit grösster Willensanstrengung befehle ich meinen Wurzeln, die beiden Stimmen zu umgreifen, sie einzuschlingen, befreie mich von meinen Schuhen, ergreife die Sanfte an der Hand, renne mit blossen entwurzelten Füssen aus der Wache, spüre jeden spitzen Stein der neu geteerten Fläche, halte wie ein Schraubstock die Hand fest. Erkenne nun deckenbefreit die glänzenden, halblangen Haare meiner Gefährtin der vergangenen Nacht, spurte wurzellos von dannen, ohne Ziel vor Augen, zielstrebig durch die Stadt, verfolgt von sich jagenden, stets wechselnden Pupillen, die unserer Flucht zusehen.

Meine Wurzeln halten noch – ich spüre es wohl – die anderen in der Wache fest. Doch die Wurzelkraft lässt nach. Im

Skorpion sei sie geboren, stösst ausser Atem gekommen die Ringlinienfrau aus, ob ich schon je einen Skorpion habe rennen sehen? Ich verneine. Weiss nicht mal, wie ein Skorpion aussieht. Und renne weiter. Auf meine Wohnung zu. Zum Archiv, um den Skorpion nie wieder zu verlieren.

Die Drahtseile der hängenden Gärten sind bereits verschraubt. Plattformen liegen kreuz und quer über der Strasse, Humus ist aufgeschichtet. Blumensamenkisten stehen bereit. Setzlinge dösen an der Sonne vor sich hin. Sogar ein Bienenstock steht, der Befruchtung wegen, noch verschlossen da. Minutiös geplant. Chapeau, denke ich beim Vorbeihasten. Jahrelange Planung steht wohl dahinter. Beamtenstäbe. Arbeitsgruppen in hängenden Rechten. Ist auch mein Plagiatsspiessrutenlauf so gut geplant? Schritt für Schritt. Was kommt als Nächstes?

Endlich meine Wohnung.
Schlüssellochschlüsseldrehen.
Türe öffnen.
Daheim.
Und nicht allein.
Doch liegt in meiner Hand die Hand einer Schaufensterpuppe.
Und ihr Arm.
Sonst nichts.
Nichts.
Tieftraurig lasse ich mich auf meinen Küchenstuhl fallen.
Nehme die Hand samt Arm.
Liebkose sie.
Führe sie ins Archiv.
Vorbei an der ameisenähnlichen Spezies.
Die die Hand erkennt. Den Arm. Freudig flossenwedelnd.
Steinerdefutterwartend. Kreise schwimmend ziehend.
Vorbei an ihnen.

Hin zu einer wundervollen Vase – erstanden mit den ersten Tantiemengeldern auf dem Flohmarkt unserer Stadt –, den Arm mit Hand als Blüte eingestellt, auf dass er Wurzeln schlagen möge, lege mich davor auf den nackten Boden, weine mich in den Schlaf. Die Tränen nähren die Gärten, so stelle ich es mir in den Schlaf versinkend vor in meinem Lebensunvermögen.

17.

Wohl dem
der weis(s)(e)

Das Telefon klingelt andauernd. Trotz Beantworter. Sein ständiges, nerviges Klirren weckt mich gar in meinem Archiv, vor meiner Schaufensterpuppen-Arm-und-Hand-Vase. Der nackte Boden hat meinen Körper eingedellt, blaufleckenübersät, so glaube ich wenigstens, eile in meine Wohnung, reisse das Kabel des Störenfrieds samt Dose aus, schmeisse mit Schwung den Beantworter auf den Boden, zertrete ihn wie ein giftiges Insekt. Endlich Ruhe. Allein mit meinen Tränen. Draussen wachsen die hängenden Gärten, von Kranwagen gehoben, der Sonne entgegen. Der Zeitungsjunge hat mein Leibblatt unter der Türe durchgeschoben.

Ich hebe es auf. Der Titel, über der ganzen Seite abgesetzt, springt mich wie ein Berglöwe an:

»Drei weitere Plagiate entdeckt! Skandal weitet sich aus!«

Darunter dann der Text, dass aufgrund des Fernsehaufrufs, der von vielen gedruckten Medien in Kommentarform aufgenommen worden war, wie berichtet wurde, drei weitere meiner Romantexte in Bibliotheken als handschriftliche Manuskripte gefunden worden seien. Interessanterweise alle vom selben, vor dreiundvierzig Jahren verstorbenen jungen Autor, der nach seinen Lehr- und Wanderjahren, während denen er bereits schriftstellerisch tätig war, sich zum Mönch berufen fühlte und seine Romanmanuskripte nach vergeblicher Verlegersuche – er war wohl seiner Zeit weit voraus – der jeweiligen Stadt- beziehungsweise Universitätsbibliothek vermachte, in deren Umgebung sie entstanden waren, um jeglichen weltlichen Gütern zu entsagen.

Unbeachtet seien sie geblieben bis zum heutigen Tag, in der ganzen Zeit höchstens von wenigen Literaturstudenten als historisches Dokument zur Literaturentwicklung ausgeliehen, auffälligerweise in den letzten Jahren jedoch häufiger, sei dies auf den Zeitgeist zurückzuführen oder auf die besagten kriminellen Tatbestände des Plagiats. Oder deutsch und deutlich ausgedrückt: der Tantiemenschleicherei, der Urheberrechtsverletzung, beides eindeutig Straftatbestände, die streng und unerbittlich zu ahnden seien, ganz abgesehen von der Manuskriptenfledderei, ein ethisch-moralischer Tatbestand, nicht strafbar zwar, aber desto verwerflicher.

Im Bericht wird zudem ausführlich auf den Kommentar des Hauptredaktors hingewiesen, der auf Seite drei vorzufinden sei und den Fall – vernetzt mit dem heutigen Kulturzerfall – umfassend in die richtigen, verheerenden Dimensionen setze, unsere Zeit – handelnd durch dubiose Zeitgenossen – beleuchte und zur Umkehr aufrufe.

Auf Seite drei, der Kommentar. Zweispaltig. Der Titel: »Zeit zur Umkehr.« Ein Kommentar von Hauptredaktor Kaspar Meier. Es folgte sein Bild. Mit traueurmflorten Augen. Wohl eigens für diesen Kommentar aufgenommen oder von einer Trauerfeier stammend.

»Trauriges ereignet sich in unserem Kulturkreis, das mich bedrückt. Nicht genug der lokalen Kriege und grausamen Auseinandersetzungen, nicht genug der Menschenrechtsverletzungen, die täglich geschehen, nicht genug der verbrecherischen Taten, der Korruption, der Bestechungen, nicht genug der Diebstähle und des Kulturzerfalls in Musik, Malerei, Theater und Literatur, nicht genug von alledem, werden nun auch die Festen unserer Kultur angegriffen von jungen Menschen, die nur auf ihr Selbstwohl, auf ihre auf pekuniäre Interessen ausgerichteten Egomanien fixiert sind, Traditionen mit Füssen treten, den Anstand mit aus Reifen entweichender, warmer Luft verwechseln, kurzum, unserer Kulturgeschichte einen Bärendienst erweisen. Wie kann ein gefeierter, hoch geachteter Autor vier seiner Werke – und erst bei vieren ist es nachgewiesen, weitere werden wohl zu uns aller Schande noch folgen –, wie kann ein solcher Autor Werke, geistige Werke eines vor dreiundvierzig Jahren verstorbenen, untadeligen Mönchs einfach abkopieren und als sein originäres Werk verwerten? Wie kann so mit geistigem Eigentum, mit geistiger Materie, umgegangen werden? Schnöde behaupte ich, das ist ein Zeichen unserer Zeit, der Autor, präziser gesagt der Kopist, ein Zeitgenosse, geprägt durch seine Zeit, unsere Zeit. Nicht er allein hat sich schuldig gemacht, zwar, dies in rein juristischer Auslegung, allein im strafrechtlichen Sinne, sondern wir alle Mitzeitmenschen, durch unser tägliches Verhalten, durch unsere Gleichgültigkeit, durch unsere mangelnden, von Reizüberflutung gestörten Rezeptoren, die schliesslich zu solch ungutem Tun verführen, das dann von uns allen – unser Blatt nicht ausgenommen – hoch gefeiert, ja bejubelt wird. In was für einer Zeit, liebe Leserin, lieber Leser, leben wir, in der solches möglich ist? Was hat jeder von uns zu dieser Entwicklung beigetragen? Diese Fragen gilt es hier zu stellen. Und jeder von uns muss selbst die Antwort finden. Daraus die Folgen ziehen. Unbestechlich vor sich selbst. Handelnd in sich selbst. Für kommende Generationen. Für Kind und Kindeskinder. Für die Erhaltung unserer Kultur. Einer ethischen Kultur. Einer Kultur, die moralische Werte hochhält. Die Verantwortung liegt bei jedem Einzelnen von uns. Handeln wir! Zeit zur Umkehr!«

Kaspar Meier

Ich kann es nicht fassen. Noch drei Werke. Vom selben Mönch. Was geschieht mit mir? Wortwörtlich habe ich jedes Werk geschrieben. Mit meiner Hand habe ich sie geschrieben. Und nun dieser Kommentar. Ich, die Ursache des Kulturzerfalls. Ich, ein Egomane. Und draussen die miniaturistischen hängenden Gärten von Szetschuan. Wahrlich, ich gehe mit Kaspar Meier einig: In was für einer Zeit leben wir? Verschüttete Rezeptoren, Reizüberflutung. Aber dass ich Schuld haben soll an diesem ganzen Unglück?

Wallfahrt, dies gehört wohl dazu.
Brief an meinen einzigen Freund.
Aufgegeben.
Fünfzig-Sous-Marke.
Moosbewachsener Lehnstuhl, mit dem ich mich verwachsen habe.
Zurück in mein Archiv.
Zu meiner Vase.
Zu meinen Tränen.
Dort wird man mich nicht suchen.
Dort wird man mich nicht finden.
Ich packe das Nötigste zusammen.
In einen Koffer.
Gehe zur Wohnungstür.
Eine normale Wohnungstür.
Keine Hochgeschwindigkeits-Türe.
Also träume ich nicht.
Bin nicht im Gletscherspalt.
Bin nicht im Tunnel.
Nicht bei der Ringbahnlinie.
Nicht in der Spiegelhöhle.

Ich öffne die Türe. Das Treppenhaus steht voller Schutzbeamter und Polizisten in Zivil. In Jacken und in Regenmänteln.

»Ah, das Vögelchen wollte ausfliegen!«, sagt der Nächststehende, zückt seinen Ausweis, »Kriminalpolizei. Sie sind verhaftet. Angeklagt der Urkundenfälschung, der Urheberrechtsverletzung, des Erschleichens von Leistungen, die Ihnen nicht zustehen. Hier der Haftbefehl. Unterzeichnet vom Untersuchungsrichter, Amt drei. Den Koffer können Sie gleich mitnehmen. Wir schauen ihn uns bei der Einlieferung an. Kommen Sie mit. Machen Sie keine Schwierigkeiten. Dann brauchen wir auch keine Handschellen. Sie sind noch nicht des Mordes angeklagt«, die letzten Worte drohend ausgesprochen.

Was will man mir noch alles unterschieben? Ein gewichtiger Fall muss ich ja wohl sein. Warum sonst ein solches, fast hundertköpfiges Aufgebot? Wohnungstüren werden aufgestossen, an Gucklöchern erblicke ich Pupillen. Worte werden gemurmelt:

»Habe es schon immer gewusst!«

»War allzeit ein schräger Vogel!«

»Die Masche hat nicht hingehauen.«

Die Worte klingen im Hausgang nach, als ich zum Streifenwagen geführt werde. Reporter stehen auf dem Bürgersteig, in Schach gehalten von Medienverbindungsleuten des Präsidiums. Blitzlichtgewitter, Kameragesurre, Rufe wie »Was sagen Sie zur Anklage, was zum Kommentar von Kaspar Meier?« bis »Geben Sie zu, ein Kopist zu sein?« und »Weg mit dem dämlichen Grinsen, wir brauchen ein ernstes Bild!« schallen über die Strasse, verhallen in den hängenden, fast fertig gestellten Schnellgärten meiner Strasse.

Rasende Fahrt zur Hauptwache.
Hintereingang.
Untersuchungsgefängnis.
Alles abgeben, mit dem man sich ein Leid antun könnte.
Ich will mir kein Leid antun!

Nur mein Recht.
Gerechtigkeit.
»Die werden Sie haben«, schleudert mir der Dienst habende Beamte ins Gesicht.
Muss diesen Satz wohl jedes Mal bei Einlieferungen wiederholen.
Einzelzelle.
Kollusionsgefahr.
Halbstündiger Hofgang am Tag zugesagt.
Allein.
Der möglichen Absprachen wegen.
Es ist Freitag.
Wochenende, das die Fristen bricht.

Am Montag dem Untersuchungsrichter vorzuführen. Etwas schmoren schadet nicht. Der Fall ist klar. Die Beweislage eindeutig. Eine Überweisung an den Richter nur eine Frage der Disponibilitäten und der richtigen Frau, des richtigen Mannes. Bei einem Fall, der so viel Staub aufwirbelt. In der Öffentlichkeit. Schlagzeilenverdächtig. All das wird mir gesagt beim Zellenbezug.

Allein nun in der Zelle.
Allein mit meinen Gedanken.
Allein mit der Gerechtigkeit.

18.

Wer andern
eine ...

Zellenwände.
Zellennächte.

19.

... Grube
gräbt,

Gitterstäbe.
Träume von Gerechtigkeit.

20.

… fällt nie hinein.

»So, anständig anziehen jetzt. Hier Ihre Sachen. Ich bleibe so lange bei Ihnen. Ab geht es zum Untersuchungsrichter, Amt drei«, werde ich vom brummig-gutmütigen Wärter, der wohl schon vieles sah, geweckt, »hier noch einen Schluck Kaffee. Heiss. Für Sie zur Stärkung mitgebracht.«

Marsch zum Untersuchungsrichteramt, das im obersten Stock liegt.
Wartezimmer.
Ohne Zeitschriften.
Büro des Untersuchungsrichters.
Pult.
Richterstuhl.
Untersuchungsstuhl.
Der dritte, wohl der Anwaltsstuhl.
In der Ecke Protokollführerstuhl.
Und Tisch.
Mit Übersicht.
Und Protokollführerin.

»Ich mache Sie darauf aufmerksam«, sicherheitshalber, kein Fehler darf bei medialen Fällen unterlaufen, liest der Untersuchungsrichter von einem in Plastikfolie gehaltenen Zettel ab, »dass jede Aussage, die Sie hier machen, gegen Sie verwendet werden kann, und dass Sie die Anwesenheit eines Anwalts verlangen können, es sei denn, Sie wollen sich selbst verteidigen«, der Blick, der auf mir liegt, ist fragend.

»Ja, ich will, denn ich bin unschuldig.«

»Gut, dann zu den Personalien.«

Er rattert sie wie eine schlecht geölte Maschine ohne sichtliche Anstrengung herunter. Polizeivorarbeit. Bei Personen von öffentlichem Ansehen, auch wenn gewesen, nicht allzu schwer.

Ich bejahe alles.

»Sie wissen, wessen Sie bezichtigt sind, welche Straftatbestände Sie verletzt haben sollen, wessen Sie angeklagt werden?«

Ich bejahe wieder.

»Dann können wir zur Zeugeneinvernahme schreiten. Ich habe fünf Zeugen. Den Bruder eines Klosters, drei Direktoren von Universitäts- und Stadtbibliotheken und Ihren Verleger. Klar. Haben Sie dagegen etwas einzuwenden?«

Ich verneine.

Die vier ersten Zeugen bestätigen einzeln und unabhängig voneinander auf einschlägige Fragen des Untersuchungsführenden, Manuskripte in ihrem Besitz zu haben, vor mehr als dreiundvierzig Jahren von einem Mann geschrieben, der jung verstarb und seine Handschriften vor seinem Tode, als er Klosterbruder wurde, den jeweiligen Bibliotheken zu Besitze übermachte, dort wo sie entstanden waren, das letzte im Kloster selbst. Und diese Handschriften entsprächen wortwörtlich bis auf das letzte korrekt gesetzte Satzzeichen vier der publizierten Werke des hier angeschuldigten Schriftstellers. Dabei seien die Bibliotheken in ihren geschützten Urheberrechten klar verletzt worden, der entgangene Gewinn sei bei der Auflagengrösse und den Übersetzungen beträchtlich.

Zudem sei auch nicht von der Hand zu weisen, dass Urkundenfälschungen im Spiele seien, habe der Autor doch wiederholt auf amtlichen Urkunden wie Steuerbelegen, Notariatsbescheinigungen und Ähnlichem wohl auch seine Urheberschaft der Werke bestätigt, ganz abgesehen von den Büchern selbst, in denen des Autors Name fälschlicherweise als Erschaffer des Werkes aufgeführt sei und der zahlreichen Autogramme, die er bei Signier- und Lesestunden gab, was selbstverständlich auch auf falschen Tatsachen beruhen würde, da er die Werke ja nicht selbst geschrieben habe. Ob das aber Urkundenfälschung sei, könnten sie als juristische Laien nicht beurteilen, müssten sie wohl auch nicht.

Die Frage, ob sie den Angeklagten je bei sich in der Bibliothek oder im Kloster gesehen hätten, verneinen alle vier Zeugen, machen aber auf die bei ihnen installierte Kopiermaschine aufmerksam, die es für einen Komplizen ermögliche, die inkriminierten Texte ganz einfach zu beschaffen.

Auf meine Vorhaltung hin, die Ausleiher müssten sich ausweisen und in eine Liste eintragen, sodass es ein Leichtes wäre, alle zu überprüfen, verneinen alle vier Zeugen den von mir geschilderten Ablauf, der zwar vor Jahrzehnten üblich gewesen, der gestiegenen Ausleihungen wegen aber eingestellt worden sei für all jene, die im Lesesaal blieben, also die Ausleihungen nicht zur Pforte hinaustrügen.

Der nächste und letzte Zeuge ist mein Verleger. Mit traurigem Blick und leicht schief gestelltem Kopf schaut er mich an:

»Dass es so weit kommen musste ... und ich habe Ihnen so vertraut, junger Freund« – da war es wieder, der ›junge Freund‹, jetzt ungefährlich für einen aus dem Verkehr gezogenen Autor.

Er bestätigt, dass er schon stets einen leisen Verdacht geäussert habe. Manuskripte ohne Korrekturen seien ihm sonst nie begegnet, weder in der Geschichte noch in seiner gelebten Wirklichkeit. Aber – und er blickt den Untersuchungsrichter dabei treuherzig an – Naturtalente, Ausnahmeerscheinungen gebe es in der Kultur ja immer wieder, zwar selten, man denke nur an Mozart, und stapft mit einem vernichtenden Blick in meine Richtung aus dem Büro des Untersuchungsrichteramtes drei.

Der Untersuchungsrichter fragt ordnungsgemäss nach Entlastungszeugen, ich habe keine vorzubringen, beharre aber auf meiner Unschuld und verlange Gerechtigkeit. Mein Gegenüber verspricht, den Fall schnellstens, auch des öffentlichen Interesses wegen, zu überweisen, sodass rasch, möglicherweise schon in einer Woche, Recht gesprochen werden könne, denn der Fall liege glasklar auf dem Tisch, zu deuten sei auch in juristischem Sinne nichts daran.

Wegen Verwischungsgefahr und möglicher Zeugenbeeinflussung, vor allem der Beeinflussung eventuell noch auftauchender, allenfalls beizubringender Entlastungszeugen, müsse er mich leider noch bis zur Hauptverhandlung inhaftiert lassen. Er bittet dafür höflich um Verständnis, steht auf und verabschiedet sich mit Handschlag von mir und wünscht sich zum Abschluss noch einen Eintrag samt Autogramm in sein persönliches goldenes Buch, das er dereinst seinen Enkelkindern übermachen möchte, nach Ablauf der Geheimhaltungsfristen selbstverständlich, um diesen die interessantesten Fälle der Justizgeschichte nahebringen zu können.

»Und wer weiss«, sagte er verschmitzt, die eine oder andere Unterschrift könnte noch wertvoll werden, denke man nur an mögliche Justizirrtümer. Er geleitet mich zur Tür, vor der mein Wärter wartet, um mich in die Zelle, jetzt schon meine Zelle benannt, zurückzuführen.

**21./22./23./
24./25./26./
27./28.**

$\sqrt{}mc^2$

Zellenleben.
Wie im Kloster.
Ich ein Klosterbruder.
Schweigsam.
Halbe Stunde Hofgang.
Brummbär-Wärter.
Essen pünktlich.
Blechteller.
Sonntags Nachtisch.
Möchte ein neues Buch beginnen.
Kein Mut dazu.
Was, wenn es wieder ein Plagiat wird?
Morgen ist die Hauptverhandlung.
Medienrummel, sagt der Wärter.
Zum Frisör um vier.
Weisses Hemd.
Rotgetupfter Schlips.
Letzte Gefangenen-Nacht.
Gerechtigkeit muss sein.

Traumlos.
Gutes Gewissen.
Ruhekissen.

29.

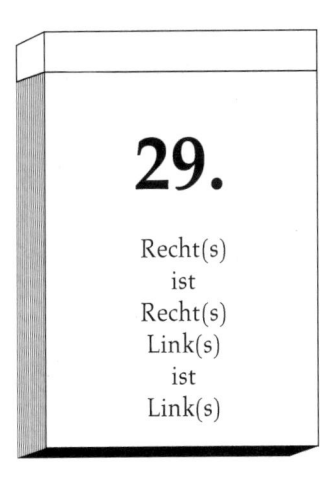

Recht(s)
ist
Recht(s)
Link(s)
ist
Link(s)

Hauptverhandlung.
Im Gerichtsgebäude.
Die Richter in Roben.
Sehe sie nach Hintereingangs-Einzug.
Der Medien wegen.
Zeichner sitzen auf den Medienbänken.
Mit grossen Blöcken.
Und Stiften.
Hoffentlich auch rot.
Des Schlipses wegen.
Gleicher Ablauf wie beim Untersuchungsrichter.
Nur länger.
Ausführlicher.
Schon die Personalien.
Der Lebenslauf.
Die Eigenverteidigung.
Gleich nur die Frage nach dem Schuldigen.
»Unschuldig!«, donnere ich erhobenen Hauptes in den Saal.
Gleiche Zeugen.

Gleiche Aussagen.
Meine einzige gleiche Frage.
Keine Entlastungszeugen.
Alles wie gehabt.
Kein Plädoyer.
Der Staatsanwalt verzichtet.
»Klarer Fall, schuldig!«, ruft er in den Saal.
»Unschuldig. Ich habe die Bücher selbst geschrieben«, meine Verteidigung.
Das Gericht zieht sich zur Beratung zurück.
Trinkt wahrscheinlich Kaffee.
Und der ist heiss.
Deshalb die zwölf Minuten.
Schuldig, das Urteil.
Schuldig der Urheberrechtsverletzung.
Schuldig der Urkundenfälschung.
Schuldig der Verletzung geistigen Eigentums.
Ein Vorzeigefall.
Soll Klarheit schaffen.
Glasklare Klarheit, dass geistiges Eigentum mindestens des gleichen Schutzes bedürfe wie materielles.
Wenn nicht des grösseren.
Leider nicht vorgesehen im Gesetz.
Hoffentlich werde das Parlament das ändern.
Der Kultur zuliebe.
Unserer Kultur zuliebe.
»Einfluss von Kaspar Meier, Euer Ehren.«
»Benehmen Sie sich, Angeklagter.«
Das Urteil wird bekannt gegeben.
Alle erheben sich.
Achtunddreissig Monate unbedingt.
Zur Bewährung sei die Schuld zu hoch.
Glasklare Klarheit.
Rechtsmittelbelehrung.

Ich höre nicht mehr zu.
Und das ist Gerechtigkeit.
Denke an meine Vase.
An meine Tränen.
Werde abgeführt.
In Handschellen nun.
Ein echter Verbrecher.
Überführung in Strafanstalt.
Mit Koffer.
Und Inhalt.
Begrüssung durch Direktor.
Ist nicht jedem vergönnt.
Einzelzelle zu Beginn.
Bei guter Führung, Zweier möglich.
Auch Bibliothekarsstelle liegt drin nach einem Jahr.
Hafturlaub dann auch am Wochenende.
Und nach zwei Jahren vorzeitige Haftentlassung, mit Auflagen, versteht sich.
All das bei guter Führung.
Versteht sich.
Ein geflügeltes Wort.
Versteht sich.
Hier.
So scheint es.
Zellenbezug.
Um zweiundzwanzig Uhr Lichterlöschen.
Wir brauchen ausgeruhte Arbeitskräfte.
Versteht sich.
Morgen früh Arbeitszuteilung.
Keine Wahl zu Beginn.
Wohl im Abfallsortierdienst.
Werden sehen.
Gute Nacht.
Auch dieses gibt es hier.

30.

Versteht sich,
versteht sich nicht,
versteht sich

Kurz nach Mitternacht.
Ich kann einfach nicht schlafen.
Das neue Bett.
Die neue Umgebung.
Die Erlebnisse des vergangenen Tages.
Meine Enttäuschung.
Die Ungerechtigkeit.
Klopfen am Fenster.
Wie ist das möglich?
Die Zelle liegt im dritten Stock!
»Komm«, sagt eine vertraute Stimme, »komm mit mir.«
Die Ringlinienfrau.
Sie schwebt vor meinen Gittern.
Reicht mir die Hand.
Zieht mich hindurch.
»Wir machen einen Ausflug. Jetzt und jede Nacht.«
Fragender Blick.
Wortlos.
»Du wirst verstehen.«

Zu zweit strömen wir durch die Luft, als seien wir auf der Ringbahnlinie in jener unvergesslichen Nacht.
»Komm, gib mir deine Hand.«
Ich erfasse sie wieder.
Sanft.
Nach wenigen Minuten landen wir sacht in einer Waldlichtung.
Die kenne ich.
Ich war schon da.
Der Geruch.
Und jetzt erblicke ich im Mondscheinlicht das Haus des Geigenbauern.
Er sitzt davor.
Streichelt seine unverkauften Geigen.
Betrachtet sie vertieft, spricht mit jeder einzelnen.
Alt geworden ist der Geigenbauer.
Gebeugt kommt er mir entgegen.

»Bin ich glücklich, dass du gekommen bist. Ich habe dir einiges zu erzählen. Setz dich hier unters Vordach. Nachher gehen wir gemeinsam aufs Feld. Nachsehen, wie die Ernte wächst.

Alt bin ich geworden. Hatte Angst, dich nie wieder zu treffen. Gut, dass du da bist. Wie soll ich beginnen? Ich brauche jemanden, der nach den Geigen schaut. Den jungen und den alten. Dachte, als ich dich zum ersten Mal sah, du wärst der Richtige. Doch du kamst immer nur auf einen Sprung. Wir hatten keine Zeit zum Reden. Schade. Wissen sollst du, dass ich früher in einem Kloster lebte, Bücher schrieb. Nun weisst du alles: Meine Bücher hast du geschrieben, ich konnte nicht anders, sonst wärst du nicht gekommen, und meine Geigen brauchen dich. Vor dreiundvierzig Jahren wurde ich hierher berufen, und nun du. Komm, wir gehen zu dritt aufs Feld. Die Ringlinienfrau, wie du sie nennst, wird dir von grosser Hilfe sein.«

32.

Ende gut,
alles gut.
Alles hat ein Ende
nur die Ente zwei.

»Märchen gibt es in unserer Zeit nicht mehr, deshalb ist mein Buch eine Mär, was dem Märchen wohl noch am Nächsten kommt«, sagt der Autor zu seinem Buch. »Dass die Mär doch noch als Märchen schliesst, zeigt hingegen, dass am Ende auch heute noch Märchen möglich sind.«

Grand oder Eine Reise ins Innere

Vorspiel: Gustave & Marienon-Muriel

I

Schwarz wirkte es von aussen. Obwohl es Nacht war. Dunkle Nacht, ohne Mondschein oder Sternenglitzern. Die logische Erklärung hätte das sein können. Die Schwärze war aber dunkler als Schwarz an diesem windumstürmten Novemberabend. Es musste also andere Gründe geben, weshalb das Grand-Hôtel des Alpes et Lacs so düster wirkte. Abweisend. Kalt. Schwärzer als Schwarz. Sodass es vom blossen Auge wieder wahrgenommen wurde.

»Ein schwärzeres Schwarz hebt sich ab wie ein helleres Rot vom dunkleren«, bemerkte Gustave, der mich auf diesem Bummel, nach einem ausgedehnten Nachtessen in seinem Heim, begleitete. Schon während des Mahls, das er mit äusserster Akribie komponiert hatte – er musste den ganzen Tag mit den Vorbereitungen verbracht haben –, kam er auf das Grand-Hôtel zu sprechen:

»Unser Unglück ist dieses Haus. Den ganzen Ort ruiniert es und bringt ihn an den Bettelstab. Früher, da war es anders, wir alle fanden unser Auskommen, unseren Lebensinhalt im Grand, wie wir es im Volksmund nannten, bis Madame Cruszot das Haus auf einmal einfach schloss. Von einem Tag zum anderen. Uns alle entliess. Mit den gesetzlich vorgeschriebenen Entschädigungen, versteht sich. Sie war ja eine Grande-Dame. So nannten wir sie alle im Ort. Nie gab es etwas, was nicht den Regeln entsprochen hätte. Ich kann das beschwören. Ordentlich. Exakt. Integer. Bis zum feinsten Äderchen. Sie liess sich nie etwas zuschulden kommen. Weder rechtlich noch menschlich ... wobei man ›menschlich‹ definieren müsste, denn sie war schon mit sich selbst sehr streng. Und dann dieser einsame Entschluss. Niemanden hatte sie zuvor eingeweiht. Es traf uns wie ein

Blitz aus wolkenlosem Himmel. Kein Mensch wird jemals wissen, weshalb sie unser Dorf derart ins Elend stiess.«

Mit einem grossen Seufzer verfiel Gustave einem penetranten Schweigen, das in der Finsternis, die von draussen in sein Speisezimmer drang, lauter klang als jeder Schrei. Es war ein dunkles, unheimliches Schweigen, das sich nahtlos der schwärzesten Dunkelheit anpasste, die, als wir beim exquisiten Nachtisch angekommen waren, sich nun durch die Ritzen der Fenster ins Zimmer wälzte und schwer auf uns lag, obwohl die Speisetafelkerzen weiter züngelten. Aber auch ihnen gelang das Erhellen der schwadenweise eindringenden Nacht kaum mehr.

Und so nahm ich das Angebot Gustaves, den Stier bei den Hörnern zu packen, an, einen Gang in eben diese lastende Dunkelheit zu wagen. Ja, ich empfand seinen Vorschlag als Befreiung, fürchtete ich doch, wenn ich länger in Untätigkeit verharrte, von der Nacht und ihren nach mir greifenden Tentakeln langsam erdrosselt oder aufgesogen zu werden, sodass jede Handlung, auch wenn sie ins Herz der unbeschreiblichen, weil unverständlichen Angst führte, besser war, als das Erstarren in dieser von aussen mich bedrohenden, tief ins Innere dringenden, als tonnenschwer empfundenen Schwärze.

Wir zogen also unsere Mäntel über, schlossen die Wohnungstür auf und dann wieder zu, wobei mir auffiel, dass Gustave statt eines normalen Sicherheitsschloss-Schlüssels einen solchen mit einem im Verhältnis riesenlangen Schlüsselbart besass, wie er früher bei besonders massiven Panzerschränken üblich war. Musste ihm wohl in solchen Nächten Sicherheit vermitteln, wenigstens das Gefühl, die schwarzen Nachtschwaden würden vor derart gesicherten Türen entmutigt Halt machen. Auf alle Fälle schloss er die Wohnung mit so grossem Einsatz und so viel Würde ab, wie er mir das Festmahl bereitet und kredenzt hatte.

Zum ersten Gang hatte mich Gustave mit einer wahren Gaumenfreude verwöhnt. Ein Pilzpfännchen mit – was wohl selbstredend war – von ihm am Vortag eigenhändig gesammelten, nicht etwa Wald-, sondern Wiesenpilzen, wobei er die wilden Champignons über alles lobte, bevor wir mit dem Essen begannen. Sie seien als ehemalige Waldbewohner vor der Masse der übrigen Pilze geflüchtet, Individualisten also wie er und ich, und würden wunderbar mit unserer Seele harmonieren, denn bei der Kochkunst komme es im Wesentlichen darauf an, Seelenverwandtschaften ausfindig zu machen und dann entsprechend zu pflegen. Wobei, und das wolle er mir nicht verschweigen, sagte Gustave mit gedämpfter Stimme, Individualität auch immer ihren Preis habe, das wüsste ich ja zur Genüge. Bei den Wiesenchampignons nämlich wisse niemand so recht, warum gewisse Exemplare halluzinogene Stoffe beinhalten würden, obwohl diese Pilze in der Regel – und die gelte im Prinzip – absolut ungiftig und ungefährlich seien.

Ob ich das Risiko eingehen wolle, fragte er mit leiser Stimme, als das Pilzpfännchen auf dem mit Phantasie gedeckten Tisch schon bereitstand. Verneinen konnte ich wohl nicht, die Ehre meiner Individualität stand offensichtlich auf dem Spiel. Also ergriff ich den in Pilzform gefertigten Löffel – einen solchen hatte ich noch nie im Angebot eines Geschäfts erblickt, musste wohl von Hand geschnitzt sein –, alle denkbaren und undenkbaren Wiesenchampignongefahren in Kauf nehmend, und wurde durch eine Komposition belohnt, wie sie meine Zunge in den über sechzig Jahren Erdendaseins noch nie gekostet hatte. Wie soll ich dieses Gaumenerlebnis nur beschreiben? Was ich kostete war zugleich zahm und wild, vollfruchtig knackend und doch auf der Zunge zergehend und schmeckte fein und unaufdringlich nach Pilz gepaart mit Wiesenkerbelduft.

Ein zweites Pfännchen tischte Gustave auf, nicht ohne nochmals auf das latente Risiko hinzuweisen, das – es liege auf der Hand – statistisch steige, gehe die Wissenschaft doch davon aus, dass jedes achthundertfünfzigtausendste Exemplar eines Wiesenchampignons durch einen degenerativen Prozess ungeniessbar sei und den Gegebenheiten des Essers entsprechend auch tödlich wirken könne, wobei Spuren derselben degenerativen Substanzen in jedem Wiesenchampignon vorkämen, geballt aber sei die Gefahr mörderisch. Doch Kopfweh, Übelkeit und mässige Halluzinationen kämen nach dem Genuss schon öfter vor, sie seien aber ungefährlich, vergleichbar mit einem schlechten Traum, der ohne vorherigen Genuss irgendwelcher Speisen jeden Menschen von Zeit zu Zeit bekanntlich heimsuchen könne. Ich ass mit höchstem Genuss auch diese Portion und all die Köstlichkeiten, die Gustave noch auftrug, begleitet von einem leichten herb-fruchtigen vierzehnkommafünf Grad kalten Weisswein – Gustave bewegte sich nur im weissen Bereich lustvoll und sicher, den roten konnte er nicht ausstehen.

»Wie kann nur jemand roten Wein geniessen, die Farbe von Blut und Wut, wir sind doch keine Kannibalen«, lautete sein klassischer, oft wiederholter Glaubenssatz.

Als wir die Wohnung verliessen, um ins schwarze Schwarz zu steigen, und den Weg zum Grand antraten, spürte ich aufmerksam nach meinem Herzschlag, legte meine rechte Hand öfter an die Stirn, um festzustellen, dass diese kühl und trocken war, also keine Halluzinationen zu befürchten waren und kein Druck wie ein eiserner Ring meinen Kopf umspannte. Auf dem Weg zur traurigen Sehenswürdigkeit seines Dorfes begann Gustave zu erzählen:

»Ja, das Grand-Hôtel des Alpes et Lacs wurde vor über hundert Jahren von echten Pionieren gebaut, den Gebrüdern Cruszot, welche das Haus während achtundzwanzig Jahren leiteten und zu einer ersten, wenn auch bescheidenen Blüte brachten. Da der Bau für die damalige Zeit Unsummen verschlungen hatte, die Bankzinsen beträchtlich waren und ausländische Gäste der europäischen Kriegswirren wegen ausblieben, mussten die Brüder Cruszot überall sonst sparen, was sie vornehmlich in Küche und Keller, aber auch bei der Einrichtung der Zimmer taten, was zwangsläufig zum Verzicht wohlhabender Kreise führte, ihr Haus zu berücksichtigen. So wurde das Grand-Hôtel schleichend zu einem Petit-Hôtel, und wären die zwei jungen Enkelkinder des älteren Cruszot nicht gewesen, das Hotel hätte ein schlechtes Ende genommen wie so manches Haus, das früher Rang und Namen besass.

Die Enkel aber, ein Junge und ein Mädchen, setzten auf die neue Zeit. Vom Charleston-Abend bis zur Weindegustation, von der Schlittschuhbahn auf ehemaligen Tennisplätzen bis zum siebengängigen Gourmet-Dîner zogen die beiden alle Register moderner Hotelführungskunst. Ihre Anstrengungen, die ihnen Sechzehn-Stunden-Tage bescherten, wurden von Erfolg gekrönt. Das Grand, wie sie es nun auch offiziell nannten, wurde zu einem der ersten Häuser des Landes. Die Gäste stürmten regelrecht das Hotel, und wer sich nicht mindestens neun Monate vor dem gewünschten Aufenthalt anmeldete, hatte meist das Nachsehen.

Bei einem Reitunfall – die ehemaligen Stallungen für die Pferde der Gästekutschen waren in ein Reitzentrum umgestaltet worden – brach sich der kaum vierzigjährige Cruszot das Genick, sodass Madame Cruszot die ganze Last der Verantwortung auf ihren nach wie vor zierlichen Schultern zu tragen hatte. Die Aufgabe stand ihr wohl, sie entwickelte das Grand immerdar weiter und sich selbst zur Grande-Dame, beides untrennbar miteinander verwoben.

Durch Hotel- und Tourismuskrisen steuerte sie das Grand sicher, wie ein erfahrener Kapitän sein Schiff unbeschadet durch einen Sturm führt. Auch die erneuten schrecklichen

Kriegswirren konnten dem Hotel nichts anhaben, gelang es doch der Grande-Dame vorerst, einheimische Kundschaft anzuziehen, die »Nouveaux Riches« eingeschlossen, wie sie die durch die kriegerischen Ereignisse zu leichtem Geld gekommenen Profiteure verächtlich nannte, wobei sie beim Aussprechen dieser Worte jeweils die fein gebogene klassische Nase in hauchdünne Falten legte, eine Kunst, die sie nicht nur beherrschte, sondern in der – wäre Nasenrümpfen eine olympische Disziplin gewesen – sie zweifellos mehrmals zur Goldmedaillenträgerin erkoren worden wäre.

Als der Krieg sich dem Ende zuneigte, die Profiteure von der Bildfläche verschwanden, gelang es Madame Cruszot, die hohen Offiziere der Siegermächte, welche ihre Urlaubstage standesgemäss zu verbringen wünschten, an ihr Haus zu binden. Nach dem Friedensschluss, den sie vor allem deshalb begrüsste, weil sie das Hotel nun wieder schwarzmarktfrei führen konnte, erschienen rasch wieder die Vorkriegsgäste oder ihre Nachfahren aus aller Herren Länder, sodass die notwendigen Investitionen zur Erneuerung des Hotels ohne Schwierigkeiten erwirtschaftet werden konnten. Unser Dorf blühte und gedieh dank dem Grand und der tüchtigen Madame Cruszot. Über die Hälfte der Bewohner arbeitete im Hotel oder in einem davon abhängigen zuliefernden Gewerbebetrieb. Das Dorf blühte bis zum unerklärlichen Entschluss von Madame Cruszot vor drei Jahren, das Grand von einem Tag zum anderen zu schliessen, keine Gäste mehr zu betreuen, vielmehr – so deklarierte sie bei ihrer Abschiedsrede – sich selbst ab diesem Tag als einzigen Gast des Grand zu betrachten.«

Ein tiefes Seufzen entrang sich Gustaves Brust, ein Seufzen, das zeigte – obwohl er selbst vom Ereignis als wohlhabender Rentner nicht betroffen war –, wie sehr ihn der nicht nachvollziehbare Entschluss der Grande-Dame noch heute beschäftigte und zutiefst berührte, ja er diesen aus vollem

Herzen missbilligte.

»Der Mensch wird doch in sein Erdendasein gesandt, um seine Aufgabe zu erfüllen und zu beschliessen. Fahnenflucht vor einer unvollendeten Arbeit ist zutiefst menschenunwürdig. Wie kann ein denkendes Wesen seine Pflichten jahraus, jahrein in Perfektion erfüllen und dann einen so verpatzten Abgang inszenieren? Ich würde es nie wagen, ein Pilzpfännchen lediglich zur Hälfte zu präparieren und, anstatt es einem Freund vorzusetzen, es einfach wegzuwerfen, schon der armen Pilze zuliebe nicht, die haben ein vornehmeres Ende verdient«, sinnierte Gustave mit vor Empörung vibrierender Stimme.

Inzwischen waren wir vor dem Grand angekommen.

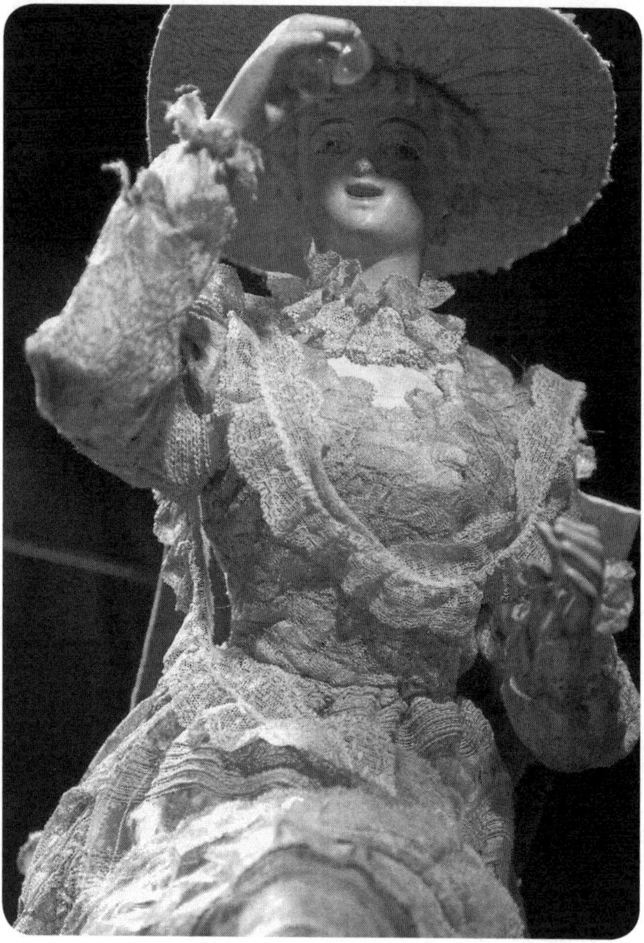

II

Im Inneren des Grand lag Madame Cruszot in ihrem blütenweissen Hochzeitskleid auf dem breiten Bett ihrer Turmwohnung. Sie hatte das Kleid vor zehn Monaten heimlich anfertigen lassen – die Näherin wurde beschworen, es niemandem, gar niemandem, keiner Menschenseele zu verraten, dass Madame Cruszot, die Grande-Dame, ein weisses Hochzeitskleid sich hatte nähen lassen.

Auf dem Bett, im Dunkeln, bereitete Madame den morgigen Tag vor. Sie überlegte dessen Ablauf, den sie, sobald die ersten Lichtstrahlen durch die dicht geschlossenen Vorhänge sich schlängeln würden, durchzuführen gedachte. Wen sollte sie morgen mit ihrem Besuch beehren? An welchem Zimmer majestätisch mit verächtlichem Blick auf die Zimmernummer vorbeischreiten? Den Fotografen in 312 wollte sie auf alle Fälle aufsuchen und auch die Suite D mit dem reich gewordenen Schlachter. Nachholen musste sie. Tag für Tag. Schon seit drei Jahren. Es galt Gespräche zu führen, die sie nicht hatte führen können. Sich auszutoben. Hinter die Kulissen zu schauen. Sich selbst als Gast zu verwöhnen.

Den verrückten Ingenieur durfte sie nicht verpassen, der einen Tunnel oder zumindest ein Bohrloch vom Grand zur gegenüberliegenden Seite der Erde bohren wollte, und den Friseur, der einzig und allein darauf versessen war, Nackenhaare, die sich vor Schrecken sträubten, zu bändigen und zur Räson zu bringen. Den Falschspieler konnte sie nicht missen, er gehörte zum täglichen Ritual seit der Schliessung des Grand, und den nihilistischen Geistlichen, der sein Zimmer durch Dekorateure des nahe liegenden Provinztheaters in eine Kapelle umgestalten liess, um Halt zu finden in seiner Verneinungslehre. Tausende von Menschen wühlten Madame Cruszots Hirn auf, bevor sie in einen kurzen, traumlosen Schlaf stürzte wie ein Kind in den Strassengraben.

III

»Dort in dem Turm muss sie jetzt schlafen.« Gustave stach mit dem Finger, den ich nur erahnen konnte, in die Dunkelheit. Und tatsächlich hob sich im Schwarz der Nacht ein noch finsterer Turm ab, deutlich in den Konturen. Es schien mir, als ob das Grand – ich konnte es jetzt in seiner gesamten Grösse erkennen – in schwarzer Leuchtfarbe strahlte.

Schwarze Leuchtfarbe – war das die Wirkung des Pilzpfännchens? Schwarz konnte doch nicht leuchten. Höchstens in der Einbildung. Im Inneren eines Kopfes ... oder einer Seele. Um das Grand aber lag, so wahr ich hier stehe, eine schwarze Aura. Also ein achthundertfünfzigtausender Fall. Die Statistik hatte zugeschlagen, dachte ich resigniert und griff zur Stirn. Diese aber war kühl. Kein Schweiss. Kein eiserner Reif.

»Siehst du«, flüsterte Gustave, als wolle er das nächtliche Schwarz nicht wecken, »siehst du das Leuchten, das Finsterleuchten, wenn das Nordlicht hell leuchtet, muss dieses Ereignis nach menschlicher Logik das Südlicht sein. Diese Bezeichnung aber liegt mir nicht. Unter Süden verstehe ich warmes Licht, obwohl Süden wohl Norden sein kann, denke nur an die Antarktis. Da ich dieses Phänomen für mich unbedingt klassifizieren, einteilen musste, denn Eingeteiltes verliert viel von seinem Schrecken, habe ich die Bezeichnung ›Mitteleuropäisches Unterlicht‹ gewählt, abgekürzt MUN, werde wohl, sofern die Gesundheit und die Nahrungssuche es zulassen, eine wissenschaftliche Arbeit darüber schreiben ...«

Gustave verfiel wiederum in sein bleiernes Schweigen. Und ich widmete mich dem »Mitteleuropäischen Unterlicht«, nahm sozusagen darin ein geistiges Bad.

IV

Das Erwachen war für die Grande-Dame nie einfach. Die Rückkehr ins Leben, das keines mehr war. Sie erfolgte jeweils mit einem heftigen, nachfedernden Schlag, als ob zwei Schiffe zusammenstiessen. Der Schlaf und das Wachsein prallten aufeinander. Mit immer gleicher Wucht. So manche Delle hatte die Hülle des äusseren Cruszot-Lebens, das so sorgfältig aufgebaut worden war, in den letzten drei Jahren erlitten. Das Seelengehäuse war ramponiert. Eingedrückt. Statt Raum, wie die Grande-Dame es vor drei Jahren erhoffte, Käfigdellen und das Hochzeitskleid in seiner blütenweissen Pracht zerknittert. Musste ein unruhiger Schlaf gewesen sein. Die Seele blutete. Hatte sich wohl an den scharfen Kanten der entstandenen Dellen verletzt. Sie schmerzte an diesem »petit matin«, wie Madame die frühen Morgenstunden früher zu nennen pflegte.

Ein Brausebad. Zur Tagesrettung. Petit-matin-Rettung. Zur Reinigung der verletzten Seele. Kaltes Wasser wirkt blutstillend. So hielt es Marienon-Muriel schon seit ihren Kindheitstagen. Ein Schnitt mit dem Messer in den Finger, dann unters kalte Wasser, perlendes Rot zuerst, verdünnt alsdann in helles, wässriges Rosé übergehend, die Farbe, die sie über alles liebte und wie ihr Blut sein sollte und ein Leben lang nicht wurde.

Madame hatte das Hochzeitskleid, das blütenweisse, in knitterlosem »wash-'n'-wear«-Stoff – welch schrecklicher blasphemischer Ausdruck für die Erfüllung eines Traumes – anfertigen lassen. Wenn also das Kleid zerknittert war, dann nur vorübergehend. Sie schritt majestätisch zum Baderaum, den Schleier kokett über den Augen, die Schleppe leicht mit der linken grazilen Hand gerafft, stellte sich angekleidet unter die Brause – nicht mehr als dreissig Grad, gemäss Pflegeanleitung der Hochzeitskleidnäherin –, streute sanft Blütenweisspracht versprechendes Waschpulver über ihr Haupt, rieb mit sanften, streichelnden Händen das Kleid von oben nach unten ein, als umgarne sie ihren Geliebten, applizierte erneut lang und ausgiebig exakt dreissig Grad warmes, reines Quellwasser, stieg aus dem Bad und machte sich, eine lange Wasserspur hinter sich herziehend, in Richtung ihres Tagesablaufs.

V

Das Erste, was zu unternehmen war, und auch das Letzte vor dem Zubettegehen, war ihre Musikdosenzucht zu betreuen. Vor achtzehn Monaten hatte sie sich in den Kopf gesetzt, dass Musikdosen fortpflanzungsfähig seien, ganz im Gegensatz zu ihr selbst. Sie hatte darauf angesichts ihres festen Glaubens in einem Flügel des Grand mit viel Liebe ein Musikdosentreibhaus errichtet. Das Entscheidende zur Zucht von Musikdosen waren – das hatte sie erst vor kurzem entdeckt, sie als einzige – die Beifallsströme, die es gezielt und in homöopathischen Dosen zu verabreichen galt. Ohne Applaus keine Zucht – dieses Axiom war die Grundlage ihres Erfolgs.

Der Grand-Flügel – er diente in früheren Zeiten dem leiblichen Wohl der Clientèle, wie Madame die Gäste einst bezeichnete, war mächtig gross, besass Weinkellergewölbe und Vorratskammern, eine weisse, blitzblanke Küche, oder, treffender bezeichnet – einen Küchensaal, in seiner Tatenlosigkeit einem aseptischen Operationssaal ähnelnd, der darauf wartete, welches nächste interessante Opfer in seine Fänge geraten würde. In der Pâtisserie mit ihren blitzenden Gerätschaften und Öfen war gar ein milchiges Oberlicht eingelassen, denn in diesem Bereich bedeutete Farbe Geschmack und umgekehrt. Die Kräuterkammer war feucht und dunkel, in der Lingerie duftete es nach Leinen, und Schränke waren im Übermass vorhanden. Die Musikdosen aus edelsten Hölzern und mit metallenen stachligen Walzen und Wälzchen standen wohl geordnet, mit Nummern versehen, auf Regalen, in Kochtöpfen und offenen Öfen, in Weingestellen, auf Dosen, hingen an Fleischerhaken oder verbrachten ihre Tage im Tiefgefrierraum bei vierzig Grad unter Null. Madame wusste, was welchen Musikdosen anstand und wohl bekam.

Als sie den Grand-Flügel betrat, hellte sich ihr Gesicht sichtlich auf, die Falten verschwanden, sie fühlte sich – das war klar zu erkennen – in ihrem ureigensten Element, eine Leidenschaft, die sie ihr ganzes Leben aus Pflichterfüllung geflissentlich beiseite geschoben, ja unterdrückt hatte. Zuerst setzte sie sich im Küchensaal auf ihren Stuhl, einem Louis-XIV-Sessel mit feinstem Brokat überzogen, in dem Jagdszenen eingewoben waren. Sie hatte ihn inmitten des Saals auf einen Bain-Marie-Herd gestellt und sich aus rechteckigen Wasserbehältern eben dieses Herdes eine metallene Treppe gebaut, um unbeschwert ihren Zucht-Kommandostand, wie sie den Lehnstuhl in ihrem Inneren nannte, erreichen zu können, ohne dass sich ihre von niemandem getragene Brautschleppe verfangen konnte. Auf ihrem Throne angelangt, drapierte sie Schleppe und Kleid, hob den Schleier, um ihren Lieblingen näher zu sein, und versuchte sich einen Überblick zu verschaffen.

Das war nicht immer einfach, denn in einem Zuchtbetrieb geschehen noch und noch unvorhergesehene Ereignisse. Am Vorabend wurden zwar alle Musikdosen an ihren von Madame vorbestimmten Platz gestellt, am frühen Morgen aber konnte ein unheimliches Tohuwabohu herrschen, keine Musikdose war mehr an ihrem Platz, und einige Exemplare – sinnigerweise meist die grossen – sahen lädiert aus, Kratzer im Ebenholz waren noch die kleinsten Schäden. Marienon-Muriel überlegte sich in solchen Augenblicken, die ihr schwer zusetzten, ob sie möglicherweise am Abend davor zu viel Beifall gespendet hatte, oder was der Grund dieses in ihren Augen völlig nutzlosen Dosenemotionsausbruchs sein konnte. Sie schuf dann jeweils, majestätisch von ihrem Thronsessel herabsteigend, wieder Ordnung, tadelte dort, klappste hier mit zwei Fingern homöopathischen Beifall und wartete geduldig auf Zuchterfolge.

Die Musikdosen hatten schon zu Grossvaters Zeiten dem Hôtel des Alpes et Lacs das unvergleichliche Timbre gegeben, wie sie dies auch heute im leeren Haus taten. Denn jedes Zimmer hatte mindestens eine seltene Dose auf dem Nachtschränkchen stehen, die vornehmeren Räume und Suiten mit ihren Salons beherbergten jeweils mehrere Exemplare, darunter solche, die schon zu damaliger Zeit Museen hätten zieren können. Nicht allein auf das Innere der Dosen hatten die Gründer Wert gelegt – auf die Seele, welche bei diesen Instrumenten artistischer Handwerkskunst die Walzen mit ihren Spickeln und Nocken darstellte –, nein, auch das Äussere spielte dem Zeitgeist entsprechend einen wesentlichen Part. So gab es Dosen mit aufgesetzten silbernen Bärchen, die sich im Takt der Klänge manierlich drehten; leicht bekleidete Tänzerinnen, welche die Beine im Rhythmus hochwarfen; aber auch Liebespaare aus Porzellan, die sich in dezenter Distanz zu Walzerklängen wiegten und artig mit dem Kopf zunickten, um sich ihre Gefühle mitzuteilen, sich aber in all den Jahren nie näher gekommen waren.

All diese musikalischen Wundermaschinchen hatte Madame eines Tages, einer inneren Eingebung folgend, in geflochtenen Marktkörben einzeln eingesammelt und in den Gastroflügel des Grand verbracht. Eine Ordnung zu erstellen, die Zuchterfolge sicherstellen würde, bereitete Madame Cruszot unendliches Kopfzerbrechen. Tage- und nächtelang sass sie in ihrem Louis-XIV-Stuhl auf dem Bain-Marie-Herd, zerbrach sich den Kopf darüber, wie sie Anordnungen treffen könnte, um endlich, endlich zu einem lang ersehnten Zuchterfolg zu gelangen. Sie war in ihrer Verzweiflung und in ihren einbahnartigen Gedanken bereits so weit, sich mit dem kleinsten Zuchterfolg zu begnügen. Wenn auch nur ein Nöckelchen einer Walze sich duplizierte, wollte sie zufrieden sein, sagte sie oft laut vor sich hin.

Alles hatte sie schon unternommen, vom Musikdosentiefkühlen bis zum kleinen Bain-Marie-Bad ganz in ihrer Nähe, vom Massenkonzert – wobei die Schwierigkeit darin lag, dass die Spieldauer der Aufziehwerke begrenzt war und die erstaufgezogene Dose längst keinen Ton mehr von sich gab, als die letzte im ersten Klang ertönte – bis zur dreissigtägig verordneten Zwangsruhe aller Maschinchen. Doch nichts geschah. Jeden Morgen, jeden Abend dasselbe ordentliche Bild ohne Leben, und ohne Leben, das hatte Madame am eigenen Leib erfahren, keine Zuchterfolge. Sie gab aber nicht auf. Eine Cruszot gibt niemals auf. Es war noch so viel nachzuholen, dass sich der Einsatz, der ganze Einsatz mit Haut und Haaren lohnte.

Also bestellte sie sich heimlich das Hochzeitskleid, um die richtige »Ambiance« zu schaffen, worauf sie sich ja schon bei ihrer Clientèle verstanden hatte. Sie schwor sich am Abend, als das Kleid eintraf, sich erst wieder von ihm leiblich zu trennen, wenn sie das Geheimnis der Musikdosenzucht erforscht, erkannt und erfolgreich durchlebt hätte, ansonsten sollte man sie in eben diesem weissen Kleid begraben.

Vor wenigen Wochen hatte sich Madame eines Abends traditionsgemäss – wenn so kurze Zeit Tradition genannt werden kann – auf ihren Louis-XIV-Thron auf dem Wärmebadherd gesetzt, entspannt zum ersten Mal seit langem, nachdem sie sich eine Mignon-Flasche »Veuve-Cliquot«-Champagner gegönnt hatte, und sah mit unfokussierten Augen auf ihre in Reih und Glied stehenden, fein säuberlich durchnummerierten Lieblinge. Wie ein kleines Kind platschte sie ob des Anblicks all der Herrlichkeiten ihre Hände zusammen, wobei sich des genossenen Champagners wegen nur die Fingerkuppen berührten, sodass ein äusserst dezentes Plopp-Plopp-Geräusch entstand, und siehe da – ob es sich wirklich so ereignete oder ob die gekostete Delikatesse auf Marienon-Muriels Einbildung Einfluss hatte, bleibe dahingestellt – alle Musikdosen begannen auf einen Schlag unaufgezogen zu musizieren, die Figuren und Figürchen bewegten sich, Unruhen und kleine Flügelräder, die Kinder so sehr lieben, setzten sich in Bewegung, es klang und sang im Küchensaal, im Weingewölbe, in der Pâtisserie und in der Kräuterkammer, sogar aus dem Tiefkühlraum drangen gefrorene Noten zu Marienon-Muriels Rezeptoren. Tränen des Glücks und des Erstaunens rannen über ihre gepuderten Wangen, hinterliessen kleine Täler, vergleichbar Flüssen, die unsere Landschaft formten. Mit jubelndem Herzen legte sich Madame Cruszot zu Bett, nicht ohne vorher in tausendfacher Wiederholung ihre Fingerkuppen aneinander geschlagen zu haben.

Am nächsten Morgen in aller Frühe wiederholte sie die Prozedur, um sich zu vergewissern, dass nicht ein Gaukeltraum sie am Vorabend genarrt hatte. Es war kein Traum. Wiederum erklangen die Dosen in ihrer Vielfalt kakophonisch, nach leichtem Fingerkuppenschlagen Madames vom Hochsitz aus.

Nach diesem in Marienon-Muriels Augen kleinen Teilerfolg – sie betrachtete ihn bereits nach einem Tag einzig als ersten zögerlichen Schritt – vermehrte sie ihre Anstrengungen in Richtung Zucht um ein Vielfaches. So schleppte sie aus der Hotelbibliothek das vierzehnbändige Werk »Brehms Tierleben« auf ihren Hochsitz, auch Meyers vierzigbändiges Konversations-Lexikon, reich bebildert, durfte nicht fehlen, die elf Bände des Klassischen Musik- und Opernführers mussten her, sowie das Handbuch zur Volksmusik mit dem Zusatzband über die Entwicklung in Nordamerika, denn schliesslich, wollten Zuchterfolge erzielt, musste Gleiches mit Ähnlichem verbunden werden.

Da sich aber auch Gegensätze anzogen – Madame erinnerte sich aller Liebschaften zwischen ihrem Dienstpersonal und der Clientèle, die jedoch meist in Tragik endeten –, durfte auch dies nicht ausser Acht gelassen werden. Und so begann

Madame Cruszot erneut zu ordnen. Sie legte Mozartdosenklänge neben Louis Armstrong-Imitationen, Khatschaturians Säbeltanz zum Karneval der Tiere von Camille Saint-Saëns, alpine Jodelklänge neben Orgelchoräle von Johann Sebastian Bach, aber auch Beethovens Ode an die Freude neben die Rhapsodie in Blue von George Gershwin, dann Haydn zu Haydn, Chopin zu Chopin, immer in der Hoffnung, dass Gleiches mit Gleichem sich fände, obwohl ihre bewährte Menschenkenntnis auch hier tragische Ereignisse nicht ausschliessen wollte.

Als sie an dem darauf folgenden Morgen ein schreckliches Durcheinander, mit den bereits beschriebenen Kratz- und Lackspuren vorfand, wusste sie mit fester innerer Überzeugung, den richtigen Weg beschritten zu haben. Sie verfeinerte die Kunst des Finger-Ploppens zur Vollkommenheit, setzte sie spärlich und gezielt ein und wurde wenige Wochen später durch die Geburt neuer Musikdosen reichlich belohnt. Sie pflegte die Walzenbrut mit grösster Aufopferung, lobte, ploppte, strafte und verbot, störte sich auch nicht daran, dass ein Porzellanbärchen verliebt mit den Tatzen eine drehende Tänzerin zu haschen suchte, auch nicht daran, dass neue Töne und Klänge entstanden, die mit Musik wenig gemeinsam hatten. Das Wichtigste war, sie hatte ihr Ziel, den Musikdosenzuchterfolg erreicht.

VI

An jenem Morgen, nach der schwarzen Nacht und dem wenige Strassen weiter ohne ihr Wissen erlebten Pilzpfännchengenuss, widmete Madame sich auf ihrem Louis-XIV-Lehnstuhl hauptsächlich einer mit Jodelklängen vorgetragenen Mozartmelodie mit Louis-Armstrong-Einschlag – es handelte sich bereits um die dritte Grand-Musikdosen-Generation, die Vermehrungsgeschwindigkeit war Aufsehen erregend – und versuchte, auf der Walze kleine Korrekturen vorzunehmen, denn der Klang war ihr nicht nur fremd, sondern beängstigte sie zutiefst. Das Vorhaben – mittels einer Uhrmacherfeile zur Durchführung gebracht – misslang gründlich.

Statt den einen oder anderen Stachel wegfeilen zu können, verletzte Marienon-Muriel sich am Finger, der kräftig zu bluten anfing, als die Walze – wohl aus Protest gegen die versuchte Erbmanipulation – in rasendem Tempo ohne jede Vorankündigung rückwärts zu laufen begann. Ein Blutspritzer besudelte Madame Cruszots blütenweisses Hochzeitskleid, von dem sie sich immer noch nicht trennen wollte – die Zuchterfolge waren noch zu gering. Der Spritzer in hässlichem Rot, nicht im geliebten Rosé, wurde beim Eintrocknen gleich dunkelrot, ja braun, der Finger blutete noch immer, und so schritt Madame, die Schleppe nur mit einer Hand zusammenraffend, um weiteren Schaden zu verhindern, auf kürzestem Weg ins Badezimmer, wo sie, den Finger unters kalte Wasser haltend, wenigstens für die erlittenen Schrecken und die Schmach des verunreinigten Hochzeitskleides durch ihre geliebte Roséfarbe entschädigt wurde.

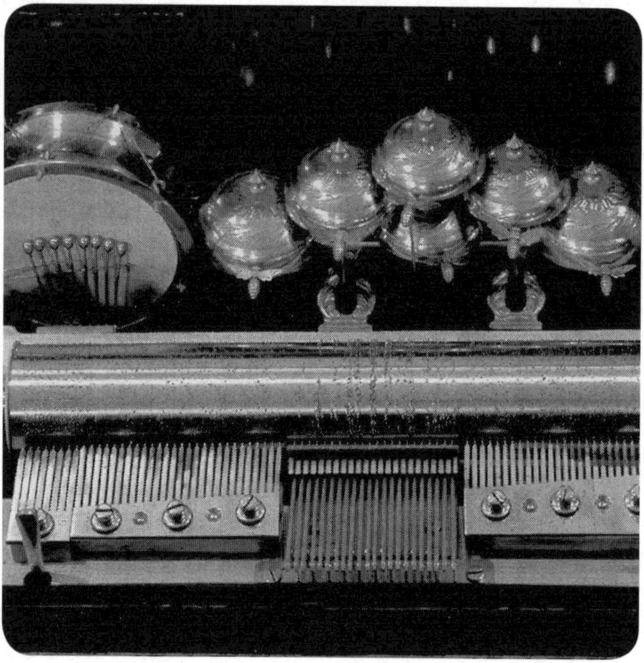

VII

Marienon-Muriel beliess ihren Finger über zwei Stunden unter dem fliessenden, hoteleigenen Quellwasser. Sie hatte sich dazu auf den weiss gestrichenen Badezimmerhocker gesetzt. Schon längst floss ihre Lieblingsfarbe nicht mehr, und doch blieb sie mit ausgestrecktem, bewässertem Zeigefinger bewegungslos sitzen. Ihre Stirn war in feine und feinste Falten gelegt, einer glaubwürdigen Fortsetzung ihrer früher so gefürchteten und beachteten Nasenfältchen.

Madame machte sich Sorgen. Grosse Sorgen. Ihr Werk, ihre neue Passion, die Musikdosenzucht, schien ausser Kontrolle zu geraten, hatte sich in den heutigen ersten Tagesstunden erstmals, wenn auch nur in geringem Masse – was lediglich ein statistischer Ausrutscher sein konnte – gegen diejenige gewandt, die dieses neue Leben erst ermöglicht hatte.

»Dieses Durcheinander«, murmelte Marienon-Muriel im Selbstgespräch vor sich her. »Wohin kann solche Insubordination nur führen?«

Sie versank in ein langes, durch Quellwasserplätschern umrahmtes und dadurch leichtgewichtig wirkendes Selbstschweigen. In einem sie überkommenden Emotionsausbruch deklamierte sie, sich dabei samt ihren nun gut sichtbaren Nasenfältchen im Spiegel betrachtend:

»Ich hasse Unvollkommenheit! Sie erinnert mich zu stark an meine eigene!«

Nach einer geraumen Pause bemerkte Madame Cruszot jetzt leiser, emotionsloser, aber bestimmter:

»Ich muss handeln. Etwas unternehmen gegen das sich ausbreitende Chaos«, das Doppel-S des Wortes »muss« zischte sie wie eine Schlange durch die Zähne.

Sie entzog ihren Finger dem Wasserstrahl, machte diesem ein abruptes Ende und begab sich in ihren samtweichen Schlafzimmerfauteuil zurück, der sich nahe beim Fenster mit Blick auf den ewigen Schnee der Viertausender befand. Doch die schwarzen Untervorhänge – früher für den langen Schönheitsschlaf der Gäste gedacht – waren zugezogen. Auch die Obervorhänge, einer burgundischen Tapisserie nachgebildet, eine Jagdszene zeigend mit riesengrossem erlegtem Eber mit mächtigen Hauern – glückstrahlend die Gesichter der Jäger, geifertropfend die Hunde und ausdruckslos das Gesicht des Wildes –, waren so gezogen, dass auch nicht der kleinste Lichtstrahl sich in das Schlafgemach verirren konnte. Denn wenigstens etwas hatte Madame erreicht, die Herrschaft über ihre eigene Tag- und Nachteinteilung, in einer Perfektion, die im Gegensatz zur Musikdosenzucht nichts Unvorhergesehenes stören konnte.

VIII

Beim stillen Gedankenbrüten schien es, als ob der Burgunder-Obervorhang sie beflügle, denn in Bruchteilen einer Sekunde, in der nicht einmal das nach wie vor klassische Augenlid Marienon-Muriels sich senken konnte, überkam sie die Erleuchtung. »Warum habe ich nicht vorher daran gedacht!«, schmunzelte sie lautlos vor sich hin und berührte mit ihren feinen, vom Ploppen bereits durchtrainierten Fingerkuppen beider Hände ihre hohe, wohlgeformte Stirn, deren Haaransatz durch die jahrzehntelangen täglichen Rückwärtsbändigungsbemühungen sowohl ihrer selbst als auch zahlreicher begabter Haarkünstler – darunter auch von Stars internationalen Rufs – bereits beträchtlich nach oben gerückt war.

Im Rückgarten des Hotels nämlich, umringt von alten Eichen und Föhren, stand ja die burgundische Kapelle. Marienon-Muriel Cruszot hatte sie ganz zu Beginn ihrer Regentschaft im Grand nach monatelangen Bemühungen und nach ausgedehnten Burgundreisen, unter Umgehung sämtlicher historischer Ausschüsse und Heimatvereinigungen, welche das »Patrimoine« schützten, entdeckt, mit Goldmünzen – wer kann schon Gold widerstehen, sagte Madame immer wieder – gekauft und Stück für Stück unter Zuhilfenahme ausgewiesener Fachleute abgebaut. Auf Schmuggelpfaden dann zur Rückseite des Grand-Grundstücks gebracht und Stein für Stein in ihrer ganzen Würde wieder aufgebaut, den in Jahrhunderten übermalten Wänden Fresken entlockend, einschliesslich der zwei Steinsarkophage mit den Gebeinen der auf dem Deckel in Stein weiterlebenden Insassen sowie zwei ungeöffneter – und deren Inhalt nicht erforschter –, luftdicht verschlossener Bleisärge, die sie, Marienon-Muriel, unter der Sakristei höchstpersönlich vorgefunden hatte. Fasziniert hatte sie – deshalb gab es damals bei der Entscheidung auch kein Zögern – vor allem die Nachbildung von mystischen

Fabelwesen, welche die Dachrinnen zierten, aber durch den sakralen Bau gebändigt schienen. Die Kapelle wurde, als sie diese entdeckte, als Mostapfellagerraum genutzt, den leicht säuerlichen Geschmack konnte eine geübte Nase heute, Jahrzehnte später, immer noch erkennen.

Da die Akustik der Kapelle, von »Evas-Äpfeln«, wie sich Madame auszudrücken pflegte, befreit, sich als hervorragend, wesentlich besser als jeder noch so von Akustikern bearbeitete moderne Konzertsaal erwies – die Noten bekamen in der Kapelle Flügel und tanzten wie Schmetterlinge unter der Kuppel –, veranstaltete das Grand zunächst einzelne Konzerte. Gekauft wurde ein grosser, schwarzer Flügel von Steinway Söhne, Hamburg, ausgesucht von einer Virtuosin der entsprechenden Zeit, der auch die Ehre zukam, das Sakralgebäude von Äpfeln zu entwöhnen und der unsterblichen Musik Mozarts zu weihen. Der auch international stark beachtete Erfolg der späteren Konzertreihe führte einerseits zur Gründung der Tradition der Grand-Festwochen, die bis vor drei Jahren jährlich stattfanden, andererseits zu unangenehmen staatlichen Nachforschungen über den Ursprung des Bauwerks, die jedoch mit erneutem Goldeinsatz zur Versandung gebracht werden konnten.

Dort und nur dort, in der nach »Evas-Äpfeln« riechenden Burgunder-Kapelle mit den gebändigten Teufelsfratzen an der Dachrinne, war der richtige Ort zur Musikdosenzucht. Marienon-Muriel musste nur die zueinander passenden Exemplare auswählen und sie in diesem nach wie vor sakral wirkenden Gebäude vermählen, derweil sie alle anderen Exemplare an die Kette legen musste oder, was sich noch wirksamer gestalten könnte, ihnen kleine Metallstifte zwischen Flügel und Walzen stecken, um sie wenigstens vorübergehend stillzulegen, bis die Wahl möglicherweise auch auf sie fallen würde, Kapellenehre huldvoll zugewiesen zu bekommen.

Sicher war für Madame nur eines: Missratene Exemplare wie die Dose am Morgen hatten keine Chance, jemals so weit zu kommen, dafür würde sie, so wahr sie lebe, lebenslang zu sorgen wissen. Insubordination und Undankbarkeit, nur um in Trotz missverstandene Individualität zu entwickeln, hatten auch im heutigen Grand nichts zu suchen. »Überhaupt nichts«, sagte sie mit wutblitzenden Augen überlaut vor sich hin. Doch augenblicklich glitten ihre Gedanken zu Erhabenerem.

Sie sann darüber nach, welche Liturgie sie entwickeln wollte, um die ausgezeichneten Musikmaschinen zu vermählen. Beide sollten ein blütenweisses, wenn auch nur entliehenes Hochzeitskleid tragen, geschneidert mit der Nagelschere aus Madames höchstpersönlicher Schleppe. Die passenden Worte würde sie im Raum hallen und nachhallen lassen: »Verbunden, bis dass der Tod euch scheidet.« Dabei würde sie einen sichtbaren Endlichkeitsblick zu Sarkophag und Bleisarg werfen. Und dann würde sie, Marienon-Muriel, die Uhrwerke der Dosen aufziehen und die von ihr selbst bestimmte Musik erklingen lassen, die Töne befreien aus dem Holz, sie emporfliegen lassen wie Schmetterlinge bis unter die Kapellenkuppel, mit Rührungstränen in den Augen. Sie würde auch das Doppel-Ja hauchen nach der ebenfalls von ihr gestellten kruzialen Frage. Röte stieg in Madames Wangen. Röte der Vorfreude erhabenen Seins, eines Seins, dessen Ursache sie selbst sein würde.

»Den anderen aber im Gastrotrakt werde ich zeigen, wer hier das Zepter führt. Ungehorsam wird strengstens bestraft. Ausgeweidet sollen diejenigen werden, die nicht hören wollen, entwalzt, enttont, verflügelt!«

Wiederum färbten sich ihre Wangen. Das Gute und das Schlechte liegen doch – das bewies Madames beidseitige Erregung – so nah zusammen.

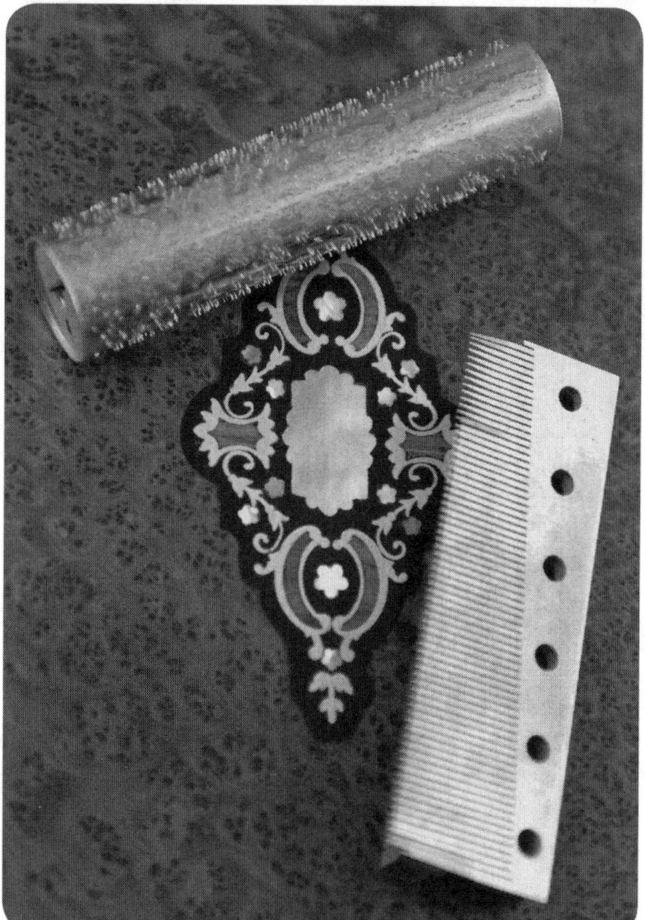

IX

Mit der Umsetzung ihres Zuchtplans wollte sie bei Nachteinfall beginnen, im Bewusstsein der Schwere der gestellten Pflicht. Vorerst aber musste sie ihren Tagesplan einhalten, den sie am Vorabend auf ihrem blütenweissen Bett im blütenweissen Hochzeitskleid entworfen hatte. Besuche standen an. Aufschieben liessen sie sich nicht. Nur der rostrote Fleck auf ihrem Hochzeitskleid hinderte sie daran, endlich zu beginnen.

Sie begab sich deshalb, ausgerüstet mit Nadel und strahlend weissem Faden, den sie vorher aber mit dem bereits bekannten Waschpulver gründlich gewaschen hatte, auch ihn mit dreissig Grad warmem Wasser – man konnte ja nie wissen, aus welchem Zwirn der Faden war –, in den Garten, zupfte von einer grossen weissen Margerite – ich liebe dich, ich liebe dich nicht – ein Blütenblatt und nähte dieses mit zweihunderteinunddreissig feinsten Stichen auf den rostroten Spritzer auf, bis Stoff und Blütenblatt, vorerst auf alle Fälle, eine ungeteilte Einheit bildeten.

In bester Laune – sie war ja so nah an ihrem Ziel – schritt sie hocherhobenen Hauptes an der leeren Rezeption vorbei, nickte dabei huldvoll in Richtung des Platzes, auf dem früher Hans, der Chefportier, geschäftig wirkte. Vorbei am Schreibzimmer und dem Kaminraum ging sie eingeübten Fusses am Rauchsalon vorbei, wagte einen kurzen Haschblick ins Innere; rauchende Männer, sofern sie ihrer Passion in eben diesem und nur diesem Zimmer frönten, waren ihr stets genehm, trat zum Aufzug, der seine weiten, breiten Türen – früher war das oft nicht der Fall – ohne Wartezeit für Madame bereits offen hielt. Sie war ja auch jetzt DER Gast im Grand und wurde berechtigterweise von allen Einrichtungen verwöhnt, wie dies in der Vergangenheit kaum je einem Besucher in gleichem Masse vergönnt gewesen war.

Sie drückte sanft mit ihren geübten Fingerkuppen auf die III – nicht etwa die 3, auf diese Vornehmfeinheit hatte sie immer bestanden –, trat mit raschelnder Schleppe in den Flur, wendete um neunzig Grad nach links, um nach kurzem, aber laut und deutlich hörbarem Klopfen das Zimmer 312 des Fotografen zu betreten.

»Geschätzter Freund, wo sind Sie denn?«, rief Madame Cruszot in ihrem Hochzeitskleid in das mässig grosse Zimmer. »Das Bett durchwühlt«, stellte sie leise trocken fest und vermeinte leises Wasserwellenschlagen aus dem Bad zu vernehmen. So setzte sie sich auf die breite, einladende Chaiselongue, um durch die Badezimmertür einen kleinen Schwatz zu halten:

»Wie geht's denn so, Robert?«, eröffnete sie den ersten Zug der Gesprächsschachpartie.

Sie trug ja Weiss und musste somit das Spiel beginnen.

»Es geht, es geht, obwohl ...«, antwortete die Stimme, die mehr aus ihrem Inneren kam als aus dem Bad.

»Was moderne Akustik alles vermag, jetzt sitzt Robert bereits in mir drin«, stellte Madame mit Überraschung fest.

»Obwohl, diese Geschichte muss ich Ihnen erzählen«, fuhr Robert fort, »sie ist so unwahrscheinlich, dass ich sie nur Ihnen berichten mag.«

»Nur zu, nur zu«, ermunterte Marienon-Muriel den Fotografen, dessen Werke sie über alles schätzte.

»Da geh ich doch beruflich auf eine Reise, um in Städten historische Bauten und Plätze einzufangen, eine Arbeit, die mir liegt, das wissen Sie ja bestens. Ich knipse und knipse. Kisten von Platten. Belichte und messe, betrachte aus Winkeln, von Dächern und, stellen Sie sich vor, komme nach Hause, und kein Bild ist so, wie ich es belichtet habe. Zwar stimmen Platz und Ort, doch die Zeit, stellen Sie sich vor, die Zeit stimmt nicht. Was habe ich da für einen Schrecken bekommen, als ich Abzüge von meinen Platten sah. Eine Hexenverbrennung mit drei lodernden Scheiterhaufen und johlendem Volk auf Bambergs Marktplatz, Meuchelmorde aus Prags Fenstern, ein wilder, finsterer Doge, der sein Volk verwünscht, auf einer Terrasse seines Palasts in Venedig, Raketenexplosionen über New York, Roboterinvasion aus dem All in Berlin und Sie, liebe Marienon-Muriel, als tanzende, sich ewig drehende Figur auf einer Musikdose, dies Bild hat mich zutiefst betrübt, verdienen Sie doch in Ihrer menschlichen Grösse bestimmt ein anderes Los.«

Fluchtartig verliess Madame Cruszot das Zimmer 312. Das Gespräch wollte sie, den Flur einmal erreicht, aus ihrem Gedächtnis streichen. Sie, die Herrscherin über Musikdosen, auf einer solchen ewig tanzend.

»Blasphemie, Blasphemie, reine Blasphemie«, murmelte Madame und erreichte schweren Atems den Aufzug, um sich sogleich in ihre privaten Räume hoch oben im Turm gleiten zu lassen.

X

Wenn es doch nur so einfach wäre, einmal Erlebtes aus dem Gehirn zu streichen. Das Bild von ihr, ewig auf einer Musikdose tanzend, liess sich gar nicht verdrängen, verfolgte die auf ihrem Bett ruhende Madame Cruszot; je mehr sie den Gedankenlöschprozess zu erfüllen suchte, umso mehr Einzelheiten des zu verdrängenden Bildes traten hervor.

Im Hochzeitskleid tanzte sie. Die Schleppe in der linken Hand. Die festgenähte Margerite schon verblüht, der rostbraune Spritzer deutlich sichtbar. Dabei schwang sie ihre Beine in die Höhe und berührte ihre Fersen mit den Fingerkuppen, sodass ein sich ständig wiederholendes Plopp entstand. Und sie tanzte – das sah sie ganz genau in ihrem Bild, etwas Erniedrigenderes konnte es nicht geben – auf der Musikdose von heute früh, auf der Musikmaschine, die nach ihr geschlagen, sich in Ungehorsam gegen sie gewendet hatte, die Musikdose, die auf ihrer Vernichtungsliste an erster Stelle stand.

Schweiss stand ihr auf der Stirn, als zu allem Unglück noch die Nachtklingel des Hotels, die seit der Schliessung auch am Tag Dienst leisten musste, heftig anschlug. Von Ferne hörte Madame eine gedämpfte Stimme rufen:

»Ich bin's, Madame, Gustave, machen Sie auf, machen Sie auf!«

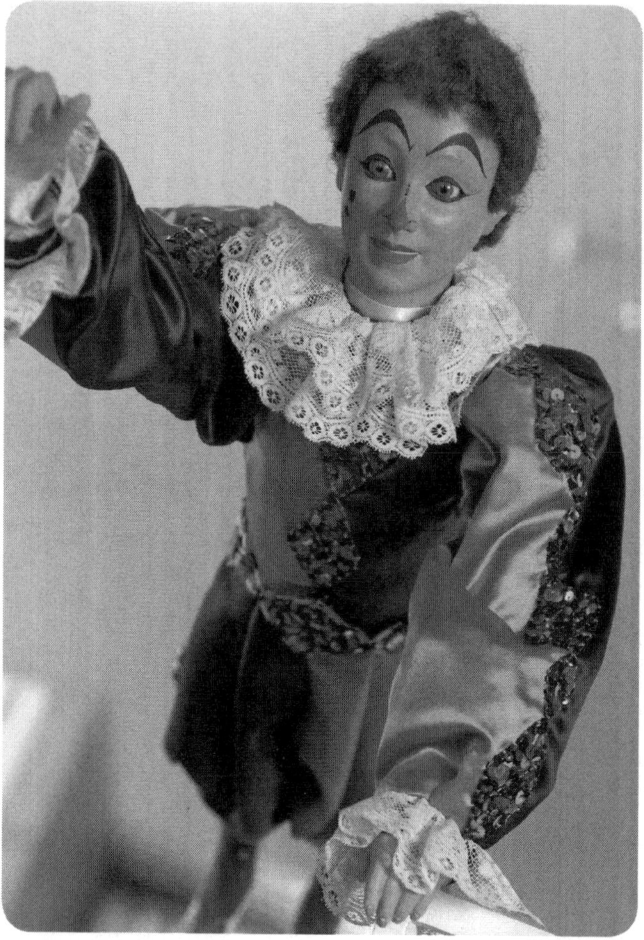

XI

Nachdem wir in jener denkwürdigen Nacht, nach Pilzpfännchengenuss und Mitteleuropäischem Unterlicht, in Gustaves Wohnung zurückkehrten, sanken wir in einen schweren Traumschlaf. Riesenwiesenchampignons in Ritterrüstung umgaben mich, die allesamt gegen ein kleines, behändes Pilzchen derselben Art kämpften. Der bewegliche Wiesengesell sprang den Rittern durch die Beine, narrte sie, wie er wollte, und wich ihren Schwerthieben mit solcher Geschicklichkeit aus, dass die Ritterpilze sich, wenn sie den Kleinen erwischen wollten, mit den Zweihändern gegenseitig tranchierten.

Was mich, der mitten im Getümmel tatenlos zusah, besonders ängstigte, war die keck getragene Schirmmütze des Champignonzwergs, auf der einzig und allein die Zahl 850.000, gefolgt von einem dicken, satten Ausrufezeichen, zu lesen war. Immer näher kam der Winzling auf mich zu, hatte es auf meinen Mund abgesehen, in den er zum Schutz vor Ritterangriffen zu schlüpfen suchte. Er stemmte sich gegen meine Lippen, rüttelte daran wie an einem verschlossenen Tor und rief in heiserem, dunklen Geflüster:

»Das Frühstück ist fertig! Mach auf! Mach auf! Das beste Morgenmahl des Universums, für dich komponiert ...«

Es war Gustaves dunkle Flüsterbassstimme, die dies deklamierte. Und als ich die Augen zögerlich öffnete, stand er in der Tür.

»Guten Morgen, herrlicher Tag heute, du hast aber einen tiefen Schlaf!«, schloss die Zimmertür, und ich entledigte mich der Laken, nicht ohne verstohlen nach dem Wiesenchampignonzwerg Ausschau zu halten, der sich aber in meinem Kopf festgekrallt hatte, um mich von dort aus Wochen und Jahre zu begleiten.

Gustave servierte zum Frühstück als erstes einen bittern, schaumhäubchengekrönten Espresso, in den ich ein hauchdünnes Plättchen schwarze Schokolade mit hohem Kakaoanteil zu tunken hatte, des Magnesiumgehaltes wegen. Es folgten ein Häppchen Lachs aus Alaska und heisse verlorene Eier auf gleichmässig braunem Röstbrot serviert, das Ganze vollendet von einem Himbeer-Traum aus frischen, am frühen Morgen gesammelten Beeren mit Schlagsahne und einem klitzekleinen Himbeerwassereiskügelchen, um – wie der Hausherr mir erklärte – Magen und Geist zu entspannen und die Nacht abzustreifen; dies sei besonders bei ihm notwendig, hätte er doch einen schlechten Traum durchlebt, wie schon lang nicht mehr.

»Liegt wohl an den Wiesenchampignons«, stellte er trocken fest. Er sei, so berichtete er, an seinem früheren Arbeitsort, mitten in der Küche des Grand, gestanden, keines seiner wertvollen Werkzeuge wie Pfannen, Passevites, Friteusen und Bain-Maries seien am Platz gewesen, an dem sie sich befinden sollten, ein schreckliches Durcheinander sei dort gewesen, was ihm vor beruflichem Ehrenschmerz fast das Herz gebrochen habe.

»Das Schlimmste aber«, er kniff seine kleinen, wässrigen blauen Augen, gefährlichen Schiessscharten ähnlich, aus denen Blitze der Empörung fuhren, zusammen, »überall, es ist kaum vorstellbar, befanden sich Musikdosen in wilden Formationen, aufeinander sitzend, sich jagend, gemeinsam in dunkle Ecken kriechend, als wollten sie von ihrer Pflicht befreit werden, Musik zu spielen, um Menschenseelen zu erfreuen, und selbst nachholen, was das menschliche Leben ausmacht, alles, was sie in ihrem langen Dasein im Grand und noch davor gesehen und erfahren hatten.

Und das in meiner Küche. In meinem früheren Reich, wo Geist und Ordnung, Geschmack und penibelste Zucht zu herrschen hatten. Das Schlimmste aber war in meinem Traum – es ist kaum auszusprechen –, dass Madame, die kühle Madame Cruszot, nackt, bedeckt dafür mit Tausenden von metallenen Nocken und pustelartigen Höckern, als sei sie eine Riesenmusikdosenwalze, mit meinen Küchengabeln – man stelle sich das vor – versuchte, eine Melodie auf eben diesen Nocken und Höckern zu spielen. Das klang so grässlich, vor allem, weil sie die unzähligen Musikdosen zu übertreffen suchte, dass sich die Haare meines gesamten Körpers aufrecht stellten ob der entsetzlichen, in meinem früheren Heiligtum sich abspielenden Szenen mit der irren Musik, die tote Wildschweine hätte zum Leben zu erwecken vermocht.«

Man sah Gustaves nun eingefallenem Gesichte an, dass der wirklichkeitsecht durchlebte Traum ihn im Innersten aufgewühlt und wohl auch seine ästhetische Küchenseelenwelt zutiefst getroffen hatte.

»Wenn ich so träume«, bemerkte er nun leise und gefasst, »muss sich Madame elendlichst fühlen. Ich stand ihr nah, wahrscheinlich am nächsten im ganzen Grand, wenn wir täglich die einzuschlagende Speisefolge, manchmal gar in lautem Streitgespräch, berieten. Ich stehe ihr noch immer nah, so glaube ich. Komm, lass uns nach ihr sehen. Sie braucht mich jetzt. Das spür ich wohl.«

Wir zogen unsere Mäntel über wie in der Nacht davor, machten uns auf den Weg zum Grand, betätigten mehrmals die Klingel am geschlossenen eisernen Portal – aus Messing war sie, mit Nachtglocke angeschrieben in altdeutscher Schrift, das Schild leicht verwittert, aber nach wie vor in Rotgold leuchtend. Gustave rief, seine hohlen Hände als Trichter formend:

»Ich bin's, Madame, Gustave, machen Sie auf, machen Sie auf!«

XII

Madame schritt zur Gegensprechanlage, die sie drei Jahre zuvor als einziges Bindeglied zur Aussenwelt, ein Relikt ihrer Vorwelt, hatte einbauen lassen. Sie konnte sie von jedem Stock aller Hoteltrakte und von ihrer Turmwohnung aus bedienen: Grüner Knopf, sprechen – roter Knopf, hören – weisser Knopf, Tor öffnen. Oder war der rote zum Öffnen, der weisse zum Sprechen und der grüne zum Toröffnen? Diese verflixte Technik – wie bei den Musikdosen! – machte sich daran, Madame übers aufgesteckte Haar zu wachsen.

So drückte Marienon-Muriel alle Knöpfe der Reihe nach und gleichzeitig und schrie, als wäre die Anlage gehörgeschädigt:

»Scheren Sie sich zum Teufel, Gustave, Sie haben als Letzter hier im Grand etwas zu suchen mit ihrer Küchenmenagerie und ihren verflixten Bains-Maries!«

Durch den Ausbruch in ihrer Seele erleichtert und in der Überzeugung, dass ihr ehemaliger, jetzt rentenberechtigter Gaumenkünstler, dessen zarte Seele sie bestens kannte, eingeschüchtert mit hängendem Kopf davontrotten werde, wandte sich Madame erneut ihrem Alltag zu.

XIII

In der Gegensprechanlage vor dem Tor knatterte es, als würden auf der Gegenseite alle Knöpfe herausgerissen, dann erscholl eine krächzende, überlaute, sich überschlagende Stimme:

»Scheren ... Gustave ... Teufel ... hier im Grand«, gleichzeitig schnarrte der Türöffner, und Gustave trat mit sorgengelähmtem Gesicht und wie zum Angriff gebeugtem Kopf ins Innere, nicht ohne mich kräftig am Ärmel zu packen und über die massive Eichenschwelle, die das Eisentor nach unten sicherte, zu ziehen.

»Siehst du, meine Ahnung war stimmig, Träume sind nicht nur Schäume; der Teufel ist hier im Grand und ich, Gustave, soll ihn scheren kommen. Dafür bin ich Madame gut genug ... ha, ha, soll ich den Kerl mit der Geflügelschere oder mit der Brennschere bearbeiten?«, jetzt rang der begnadete Küchenkünstler Gustave gar seine Hände: »Was in aller Teufel Namen soll ich tun?«

Wie ein bockiges vierjähriges Kund stampfte er auf den Boden.

»So weit musste es kommen, so weit«, dabei breitete er seine Arme mit angewinkelten Händen so aus, als wolle er mir die Länge des Fisches zeigen, den er gefangen habe, und dass dieser in seiner Forelleblau-Pfanne gar keinen Platz fände, so sehr er sich als Koch auch anstrengen würde: ein aussichtsloses Unterfangen ...

Er packte mich an der Hand, sodass ich mir jetzt wie das unerzogene vierjährige Kind vorkam, näherte sich mit seinem Mund meinem linken Ohr – ich roch deutlich den frischen Himbeergeruch seines Atems – und flüsterte:

»Lass uns in Madames Turmwohnung gehen, etwas Unheimliches ist hier im Gange, aber du und ich, wir haben die Pflicht und Schuldigkeit, einem Mitmenschen, auch wenn er so viel auf dem Kerbholz hat wie Madame Marienon-Muriel, zu helfen.«

Wir schlichen im Schatten der Büsche, die die Auffahrt zum Hotel säumten, in Richtung Haupteingang, erschraken ob jedem Grillenzirpen und hatten einen Herz-in-die-Hose-Rutscher, als ein braunes flinkes Eichhörnchen, auf raschelnde dürre Blätter tretend, unseren Weg kreuzte, denn wir dachten an den Leibhaftigen, den wir nun scheren sollten.

Bei der gespenstisch leeren Rezeption robbten wir auf den Knien am Tresen vorbei, versuchten den Aufzug erfolglos mittels Rufknopf ins Erdgeschoss zu bewegen und sahen uns, als nicht das Geringste geschah, ratlos und mit aufkommendem Schrecken gegenseitig tief in die verkleinerte Iris. Da, plötzlich, bewegte sich die uhrenförmig gestaltete Aufzugsanzeige von V auf IV, hielt dort eine knappe Minute, um alsdann unter ständig abnehmenden Anzeigeziffern summend zu uns zu gelangen.

Wir betraten, nein beschritten den mit edelsten Hölzern ausgestatteten Grand-Aufzug, dessen Türen sich lautlos schlossen und der sich durch raffinierteste Technik, so dachte ich zu Beginn, so leise in Richtung Turm bewegte, dass nichts, aber auch gar nichts zu verspüren war, kein Ächzen, kein Rucken, kein Summen der Seile. Als sich die Türe nach neunzig und auch nach hundertfünfzig Sekunden immer noch nicht öffnete, kein befreiendes Gleitgeräusch zu hören war, auch nicht nach vier oder sieben Minuten, wurde ich langsam unruhig.

»Langsamer Lift«, bemerkte ich mit angstgeschnürter Kehle zu Gustave.

»Ja. War früher schneller«, antwortete Gustave trocken.

Sassen wir in einer ausgeklügelten Cruszot-Falle? Meine Vermutung verstärkte sich, als Gustave auch alle weiteren Stockwerktasten mit Vehemenz zu drücken begann und so wenig geschah wie bis anhin, mit Ausnahme des rötlichen Aufglühens der entsprechenden römischen Ziffern.

»Madame hat uns in ihren Bann gefangen«, stellte Gustave mit Panikpartikeln in seiner sonoren Stimme fest.

Meine eigene Kehle und Mundhöhle wurden von Trockenheit befallen, als wehe ein Wüstenwind durch meinen Körper. Gustave zückte seine in der Überziehertasche steckende Uhr und liess den Deckel mit einem leisen Plopp aufspringen. Augenblicklich setzte sich eine Musikdose, die unter dem mit feinstem Gnuleder bezogenen Klappsitz an der Rückwand des Aufzugs lag, in Gang, spielte sinnigerweise, zwar etwas blechern – musste wohl der fehlende Resonanzboden sein – die ersten Takte des Gefangenenchors aus Verdis *Nabucco*.

Die Stimmung im edlen Aufzug, in dem jetzt neben den mechanischen Walzentönen einzig das feine Sirren des altertümlichen Ventilators, der die nun bereits abgestandene Luft flächig zu verteilen suchte, zu hören war, wirkte gespenstisch. Als dann das gelbliche elektrische Licht, wenn auch nur leicht, zu flackern begann, schlug mein Herz so rasend, dass ich den Eindruck hatte, Klopfzeichen zu vernehmen, wie sie sich eingeschlossene Bergleute nach einem Schlagwetter bei abnehmendem Sauerstoffgehalt der Atemluft sehnlichst erhoffen mussten. Gustaves Ebenbild starrte mich bleich aus dem raumgrossen, braun getönten Seitenspiegel an, in dessen Mitte mir die vergilbte Speisefolge der Table d'Hôtes entgegenprangte, wohl noch von Gustave komponiert und kreiert am Vortag der Schliessung des Grand.

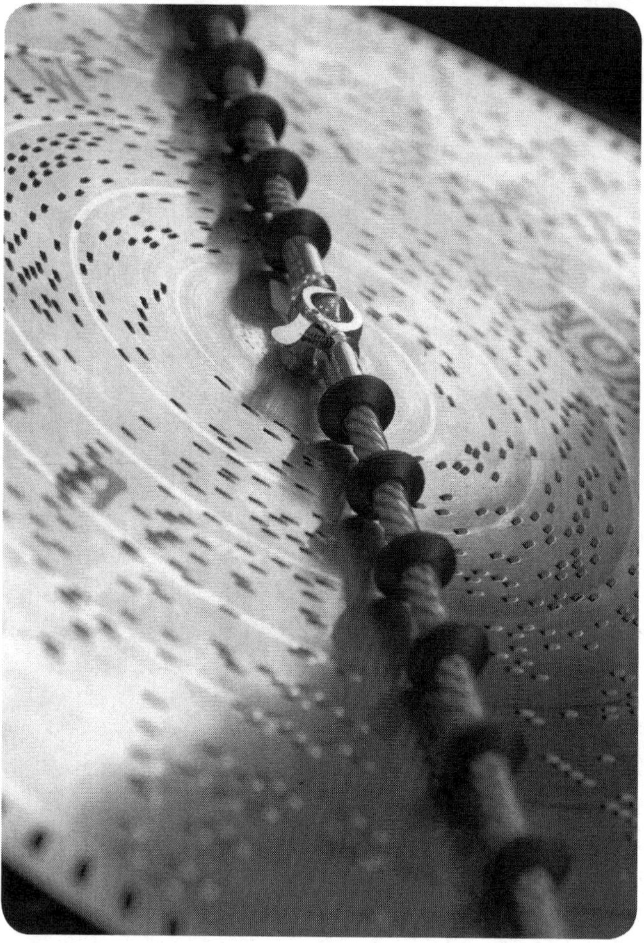

XIV

Madame Cruszot setzte derweil ihr vorgeplantes Besuchsprogramm fort. In der vierten Etage begab sie sich zum Zimmer des auf gesträubte Nackenhaare sich kaprizierenden Friseurs. Einerseits war er ein faszinierender Gesprächspartner, hatte er doch dank seiner langjährigen Spezialistenberufserfahrung Hunderte von spannenden Tatsachenberichten im Repertoire – von der Heuschrecke in der Schnupftabakdose bis zu dem Startenor mit angeborenem, sich bei lang gezogenen Tönen sträubendem Hahnenkamm am linken Knie, der Partnerinnen, die über die Deformation nicht aufgeklärt waren, in wildeste Panik versetzen konnte, was der Tenor sichtlich genoss, um die Erschreckten dann zu ihm, dem Nackenhaarbändiger zu weisen.

Dass Marienon-Muriel am heutigen petit matin mit der zurückschlagenden Musikdose einen ernsthafteren Schrecken erlitten hatte, was auch ihren Nackenhaaren eine fachkundig durchgeführte Behandlung nahe legte, zeigte die Ernsthaftigkeit und voraussehende Planung des in Bettruhe erarbeiteten Besuchsablaufs.

»Mon ami«, rief sie laut, das sich in perfekter Ordnung befindende helle und geräumige Gästezimmer betretend, »mon ami, ich brauche Ihre Hilfe«, setzte sich in den unter dem efeubelaubten Balkonfenster stehenden Behandlungsstuhl mit dem silbernen Haarwaschbecken, welches mittels dreier Schläuche – je einen für Warm-, Kalt- und Abwasser bestimmten – direkt mit des »ami« Badezimmer verbunden war. Die zwei zur Cuvette, wie er das Becken vornehm nannte, passenden Robinets waren aus vierzehnkarätigem Gold gefertigt, ebenso der Cuvette-Stöpsel, der wie ein künstliches Auge Madame beim Platznehmen von unten anstarrte.

»Stellen Sie sich vor, mon ami«, und Marienon-Muriel erzählte mit dramatischen Worten sowie auf- und abklingender Stimme von ihrem Zusammenprall mit dem Fleisch gewordenen Ungehorsam im fahlen Morgenlicht.

»Sie müssen mir helfen, ich bin nicht präsentabel mit meinen nach wie vor gelähmten Nackenhaaren, hauchen Sie ihnen in Ihrer gekonnten Art wieder Leben ein, ich bitte Sie inständig darum.«

Und obwohl Madame den Friseur weder sah noch hörte – seine Diskretion schätzte sie über alles, richtig blaublütig war diese Zurückhaltung –, spürte Madame Cruszot augenblicklich mit nach hinten gebogenem Kopf zur Cuvette – als sei sie eine Schwanenmutter, die mit letztem Einsatz, dem Einsatz ihres langen Halses ihre Jungen verteidigte – spürte sie, wie sich ihre Nackenhaare entspannten und sich zu kleinen, wohligen Kringeln formten.

»Mon ami, ich danke Ihnen tausendmal, wie neugeboren fühle ich mich nun. Gerne hätte ich noch zwei, drei Ihrer Erfahrungen mit Ihnen geteilt – Sie sind ja ein so begnadeter Erzähler –, aber die Pflicht ruft und die Zucht, die Musikdosenzucht verlangt mir die allerletzte Kraft ab. Ich werde siegen, siegen über die Walzenbrut, und sei es mit Gewalt!«, wobei Marienon-Muriel das letzte Wort mit sichtlichem Genuss aussprach, was ihrer humanistischen Bildung wegen, auf die sie immer sehr stolz gewesen, augenblicklich ihr Gewissen in Aufruhr versetzte, sodass ein leidender Ausdruck wie ein Wolkenschatten das Gesicht heimsuchte und das vorerst hart geplante T in ein weiches, feines D verwandelte:

»Wenn auch mit Gewald«, hauchte sie mit ihrer weichen Zunge, leicht an die Schneidezähne stossend.

XV

Gustave und ich, immer noch Gefangene des Fahrstuhls, waren allmählich der Panik nah. Das Nichtgeschehen des möglich Geschehbaren erzeugte so grossen Schrecken, dass sich in meinem Kopf der Aufzug in einen Abzug verwandelte. In sausender, krachender Fahrt ging es bergab, senkrecht stürzte der Lift, sich an den losen Enden der Drahtseile pfeifend reibend, in die Tiefe. Gustave und ich konnten uns unter Aufbietung der letzten Gleichgewichtsinstinkte zwar aufrecht halten in der rumpelnden, schwankenden Hölle, wobei mir im Todesschrecken das längst vergangene Datum der nächstfälligen Revision, angeschlagen in der hinteren linken Ecke, so deutlich ins Auge sprang, dass ich vermeinte, es sei nun in Stein gemeisselt in meinem Hirn. Das Fallen wollte nicht enden, Gustave klammerte sich an meinen Hals, wenigstens menschliche Wärme in meinen letzten Sekunden, durchfuhr mich blitzartig ein Gedanke, ich machte mich auf Entsetzliches gefasst, mein Leben, mein eigentlich vertanes Leben zog an mir vorbei. Doch fielen wir einem Ereignis zu, das klar zu erkennen ich mich, je länger der Sturz nun schon anhielt, immer intensiver weigerte, sodass die anfängliche panische Angst allmählich abnahm und ich begann, ein Lied zu trällern, als sei ich eine Lerche, die Frühlingsdüfte zu besingen hat.

»Weshalb singst du? Findest du die Lage wirklich zum Singen? Wir stecken fest, felsengleich fest, mein Lieber, und niemand, keine Menschenseele im Grand kann helfen, Madame mit ihren feinen Händchen wird bereits überfordert, wenn es eine Glühlampe einzuschrauben gilt, ganz abgesehen davon, dass, wenn sie schon Teufel sieht, die zu scheren sind, ihr Zustand ›pitoyable‹ sein muss. Wir müssen uns wohl« – ich bemerkte, wie Gustave mich mit diesem Satz beruhigen wollte – »wir müssen uns wohl auf einen längeren unfreiwilligen

Grand-Aufenthalt einstellen, aber immerhin sind wir seit drei Jahren wieder die ersten Gäste – auch ein Hoffnungsstrahl.«

Ich aber war nach diesem Satz noch weit davon entfernt, ruhig zu sein, zu nahe lag der von mir soeben erlittene Fallanfall.

XVI

Madame Cruszot setzte ihre Runde fort, nach dem Friseur nun zum nihilistischen Geistlichen im zweiten Stock. Sie schritt gelassen, da durch den »Gewaldt-Ausbruch« erleichtert, in Richtung Fahrstuhl. Der war nicht da. Seine Tore geschlossen. Nicht einladend offen, wie es ihr, Marienon-Muriel Cruszot zustand, nur ihr, als Gast ihres eigenen Hauses. Erneute Ungehorsamkeit? Der Fahrstuhl nun in Verschwörung mit der aufsässigen, Madame verletzenden Musikmaschine? Madame liess sich zum Tastendruck herab, um dem Aufzug ihren unverwechselbaren Willen kundzutun, ihn, wie alles andere als Instrument ihrer Bequemlichkeit und ihres zielgerichteten Seins zu nutzen.

»Ach, endlich«, quittierte erleichtert Marienon das Aufleuchten der Schrift, »der Fahrstuhl gehorcht.«

Also doch nicht Konspiration, Verschwörung gegen ihren Willen, ihren einmaligen Willen, die Welt, ihre Welt befehlend zu gestalten und zu verändern. Doch nichts geschah. Kein vorangekündigtes Zirpen, kein Gongschlag, dessen Klang sie vor Jahrzehnten ausgesucht und über jeden Fahrstuhlwechsel gerettet hatte. Die Sicherheit der Gäste hatte gegenüber dem Beibehalten alter Aufzüge Priorität, aber immerhin, der Gong, der jetzt nicht erklang, hatte die Zeiten überdauert und erinnerte Marienon-Muriel an ihre Kindheit, in der sie und ihr Bruder verbotenerweise oft, manchmal auch mitten in der Nacht, »fahrstuhlen« spielten; wobei sie darauf bestand, dass ihr um ein Jahr jüngerer Bruder den Lakaien gab, der sich vor seiner Schwester jeweils tief zu verbeugen hatte und vor allem ausser »Gnädigste« kein Wort sprechen durfte.

Der Klang des Gongs verlieh Madame heute noch kindliche Machtgefühle, die sie mit ebenfalls kindlichen, kalt den Rücken herablaufenden Schauern sichtlich genoss, obwohl sie jedes Mal beim Gongschlag auch tiefe Trauer über den so frühen Weggang ihres Bruders überkam. Sie hatte ihn aus vollem Herzen geliebt, sofern er ihr nicht vor der Sonne stand. Und das hatte er keinesfalls getan, vielmehr war er ihr Freund und Helfer, wenigstens bis zum Tag seiner Vermählung, dem Tag – so hatte es Marienon empfunden –, als er sie zum ersten Mal verliess, im Stiche liess. Das zweite Verlassen beim Reitunfall, Jahre danach, war für sie die logische Folge des ersten brüderlichen Sündenfalls.

Madame stand immer noch gongwartend, jetzt mit fast nicht mehr zu zügelnder Ungeduld, vor den verschlossenen Doppeltüren, die sich jedoch dank ihrer einsetzenden Willensanstrengung sicher gleich öffnen würden. Wie die Himmelspforten sich in ihrer Kinderbibel jeweils öffneten, zwar ohne Abbildung in der Bibel, dafür um so klarer und leuchtender in ihrer Vorstellung abends im Bett vor dem Einschlafen, mit dem sie schon als Zehnjährige aus berechtigter Angst, im Grand Wesentliches zu verpassen, Schäfchen zählend wilde Kämpfe austrug. »Nachts dreht sich die Seele eines guten Hauses im Tanze«, hatte ihr Grossvater immer seinen damals leider nicht mehr zahlreichen Gästen des Abends vorgeschwärmt.

Ganz leise, ja fast verstohlen, hörte Marienon tief aus den Spalten der Aufzugstür klingend eine die Noppen und Höcker der Musikwalze deutlich zu erkennen gebende Melodie, es waren die ersten Noten des von ihr so geliebten Gefangenenchors, die zuerst mit Schwung, dann, als das Uhrwerk die Spannung verlor, schleppend vorgetragen, immer dasselbe musikalische Thema, die Not und Hoffnung der rettungslos verlorenen Gefangenen in ihrem Kerker, ihrem Gehör darbrachte.

»Da haben wir's«, zischte Madame durch ihre Zähne, »die Revolution breitet sich aus«, um gleich laut gellend statt »au secours!« »Insubordination! Insubordination!« zu rufen. Musikdosenaufstand im Grand, der Fahrstuhl bereits angesteckt!

»Ein fauler Apfel bleibt selten allein«, jammerte Marienon und schlug die Hände fächerförmig über ihr Gesicht, das nun in Sorgenfalten gelegt nach einem Ausweg zur Erhaltung ihrer Regentschaft suchte.

»Dir werd ich's zeigen«, rief sie wutentbrannt dem Fahrstuhl zu, griff sich in ihrem schwarzen Samttäschchen einen dicken, filzig schreibenden Leuchtstift, den sie stets zur Musikdosennummerngebung bei sich trug, und schrieb in dicken, klobig wirkenden Lettern unter die Leuchtschrift »Fahrstuhl kommt« ein dickes »NICHT« mit noch fetterem »point d'exclamation«: !, drehte sich triumphierend in Richtung Treppe, denn in ihren eigenen Augen hatte sie gesiegt, auf der ganzen Linie gesiegt, der Aufzug gehorchte ihr ja jetzt aufs Wort.

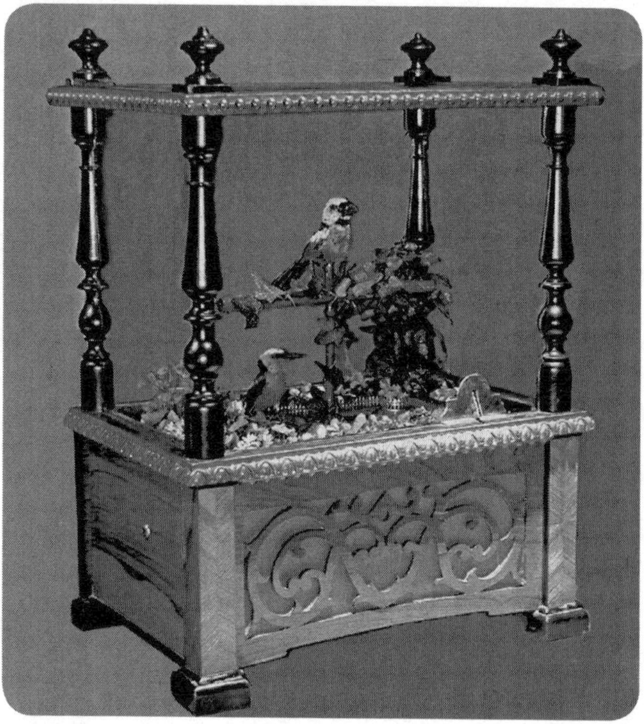

XVII

Im stecken gebliebenen Aufzug hatten sich Gustave und ich trotz ausgetrockneter Kehlen und klammer Arme gemütlich eingerichtet. Wir hatten die semi-antike Sitzbank heruntergeklappt und uns gesetzt, die Schuhe in einem ersten Anflug einer gleich wieder verworfenen Rettungsidee, uns an den Schnürsenkeln abzuseilen, ausgezogen und die Schlipse gelockert. Wir entwarfen Plan um Plan, wie wir uns aus der misslichen Lage befreien könnten. Der eine begann, den anderen in seiner Phantasie übertreffen zu wollen, und schliesslich ging es bei den Befreiungsszenarien keineswegs mehr um diese selbst, sondern darum, wer mit seinen ausgefallenen Ideen den anderen zu übertrumpfen vermochte: Die Aufzugskabine mit Luftballonen füllen, damit sie nach oben schweben kann; ein Loch in den Boden bohren und den Schacht mit Spucke füllen, damit wir auf Wasser schwebend empor getragen würden; so viele Bücher schreiben, dass wir bequem nach oben schreiten würden; uns so lange Bärte wachsen lassen, dass jeder am Bart des anderen hängend sich in Sicherheit bringen könne, oder gar uns, jeder einzeln, auf eine von der Musikdose entwickelten Note setzen, um mittels ihrer Hilfe höhere Sphären zu erreichen; auf Sonnenstrahlen kriechend den grossen Sternenwagen für uns einspannen; auf Radiowellen reiten und, als einzig praktischer Vorschlag – er kam von Gustave –, das Notsignal erklingen lassen, was wir denn sogleich in die Tat umsetzten.

XVIII

Ein rasselndes Läuten, auf- und abschwellend, ertönte im ganzen weiten Haus. Die Aufzugsglocken läuteten Sturm.

Marienon-Muriel erschrak zutiefst. Die Hochzeitsglocken erklangen schon, und sie war nicht bereit! Der Schlachter, der Falschspieler, der bohrende Ingenieur und der nihilistische Geistliche in seinem Kapellenzimmer waren noch zu besuchen, die Hochzeitskleider für die Dosen noch nicht genäht, die Wahl der Auserkorenen noch nicht getätigt, die Stifte noch nicht zwischen die Dosenwalzen geklemmt, die Gäste weder schriftlich noch durch Boten geladen ... Und die Hochzeitsglocken erschallten im ganzen Haus! Rot lief Madame an. So viel war noch zu tun, nichts war erledigt, drei Jahre bereits verstrichen ... Und die Hochzeitsglocken klangen! Madame Cruszots Werk versank im Chaos noch vor seiner endgültigen Schöpfung, und das bei ihr, Marienon-Muriel, die der Ordnung zugetan, der reinen Ordnung, der von ihr göttergleich bestimmten Ordnung ... Die Glocken läuteten weiter, während Marienon-Muriel Cruszot in grosser Eile sich bemühte, Stützen zu errichten, um ihre Welt wenigstens zum Teil zu erhalten. Die Last war riesig, der Atlas ruhte mit seinem vollen Gewicht einzig auf ihren zierlichen Schultern.

Unter Glockengeschepper – Madame war jeweils glücklich, als dieses abschwoll, erschrak jedoch bei jedem nach fünfundfünfzig Sekunden neu einsetzenden Anschwellen – eilte Marienon-Muriel zur breit einladenden Treppe, deren Holzgeländer, von reich verzierten allegorischen Figuren gestützt, von Kunsthandwerkern gefertigt, für jedermann eine Augenweide darstellte. Jede Holzskulptur, Tiere und Menschen und vor allem Kreuzungen aus beiden, ein Kunstwerk in sich, beflügelten die Grande-Dame, denn die Wahlverwandtschaft lag auf der Hand.

Jede Holzschnitzerei hatte ihre Last, ihre begrenzte Last zu tragen, um die Treppenwelt am Leben zu erhalten, Marienon hingegen trug die ganze Welt, sodass sie sich oft danach sehnte, Rollen zu tauschen mit einer ihrer Treppenstützen und tagein, tagaus nur ihren Teilbeitrag zur Aufrechterhaltung des Universums zu leisten, statt wie es ihr Schicksal gebot, dies allein zu erfüllen, umgeben von zerstörerischen Kräften, die seit dem Morgen – oder waren es bereits Jahre –, sie sogar in ihrem Innersten am Werken fühlte.

Sie hastete, sofern das stolze, schleppenbegleitete Schreiten Hasten genannt werden konnte, in den zweiten Stock, der »Deuxième Etage«, wie er in der Grand-Sprache bezeichnet wurde, bog nach rechts ab, um zuhinterst das Eckzimmer frontal, ohne anzuklopfen zu betreten, denn wer klopft schon höflich an, wenn er eine Kapelle betritt!

In das Zimmer, das reich mit Fresken beschaulicher religiöser Themen bemalt war, hatte der nihilistische Geistliche, der die Verneinungslehre propagierte, eine zweite Decke in Kuppelform einbauen lassen. Da die Zimmer auch der »Deuxième Etage« nicht als sakrale Räume geplant waren und aus wirtschaftlichen Gründen – die Mittel des selbst ernannten Geistlichen reichten bei Weitem nicht aus, das Eckzimmer des »Troisième« dazuzuschlagen, mussten sich die Besucher bücken, um unter die Kuppel zu gelangen, was dem Geistlichen nur recht war, denn wer sich vor der Verneinung bückte, musste sie nur noch eindrücklicher zur Kenntnis nehmen.

»Stellen Sie sich vor, Nonsignore« – so wünschte der Priester angesprochen zu werden –, »seit heute verstehe ich Sie wesentlich besser, bin Ihnen sozusagen ein ganzes Stück näher gerückt, denn ich bin von Neinsagern umgeben: Musikdosen, Aufzug, alle sagen Nein zu mir, nihilisieren mich gewissermassen. Unangenehm, unangenehm, kann ich Ihnen sagen, in der höchstselbstgeschaffenen Welt verneint zu werden. Ich verneine einfach zurück, hart, aber gerecht. Dem Fahrstuhl habe ich ein NICHT mit Ausrufezeichen in Leuchtfarbe entgegengeschleudert – und er gehorchte. Aufs Wort. Nein, nein, Ihre Verneinungslehre hat schon etwas für sich. Ja«, erschrocken fuhr Madame reflexartig mit der linken Hand zum Mund, sie hatte ein entsetzliches Sakrileg begangen und das unaussprechliche, das hier absolut verbotene Wort ausgesprochen, der Geistliche würde sie jetzt mit Todesschweigen strafen.

»Non est Bon«, Nein ist gut, stand in grossen, goldenen Lettern über der in schalldichtem Glas eingefassten Predigerkanzel, darunter in Silberbuchstaben: »Le contraire un péché mortel«, das Gegenteil eine tödliche Sünde. Und diese hatte Marienon-Muriel nun begangen. Am heutigen Tag verwandelten sich alle edlen Absichten ins Gegenteil.

»Nur an diesem Tag?«, murmelte Madame vor sich hin, als sie das Kapellenzimmer umgehend verliess, um den Geistlichen seine Todesschweigestrafe nicht auskosten zu lassen, denn Marienon-Muriel wusste nicht zuletzt von den Musikdosen und vom Aufzug her, dass Strafen durchaus auch auskostbar waren. Im Gang überfiel sie gleich das aufbrummende, in der Nähe seines Zenits stehende Glockengeläute, das ihr die vielen Pflichten in Erinnerung rief, die sie umgehend an die Hand zu nehmen hatte.

XIX

Sollten die Rüschen der Musikdosenvermählungskleider lang oder kurz sein, brauchte es überhaupt Rüschen? Ja, sie mussten sein. Sollten die Musikmaschinchen bei dem gehauchten, von ihr gehauchten Ja knien oder ergebenst, den Blick demütig nach unten richtend stehen? Was, wenn der Ungehorsam bis zur Burgund-Kapelle vordrang und eine der beiden Dosen ein mechanisches »Nein« schnarren oder nöckeln sollte? Konnten Rache und Ungehorsam so weit gehen? Alles Fragen, die Madame auf dem Weg zum »Premier«, dem so genannten Paradestock mit seinen Suiten und Salons, durch die hochgewölbte Stirn wirbelten.

Als sie vor Erreichen der Ingenieursuite, wie die Suite B genannt wurde – bei der Kennzeichnung der Suiten wurden Buchstaben statt Nummern angewandt, nicht nur weil das exklusiver klang, nicht nur weil sich in dieser Kategorie kein Gast in einer anderen untergeordneten Suite untergebracht fühlen sollte, sondern auch damit die Suitengäste beim Verlangen ihres Schlüssels das Wort Suite entsprechend betonen, ihr Beherbergungsprivileg dezent und doch dezidiert allen anderen Gästen verkünden konnten –, als also Marienon-Muriel die Ingenieurs-Suite erreichte, hörte sie beim Aufzugkreuzen ein klopfendes, sie in äusserste Anspannung versetzendes, regelmässiges Geräusch.

»Was geht hier vor«, deklamierte Madame dramatisch, »klopft der Fahrstuhl wie ein ungezogenes Kind mit dem Kopf gegen die Wand, nur weil ich ihn überlistet habe?«, und drehte indigniert ob solcher Kinderspiele den Kopf in Richtung Suite B, in die sie auch sogleich entschwand.

Wir aber, Gustave und ich, im festgefahrenen Fahrstuhl, hämmerten, als wir Madames Schritte knapp über unseren Köpfen hörten, mit aller Kraft gegen die edelholzgetäfelten Wände, lehnten uns, als die Schritte rasch von dannen zogen, verzweifelt zurück, als wären wir Schiffbrüchige, über die soeben ein Suchflugzeug grosse elliptische Kreise geflogen hatte, und das trotz aller in den Sand gezeichneten Hilferufe und der abgefeuerten Leuchtraketen – wobei, dies sei nicht zu leugnen, das kleine Samenkorn der Fatalität, der Zustimmung zum unvermeidlichen Ende, ebenfalls mit schneckenhafter Langsamkeit, aber uhrmacherhafter Präzision in unserem Inneren Fuss zu fassen begann – unverrichteter Dinge und ohne Flügelwackeln wieder nach Hause abgezogen war, uns mit unserer zerstobenen Hoffnung alleine zurücklassend. Mir schien, der Aufenthalt in der Fahrstuhlkabine zusammen mit Gustave – sein vom regelmässigen Knoblauchessen (hält jung, sagte Gustave immer) herrührender Geruch überdeckte bereits seit Stunden den Himbeerhauch des Morgenmahls – dauere schon eine Ewigkeit. Das Leben, das wunderbare Leben hatte sich für uns zwei auf knapp zwei Quadratmeter zurückgezogen und machte keinen Anschein, sich jemals wieder auszudehnen. Mein, aber auch Gustaves Gehirn arbeiteten fieberhaft an jetzt nicht mehr laut ausgesprochenen, dafür umso ernsthafteren Befreiungsplänen.

XX

In der Suite B – der Ingenieurs-Suite – roch es penetrant nach Schmieröl und Maschinenfett. Überall lagen Zahnräder in braunen Glasbecherbädern. Auf einfachen Sperrholzgestellen lagerten mit Gelenken versehene Bohrstangen jeder Grösse, Schnittzeichnungen von Tunneln und Bohrlöchern waren an der Suitendecke festgepinnt, die am besten am Zimmerboden liegend zu betrachten waren, die Tür zum Badezimmer war mit einem roten Sprenggranatenwarnzeichen ausgestattet, und durch die ganzen Räume führten dünne Kühlflüssigkeitsrohre, die in die Türen mit beweglichen Teilen so geschickt eingelassen waren, dass diese sich trotzdem problemlos öffnen und schliessen liessen.

»Wo stecken Sie, mein technisches Genie?«, rief Marienon laut, ohne jedoch die Lippen zu bewegen. »Ich brauche dringend Ihre Unterstützung bei meinen Plänen. Lassen Sie sich wenigstens einmal stören, aus Ihrer Arbeit reissen. Ich weiss, ich weiss, die globale Zukunft hängt von Ihnen ab. Ohne Tunnel, ohne Bohrloch durchs Innere der Erde sind wir dem Untergang geweiht, die Drainage zur Druckminderung muss gelegt werden, damit die hektischen Zeiten, in denen wir uns bewegen, sich entspannen können, ja, ja, Ihre Mission ist von höchster Bedeutung. Aber ohne Werkstatt, die Sie ja hier im Grand in Ihrer Suite errichtet haben, ist Ihr Vorhaben Schall und Rauch, und gerade diese Welt, meine Welt, die Grand-Welt, ist dabei, mitsamt Ihren Tunnelplänen aus den Fugen zu geraten, einzustürzen wie ein Kartenhaus. Ich bin – es fällt mir gar nicht leicht, dies so unmissverständlich auszusprechen – auf Ihre Hilfe, Ihre Gefolgschaft angewiesen. Hören Sie mir überhaupt zu?«, bemerkte nun Marienon-Muriel in der stummen Sprache ihres Kopfes.

War der Ingenieur überhaupt im Raum, oder hatte das Fahrstuhlklopfen, das sogar die Hochzeitsglocken übertönte, mit Bauarbeiten im Aufzugsschacht zu tun? Verlängerte der Ingenieur diesen, um seine Global-Drainage zu legen? War die Erdmitte bereits durchstochen, schlief der Ingenieur bereits friedlich in der Opposition des Tages, zutiefst befriedigt über sein vollbrachtes Werk, und konnte es sein, dass eben dieser Durchstich, der entweichende Druck im Grand, alles verrückt spielen liess? Wie sollte der Ingenieur ihr, Madame Cruszot, der Grande-Dame des Grand zu Hilfe eilen, wenn die entscheidende Hilfe bereits erfolgt war?

Mit einem optimistischen Kräuseln ihrer geschwungenen, jedoch leicht ausgetrockneten Lippen verliess Madame die Suite B, öffnete auch im Kopf ein kleines Türchen, damit der Ingenieur mit seinen technischen Wunderdingen ihr Hirn verlassen konnte. Diese Tür verriegelte sie aber augenblicklich, denn ihr Kopf war so voll, dass unmöglich Neues, auch wenn es sich um technische Hilfswunderwerke handelte, noch den geringsten Platz darin gefunden hätte. Das Verlassen des Ingenieurs in Marienons Gedankenwelt wirkte wie dessen Global-Drainage.

Leicht und munter schritt die Grande-Dame den Gang zur Haupttreppe hin, um das Erdgeschoss zu erreichen, die Besuche beim Schlachter und Falschspieler auf später schiebend, eine Tat, die im Grand noch niemals beobachtet worden war, das Abweichen von einmal Festgelegtem, auch dies, so kann sich jeder berechtigterweise denken, ein Zeichen für das aus den Fugen geratene Grand-Universum.

XXI

Gustave war nachdenklich geworden in unserem Gefängnis. Seine Stirn sprach Bände. Wellenlinien wechselten sich ab mit Längsfalten, bald bewegte er das linke Ohr, um sich dann jeweils heftig am rechten Nasenflügel mit dem Zeigefinger zu reiben, als wolle er das notwenige Gleichgewicht wieder herstellen. Er führte etwas im Schilde. Ich sah es ihm an. Ähnlich wie nach einer verpatzten Speisezubereitung eines seiner Adlaten sann er nach Rettung, spielte im Kopf alle Möglichkeiten und ihre eventuellen Folgen durch und begann, als er einem Ergebnis nahe schien, auf der Gnulederbank unruhig herumzurutschen wie ein Schüler, der die Antwort zwar kennt, sich aber noch nicht traut, sie dem Lehrer laut bekannt zu geben. Jetzt hüstelte er leise vor sich hin, räusperte sich dann und flüsterte, sodass ich auch im wörtlichen Sinn meine Ohren spitzen musste:

»Wiiir«, er dehnte das I stark in die Länge, als ob er noch die entscheidende Sekunde gewinnen wollte, »wir könnten«, seine Augen glänzten wie die eines verliebten Jünglings, wenn er seine Angebetete anhimmelt, »wir könnten uns überlegen, ob nicht Pilzzucht die Lösung unseres Problems erbringen könnte. Du weisst, ich kenne mich bei Pilzen bestens aus, achte sie, auch wenn ich sie verspeisend gern geniesse. Pilze gedeihen auch im Dunkeln, vor allem Champignons. Sie wachsen rasch, denn sie sind vom Drang beseelt, das Licht zu finden, es so rasch wie möglich zu erreichen. Siehst du den Spalt der Aufzugstüren im »Premier«, dort dringt Licht ein. Ideal für unser kleines Vorhaben«, bemerkte Gustave verschmitzt. »Wenn die Pilze das Licht erkennen, werden sie wachsen und wachsen und die Fahrstuhltüren für uns öffnen. Wir brauchen dann nur auf unseren Ledersitz zu steigen, um bequem oder doch beinahe bequem das Freie zu erreichen.«

Gustave strahlte vom schütteren Haaransatz bis zur Fusssohle. Er drehte die Taschen seiner Jacke von unten nach oben:

»Da müssen sich noch Pilzsporen befinden«, bemerkte er, »beim Sammeln der Wiesenchampignons für unser Pilzpfännchen habe ich der Fülle der Pilze wegen besonders grosse Exemplare in die Joppentasche gesteckt, um sie auf dem Heimweg und zur kulinarischen Vorfreude immer wieder hervorziehen und mich an ihrer Schönheit erfreuen zu können. Unser Glück jetzt«, fügte ein sichtlich gelöster Gustave als Schlusspunkt und Bejahung seines Vorschlags hinzu.

Ich konnte nicht widersprechen und wagte nicht einmal, die Frage nach dem geeigneten Nährboden zu stellen. Gustave hatte zwischenzeitlich seine klobigen Schuhe sohlenauf hingelegt – in den grobschlächtigen Rillen steckte noch Erde, vom Vortag wohl –, sodass sich meine nicht gestellte Frage in nichts auflöste, bevor sie auch nur aufgeworfen worden war. Die von uns ausgelöste Notklingel dröhnte noch immer auf- und abschwellend, während Gustave durch ständiges Aufziehen des Uhrwerks der unter dem Sitz versteckt gewesenen Gefangenenchormusikdose dafür sorgte, dass die Champignons durch die Trauer der Melodie sich ihrer Lage bewusst würden, um uns entsprechend schneller zu befreien.

XXII

Madame war derweil leichtfüssig in den Gastrotrakt geeilt, hatte ihren Zuchthochstand auf dem Bain-Marie-Herd im Louis-XIV-Stuhl eingenommen; es galt jetzt, die Auszeichnungen vorzunehmen, die Wahl zu treffen, die Wahl der kommenden Grand-Musikdosen-Generationen prägend zu gestalten. Die Verantwortung lastete schwer auf Marienon-Muriel, es war Verantwortung, die in ihrer Last kaum zu verkraften war.

Allein schon die Menge der Kriterien schien ihr so gross, dass diese unmöglich unter den Hut zweier Musikdosen zu bringen waren. Sollte sie vermehrt die Holzdichte oder den Klang berücksichtigen, waren Walzenelegranz oder Nockenfülle entscheidend, waren Drehflügelspanne oder die Robustheit des Uhrwerks für ihr einmaliges Unterfangen von Bedeutung? Und keine Hilfe weit und breit. Kein lebendes Wesen, das sie um Rat angehen konnte, auch Brehms Tierleben, Meyers Konversationslexikon, der Musik- und Opernführer, der Volksmusikalmanach samt Zusatzband wussten nicht weiter. Wie waren denn andere vor ihr bei Schöpfungsakten vorgegangen? Sollte sie einen Gregorianischen Choral mit dem Volkslied »Sur le pont d'Avignon« verbinden, um geistige Tiefe und Erleuchtung mit einem gesundem Volksempfinden zu paaren? Oder war es besser, ein Wiegenlied mit der Totenmesse Mozarts zusammenzuführen, um den Nachfahren die ganze Fülle eines Lebens einzupflanzen?

Madame trommelte nervös mit ihren Fingerkuppen auf den Lehnen ihres Throns. War das wirklich ein Thron, nicht eher ein Folterstuhl, denn die Hochzeitsglocken schrillten, die Zeit der Wahl war beschränkt, die Lösung musste umgehend gefunden werden. Die Hochzeitskleider galt es zudem zu schneidern, das angemessene Verhalten beigebracht, der Kopf von Marienon begann sich zu drehen, sie fühlte sich einer Ohnmacht nahe. Zu allem Unglück hatte das Fingerkuppenklappern Madames, das die Musikdosenmasse als Beifall aufgenommen, dazu geführt, dass alle Maschinchen nun fröhlich und traurig, sehnsüchtig und schmalzig, tragisch, bebend und träge zu spielen begonnen hatten, als wolle jede einzelne Musikdosenpersönlichkeit Madame auf sich und ihre Stärken aufmerksam werden lassen, in der Hoffnung, dann zu den Auserwählten zu gehören.

»Schluss damit! Ein für allemal Schluss!«, rief Madame in ihrer Verzweiflung. »Ich nehme den Tanz der unbekannten Komponistin, damit Neues, Besseres, Vollendetes entstehen kann«, schritt von ihrem Bain-Marie-Bad-Thron würdig herunter, griff sich die Dose, eine kleine, mit dünner, aber stark noppenbesäter Walze, das Musikstück war nur siebzehn Sekunden lang.

Sie griff in die grosse Küchenlade unter dem Geflügelherd, entnahm dieser Hunderte von metallenen Nädelchen mit übergrossem, rundem Kopfstück, packte jede Dose unsanft an, um sie mit gekonntem Griff zwischen Flügel und Walze mittels der Metallstifte augenblicklich lahm zu legen. Langsam verstummte der Küchensaal, die Pâtisserie und auch das Weingewölbe, einzig die unbekannte Komponistin durfte ihr heiteres, tiefenloses Siebzehnsekunden-Œuvre endlos wiederholen. Als letztes griff sich Madame die Musikmaschine, von Maschinchen mochte die Grande-Dame hier nicht mehr sprechen, die morgens zurückgeschlagen und ihr eine Verletzung am Finger und, noch viel schmerzhafter, an der Seele zugefügt, öffnete grob den Deckel und riss mit einem Ruck die fest gefügte Walze aus dem Edelholzgehäuse, um nun die sinnlos in ihren Händen liegende Ungehorsamsbrut – zur Abschreckung für alle – dem Altmetallbehälter zuzuführen.

Jetzt lastete Stille auf dem Gastrotrakt des Grand, obwohl Marienon-Muriel die zweite Hälfte des Erwählten-Paars noch fehlte. Irgendwo, daran erinnerte sie sich noch gut, war die passende Melodie heute bereits erklungen. Doch wann und an welchem Ort, daran konnte sich Marienon-Muriel beim besten Willen nicht erinnern, zu viel war heute auf ihr Leben eingestürzt. Doch sie schwor, sich nicht eher anderem zuzuwenden, bis das Gegenstück gefunden und auf dem Altar des Hauses liegen würde.

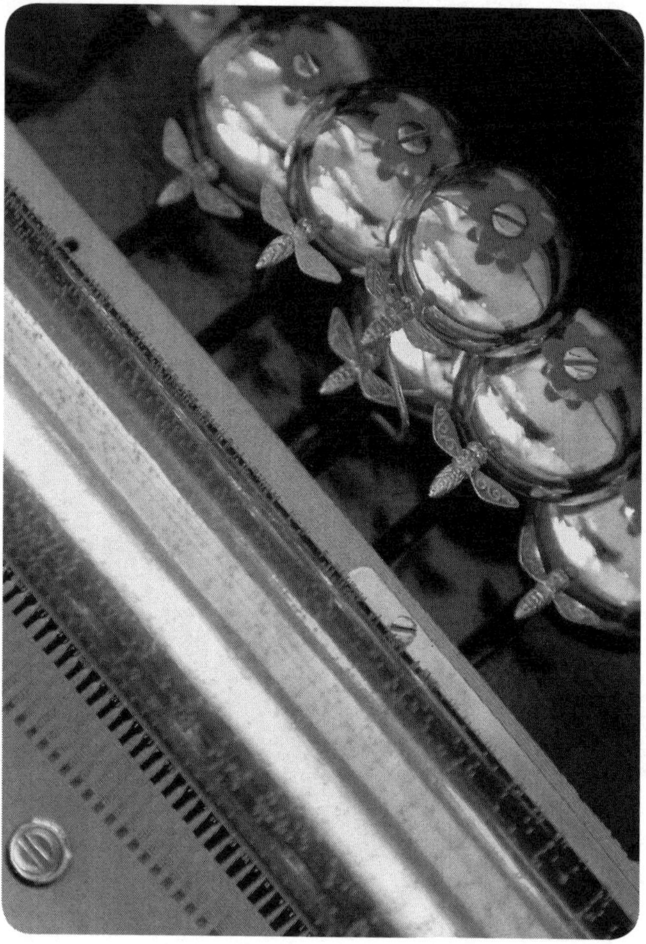

XXIII

Derweil waren die Gefangenen des Chors beziehungsweise ihre mechanisch, für geübte Ohren blechern wirkende Interpretation im Fahrstuhlschacht als Champignon-Wachstums-Gehilfen emsig tätig, denn Gustave zog mit einer bewundernswerten Geduld, die bereits einer Manie zu ähneln begann, das Uhrwerk der Nabucco-Dose alle zwei Minuten und fünunddreissig Sekunden mit dem im Boden eingelassenen, fest verbundenen Schlüssel auf, noch bevor das Uhrwerk jeweils abgelaufen war. Denn sein Sinn für das Perfekte verbot ihm, die Melodie der sich grämenden und sehnenden Gefangenen schleppend werden oder gar in Einzeltöne zerfallen zu lassen.

Gustaves Anstrengungen, zu denen ich, die ermunternden Blicke unberücksichtigt, die ich ihm immer wieder zuwarf, wenig beitrug, waren von Erfolg gekrönt. Vorerst nur als kleine, weisse Punkte sichtbar, entwickelten sich die Champignons in einer Weise, die ich nicht für möglich gehalten hätte. Ich sah den weissgrauen Pilzkindern ihre Sehnsucht nach Licht, Luft und Freiheit förmlich an, die Anheizung durch den Gefangenenchor wirkte Wunder. Die Dunkelheit des Aufzugsschachts, die Feuchtigkeit, die von der Erdmitte zu kommen schien und der Lichtblick des »Premier« spornten unsere Lieblinge, wie sie Gustave zwischenzeitlich nannte, zu Wachstumshöchstleistungen an. Kaum zu glauben – war es nun Mittag oder Abend? –, Gustave und ich mussten eng zusammenrücken, die ganze Liftkabine war verpilzt, uns blieb kaum noch Raum. Gegenseitig schabende Bewegungen um Nase und Mund bewahrten uns davor, dass die Pilze – ich dachte an den Winzlingstraum – in eben diese Öffnungen eindrangen und auch sie als Nährboden annektierten.

Gustave sah köstlich aus! Über und über mit Champignons bedeckt, kein Zeichen einer Glatze mehr, die ihn sonst auszuzeichnen pflegte. Sogar einen Bart aus Wiesenchampignons trug er nun, liess alles mit sich gewähren wie auch ich, denn der Freiheitstraum des Chors, wenn auch scheppernd vorgetragen, hatte seine Wirkung voll entfaltet, nicht nur bei dem Pilzvolk, wie wir dies planten, sondern auch uns mitgerissen in seinem Strom.

XXIV

Nach der Vernichtung ihres Feindes und der Stilllegung aller Musikmaschinen schritt Marienon-Muriel mit wiedergewonnenem Selbstvertrauen durch den Küchensaal in Richtung Treppenhaus.

»So, jetzt kann ich ruhigen Herzens an mein Werk gehen. Den Fahrstuhl, ja, den habe ich nicht gemeistert, doch der Ingenieur mit seinem Schacht ans andere Ende der Welt wird das schon richten.«

Fest umschlungen hielt sie in ihren tüllweissbedeckten Armen der unbekannten Komponistin Siebzehnsekundenwerk. Ja, sie hatte erreicht, wovon andere ausgeschlossen waren. Diese Dose sollte Ruhm erlangen, ja Unsterblichkeit, sie hatte das oberste, unerreichbar scheinende Ziel erklommen. Sie war von Madame auserkoren worden, sie würde Urahnin der Musikdosenkultur der Zukunft sein, Walzenkultur prägend gestalten, Nockenmassstäbe setzen, mit ein neues Musikdosenuniversum erschaffen. Aus Notennebeln Umrisse schaffen, das war das Einmalige an Madame Cruszots Tat, so sah sie es mit ihren Augen, die nun in weite Klangesfernen sich verloren.

Wie so oft war es die Kraft ihrer Weitsicht, die Marienon-Muriel verriet, wo sich der Verlobte der unbekannten Komponistin befand. Madame hatte in ihrer Eile den Schlüssel zur Burgund-Kapelle in der Suite B inmitten von Bohrgestängen und Aufrissplänen liegen gelassen und musste nun mühsam, wie dies mit der Schleppe war, das Treppenhaus bis zum »Premier« ersteigen. Als sie ihre Schritte in Richtung Suite B richtete, entdeckte sie zu ihrem grossen Schrecken, dass aus der sonst so eleganten Fahrstuhltür weisse Pilze wuchsen, wucherten, gar quollen, und dies so rasch, dass die Tür sich ächzend langsam öffnete, um der Weisspilzexplosion Raum zu verschaffen. Von unten aber, aus dem schwarzen Schacht, erklang Verdis Gefangenenchor, es war kaum zu glauben, obwohl sich Madame nun am äußersten Rand ihres Gehirns erinnerte, vor geraumer Zeit die Musik am selben Ort bereits gehört zu haben.

»Ach, wir haben ihn und werden diese Dose für dich, mein Liebling, befreien«, flüsterte sie ihrer in den Arm geschmiegten unbekannten Komponistin zu, »die Pilze werde ich räumen, wie Schnee im März«, zog darauf ein Messer aus der Tasche und begann, die Champignons zu enthaupten, als habe sich die Hydra selbst vor ihr aufgebaut.

In grosser Zahl fielen Pilzköpfe nun zu Boden, alle weiss, passend zu ihrem Kleid. Nach wenigen Minuten schon glich der prunkvolle »Premier« einem Schlachtfeld. Hunderte von Wiesenchampignonköpfen lagen reglos am Boden, doch auch Madame hatte sich verändert, um ihr Haupt, in ihren Haaren war ein Kranz von Champignons gewachsen, überwucherte nun ihren Nacken und Rücken, reckte sich nach ihren Beinen, derweil abgeschlagene Köpfe aus dem Aufzug sich verdoppelnd wuchsen. Panik befiel Marienon-Muriel, denn die Szene wirkte ausserordentlich bedrohlich. Die Hochzeitsglocken schrillten, die Pilze wuchsen wild und wilder, der Gefangenenchor drang dumpf und leidend – der gewaltsame Ausbruch lag nicht mehr fern –, und dazu Gustaves sonore Stimme:

»Gib mir die Hand, du hast es mir schon längst versprochen.«

Viel war nun zu viel geworden, Madame sank langsam um, wie ein zuvor von Tauen gehaltener, nunmehr gefällter Baum. Der Ohnmacht übergab sie ihre Macht, »Zu viel ist zu viel« als letzte Worte murmelnd.

XXV

Als Gustave und ich durch die Wiesenchampignons und deren Wachstum, angespornt durch ihren angeborenen Freiheitsdrang, das Lichtersehnen, gepaart mit Dunkelheit und ihrer musikalischen, bewegten Seele – »Glaube versetzt Berge, Klänge, Sterne«, war eine weitere Grundlage Gustaveschen Denkens – den »Premier« auf einem rasend wachsenden Riesenchampignonkopf wie auf einem Aufzug sitzend bequemer erreichten, als wir es uns je hätten träumen lassen, traf uns, als wir den Pilz, nicht ohne tausend Dank, verliessen, beinahe der Schlag.

Vor der nun weit und wie immer einladend geöffneten Fahrstuhltür lag Madame Cruszot am Boden, flach ausgestreckt. Gustave und ich mussten trotz unseres fortgeschrittenen Alters wie Artisten, um nicht auf ihren leblosen Körper zu treten, über sie hinübersteigen. Die Grande-Dame trug ein makellos weisses Hochzeitskleid mit Margeriten-Muster, wenigstens konnte ich eine solche in der Nähe ihrer Taille erkennen, hielt eng umschlungen eine kleine Musikdose wie liebkosend und grossziehend an ihrer Brust und war, das schien Gustave entsetzlich zu erschrecken, so bleich, dass sie Schneewittchen in ihrem Glassarg nicht unähnlich sah, weit und breit aber kein Apfel, sondern nur Pilze, weisse Pilze, Wiesenchampignons, die auf ihr wucherten und, so schien es mir, fröhlich die putzigen Köpfe zusammensteckten, um sich munter über das weitere Schicksal ihres Nährbodens zu unterhalten.

Gustave, kaum von seinem Pilzritt absitzend, stürzte sich voller Gram und Sorge auf die inmitten abgeschnittener Pilzköpfe liegende Marienon-Muriel, fühlte ihren Puls, entnahm einer seiner vielen Jacken- und Manteltaschen, nach kurzer Suche, einen kleinen runden Taschenspiegel, den er Madame zwischen Mund und Nase beinahe auflegte, und der sich gleich beschlug, sodass Gustave einen Luftsprung nehmend voller Erleichterung schrie »Sie lebt, sie lebt! Gott sei Lob und Dank, sie lebt!«, um sich gleich wieder über sie zu beugen und mit künstlicher Beatmung zu beginnen, wobei er ihre Lippen wohl etwas zu behutsam, ja fast zärtlich zu berühren wusste. Marienon-Muriel schlug die Augen verwundert auf, erblickte Gustaves Gesicht mit einem sichtlichen Aufflackern eines Leuchtfeuers in ihren stahlblauen Augen, die dadurch weicher wirkten, aber gleich zur üblichen Härte wechselten, als sie Gustave fixierend und jedes Wort laut und deutlich betonend bemerkte:

»Ich will den Chor haben, den Gefangenenchor. Es geht um Leben oder Tod, Gustave. Sofort. Die Kapellenglocken läuten, hörst du sie? Ich muss ihn haben. Jetzt.«

Und wieder sah sie ihren ehemaligen Chefkoch durchdringend an, der sich – als sei er in Hypnose – erneut in den Liftschacht warf, um das Maschinchen, das uns gerettet, den Pilzen zu entreissen. Wie eine gewonnene Trophäe hielt Gustave, als er, kaum gesprungen, auf einem neuen Pilzkopf sitzend im »Premier« erschien, den Musikdosenchor über seinem pilzbedeckten Haupt, und legte ihn Madame zu Füssen.

Sofort ergriff Marienon-Muriel den Gefangenenchor, zärtlich, aber bestimmt, und rannte, die Schleppe konnte ihr kaum folgen, in die Suite B, um den Schlüssel der Kapelle zu behändigen. Auf dem Rückweg nahm sie Gustave bei der Hand:

»Ich brauche dich, ich brauche dich in der Kapelle, die Glocken läuten nicht mehr lang, ich will mein Ziel erreichen.«

Zog ihn ins Treppenhaus und über die Stiegen zum Grand-Ausgang, dann quer über das nasse, ungepflegte Novembergras zum Burgund-Gebäude, öffnete das Schloss und trat ausser Atem und leicht zitternd in den Sakralraum mit den in Stein gebannten Teufelsfratzen.

Tränen glitzerten in ihren Augen, als sie sich mit ihren Auserwählten vor dem Altar in die erste Reihe der dunkelbraunen, verwitterten Holzbänke setzte. Madame nestelte an ihrer Tasche, entnahm ihr mit verschleierten Augen das immer mitgeführte Reisenecessaire – man konnte ja nie wissen –, suchte dort nach der gekrümmten Silbernagelschere, mit der sie schnipselnd ein grosses Stück aus ihrer Schleppe schnitt, um ihre Musikmaschinchen mit weissem Tüllstoff zu bedecken und dabei mit Klöppelknüpfkunst an allen zwei mal vier Ecken wundervolle Rüschen zu gestalten. Die unbekannte Komponistin und den Gefangenenchor, so kunstvoll auf das Erhabene vorbereitet, legte sie zu ihren Füssen, nahm Gustave erneut an die Hand, diesmal zärtlich, und hauchte die so oft in ihren Tagesträumen durchgespielte Liturgie:

»Wollt ihr euch auf Ewigkeit verbinden, bis dass der Tod Euch scheidet« – Endlichkeitsblick zum Sarkophag und Bleichsarg –, »dann sagt jetzt jah.«

Marienon selbst flüsterte mit tränenerstickter Stimme: »Jaah«, gefolgt von einem sonoren Gustave-Ja.

Verstört blickte Marienon-Muriel zu dem von ihrer Hand gehaltenen Gustave, der glücklich lächelnd, als sei's ein Traum, an ihrer Seite sass und seiner Geliebten einen Goldreif sanft über den Finger streifte. Sein Pilzkranz begann vertrocknet abzufallen, als er tief in ihre Augen blickte:

»Jetzt sind wir Mann und Frau, Marienon-Muriel, zum Teufel mit deinen Musikmaschinen!«

Mit einem Ruck schlug Madame ihre Augen auf, sie lag im »Premier« vor der Fahrstuhltüre, über sie gebeugt Gustave, der mit seinen Lippen die ihren leicht berührte.

»Bist du von Sinnen, Gustave!«, schrie Marienon. »Hilf mir auf die Beine, aber rasch«, befahl sie ihm nun, worauf er ihr sogleich den Arm reichte, um sie galant zu stützen und von den immer noch wachsenden Pilzen zu befreien.

Dankbar, aber noch voller Schwäche blickte Marienon-Muriel nun um sich, half ihrerseits, wenn auch trotz vorherigen Traums ohne jede Zärtlichkeit, die sie geflissentlich mit der ihr verbleibenden Kraft unterdrückte, Gustave, sich von Pilzhaarkranz und Pilzbart zu befreien.

»Ans Werk, ans Werk«, rief Madame mit fester Stimme, »die Hochzeitsglocken können gleich verstummen!«

Mit beiden Händen raffte sie ihr Kleid, wobei ich mit Erstaunen bemerkte, dass die Margeriten an ihrer Taille vertrocknet gelblich leuchteten, einen rostrotbraunen hässlichen Spritzer nur noch schlecht verdeckend. Das abflauende Liftalarmglockenläuten wurde mitten in dieser unwirklich erscheinenden Szene mit drei Menschen, zwei Musikdosen und zahllosen Wiesenchampignons, die einen wachsend, die anderen mit abgeschlagenen Köpfen, von der Nachtglocke übertönt. Zweimal lang, einmal kurz. Dann Sturm und hernach wieder gesittet, als klingele der Postbote an einer Wohnungstüre.

Gustave schritt mechanisch zur Sprechanlage – bei seinen Frühstückskreationen mitten in der Nacht, wenn der Pförtner vom Schlafe übermannt in traumlosen Schlummer gefallen war, hatte er diese für Spätheimkehrer früher oft bedient:

»Ja, Sie wünschen?«, mit sonorer Stimme in die Muschel gesprochen, als sei es ein Gedicht, das als Kleinkind er bereits gelernt.

»Lebensmittel-Polizei«, tönte die knappe, blechern aus dem Sprechgerät schnarrende Antwort, »Kontrolle!«

»Das Hotel ist geschlossen«, erwiderte Gustave.

»Kontrolle, Artikel 221, Absatz fünf, auch geschlossene Betriebe bedürfen der Überwachung. Professor Heinzes Gesetzeskommentar bemerkt dazu: ›Besitzer stillgelegter Hotels könnten ihre Küchen, da nicht versiegelt, weiter für private Zwecke nutzen. Kontrolle deshalb nötig und von den Insassen auch eines geschlossenen Hotels zu billigen.‹ Ende des

Zitats.«

Schweigen. Im Hintergrund des »Premier« erklangen der Gefangenenchor und das Werk des unbekannten Komponisten, beide von Madame in Gang gesetzt.

»Wir tun nur unsere Pflicht«, tönte es nun aus der Sprechmaschine, mit leicht weinerlicher, auf alle Fälle aber verständnisheischender Stimme.

»Kontrolle, Lebensmittelpolizei, um Gottes Willen, Madame, bei all den Pilzen, sie werden den Betrieb gleich schliessen.«

»Der Betrieb ist doch bereits geschlossen. Sagen Sie das den Kontrolleuren und geben Sie ihnen bekannt, Gustave, laut und deutlich, dass im Gastrotrakt des Grand«, ein gewisser Stolz war in Marienon-Muriels Stimme nicht zu verkennen, »dass im Gastrotrakt zurzeit eine Musikdosen-Zucht betrieben wird, hygienisch einwandfrei und sauber.«

Gustave bediente erneut die Gegensprechanlage.

»Messieurs, hier im Grand und insbesondere im Gastrotrakt wird keinesfalls mehr gekocht, sondern gezüchtet – Musikdosen, falls es Sie zu interessieren beliebt.«

»Musikdosen?«, schnarrte die Membrane der Sprechanlage, »Musikdosen, haben Sie gesagt? Tss, tss, tss«, sprach jetzt missbilligend die Stimme des Gesetzes, »dasselbe wie in so vielen anderen stillgelegten Hotels des Landes.«

Kurze Pause, der Lebensmittelpolizist überlegte wohl, was er uns als Nächstes preisgeben könnte.

»Der Markt wird richtiggehend überschwemmt, es ist nicht zu fassen, eine wahre Musikdosenflut ergiesst sich über die Region. Und die Qualität – Sie werden es nicht glauben –, miserabel.«

Der Ordnungshüter legte in das S seine volle innere Abscheu über Flickwerk und Banausentum.

»Mit dieser neuen, sich auf die Märkte ergiessenden Ware wird der Ruf des Landes in den Schmutz gezogen, wahrlich, so wahr ich hier an der Pforte stehe. Pilzbefall, das sag ich Ihnen, ist das Schlimmste, pilzverseuchte Musikmaschinen, die sich gegenseitig anstecken, pfui Deibel«, er schien dem Geräusch entsprechend in hohem Bogen auf den Boden zu spucken, »da helfen nicht mal mehr Antibiotika, sind resistent, die Dinger. Ich muss rein. Jetzt erst recht. Öffnen Sie. Im Namen des Gesetzes. Oder ich weiss mir einen Weg zu bahnen ...«

Madame starrte entsetzt auf die Stimme, die sich nun stumm im Flur des »Grand-Premier« festgekrallt, ja festgebissen hatte.

XXVI

»Gustave, Gustave«, schrie Madame in hohem Ton, »Gustave, sie wollen mein Lebenswerk zerstören, so hilf mir doch ..., au secours, au secours ..., und Gustave, die Pilze, die unendlich vielen Pilze. So kurz vor meinem Ziel, nein, nein, das lass ich mir nicht bieten, so hilf mir doch, Gustave!«, und sank in sich zusammen, ein Häufchen Elend in der Ecke des »Premier«, am Boden kauernd.

Madame hatte einen Schock erlitten, nicht nur der drohenden Kontrolle wegen, nein, durch die Enthüllungen der Sprechanlage war die Einmaligkeit ihres Tuns dahingerafft, ihr Plan, ihre bisherigen ihr originär scheinenden Erfolge, aus denen sie Kraft bezogen, an denen sie sich emporgerankt hatte wie ein Baum in jungen Jahren.

Gustave, sich der Ursache der Verpilzung wohl bewusst, war losgeeilt, um im hoteleigenen Schuppen die Rasenmähmaschine zu behändigen und mit ihr, als er die Treppen zum »Premier« überwunden, laut ratternd und Auspuffgase speiend, sodass ein blauer Dunst im Flur sich bildete, über Boden und Teppiche, Fliesen und Parkett zu fahren, dabei die Köpfe und Köpfchen der Pilze abzuschneiden und zu zerkleinern, um das Schlimmste von Madame, so dachte er, kurz vor dem zu erreichenden Ziel abzuwenden.

Es roch nun im »Premier« nach Treibstoffdämpfen, gepaart mit dem Odeur frisch geschnittener Wiesenchampignons, wie Marienon-Muriel es mit dem feinen Riechsinn ihrer Nase gleich in vornehme Worte übersetzte. Die Wiesenchampignons, nun am Licht und damit am Ziel ihrer Freiheitsträume, liessen dies alles still und stumm über sich ergehen, kein Nachwachsen doppelter Köpfe mehr, kein Aufwärts-zum-Licht-Klimmen war mehr erkennbar. Ihre gesamte Kraft, da sie nicht mehr umgeben waren von der verhassten Nacht, war fort, und so konnte Gustave nach geraumer Zeit den

»Premier« guten Gewissens Madame zum pilzfreien Raum erklären. Nur noch der Geruch hing in der warmen Luft, die Überreste des Reinigungsmassakers hatte Gustave weggekehrt und die Mähmaschine ihrem Grasträumplatz im Schuppen übergeben.

XXVII

Von den Hütern des Gesetzes, von den Musikmaschinenfeinden, wie sie Marienon-Muriel nun nannte, war nichts mehr zu hören, kein Versuch das Grand zu erobern, keine Schleichversuche auf Zehenspitzen. Es war ruhig in und um das Grand, einzig der Wind spielte mit den verbliebenen letzten Blättern, den blossen Ästen und den Stämmen, wofür diese sich in allen Tönen pfeifend erkenntlich zeigten. Madame erholte sich zusehends, da nichts geschah, sie legte den ärgerlichen Zwischenfall mit der Sprechanlage einfach ab, als wäre es ein schmutziges Hemd, das längst schon der Wäsche zuzuführen war.

Mit freudig glänzenden Augen und einer Fürsorglichkeit, die Gustave beinahe zu beneiden schien, betrachtete Marienon-Muriel Cruszot immer wieder die zwei auserwählten Walzenträume, die sie fest umschlossen in beiden Armen hielt, um sie von Zeit zu Zeit mit ihren trockenen Lippen zu liebkosen. Da sie nicht wusste, wie der Gefangenenchor in ihre Hände gekommen war – das Eintauchen Gustaves in den Aufzugsschacht war ja, so sicher sie jetzt wach war, ein Ohnmachtstraum –, dankte sie der Vorsehung für dies Geschick in stummer, lauter Kopfsprache.

Marienon-Muriel wünschte, nun endlich zur Kapelle geleitet zu werden, um ihren Traum mit den Musikmaschinchen an das Ufer der Wirklichkeit zu ziehen. Doch Gustave, seit der Schliessung des Hotels nie mehr in seinem Reich gewesen, schlug vor, zuvor im Gastrotrakt nachzusehen, ob die gehassten Feinde nicht etwa still und leise dort eingedrungen seien und mit ihrem fehlenden Sinn für das Erhabene die Zeremonie in der Kapelle empfindlich stören könnten.

So schritten Gustave und Madame Arm in Arm durch das Grand zum Küchensaal, vergessen waren die früheren, oft heftigen Geplänkel und Hasstiraden bei der Speisefolgenfestlegung, die stets und prompt mit einer Niederlage Gustaves beendet wurden, ihre Wunden hinterlassend, die aber schon längst vernarbt und nur noch bei heftigem Wetterwechsel ihre Wirkung taten.

Das erste, was Gustave nicht ohne Zucken im Saal erblickte, war der Zuchthochstand mit Louis-XIV-Thron mitten in seinen geliebten »Bains-Maries«. Dann die Unzahl der Musikmaschinen, alle fein säuberlich mit Leuchtschrift angeschrieben. Ordnung herrschte, wie es einem Küchensaal gebührt, wenn auch nicht seine Ordnung, die ihm lieber war, gab Gustave vor sich selbst zu. Wäre die Entstellung des Mittelherdes nicht gewesen, hätte er verzeihen können. Aber so!

Ein solcher Fehltritt. Ein profaner Stuhl, wenn auch edler Abstammung, auf einem Herd, der all die Köstlichkeiten warm zu halten hatte, die in seinem Kopf entstanden, tief in seiner Seele entsprungen waren. In diesem Augenblick war Madame in seiner Hochachtung um eben die Höhe des entweihten Herdes gesunken. »Kulturbanausin« war noch eines der freundlicheren Worte, die in seinem Hirn nun Fangball spielten. Anmerken liess er sich von aussen jedoch nichts, hielt Marienon noch immer galant am Arm, wenn auch um eine nicht zu bemerkende Spur weiter weg von seinem Herzen.

XXVIII

Zwischenspiel: Die Krise

Derweil tagte in der dem Grand nächstgelegenen Kreisstadt eine Notsitzung des Kreisrates. Sie war gemäss der Kreisverfassung innert vierundzwanzig Stunden einberufen worden. Die sich im Amt befindenden Abgeordneten und ihre Stellvertreter waren telegrafisch aufgeboten, und da die Sitzung Medienträchtigkeit versprach, glich das Kreisgebäude an diesem Tag einem wahren Bienenhaus.

Die Sitzung war so überraschend angesagt worden, dass die Gewählten und ihre Stellvertreter sich in zahllosen Fällen nicht hatten absprechen können, wer nun an der Notsitzung teilnehmen sollte oder besser gesagt durfte, da in nunmehr sechzehn Wochen die alle vier Jahre stattfindenden Wahlen abzuhalten waren. Die meisten Stellvertreter waren enttäuscht darüber, dass die auf sie Schatten werfenden Amtsinhaber in dieser kurzen Zeit erreicht werden konnten und an der Sitzung teilnahmen. Nur einige wenige Glückliche strahlten, da diejenigen, die sie vertreten sollten, unauffindbar waren oder von der Kreisstadt so weit entfernt, dass auch das schnellste Verkehrsmittel sie nicht rechtzeitig dem Kreisrat zugeführt hätte.

Der Kreisregierungspräsident – er gehörte der blauen Partei an – sass bereits auf der Regierungsbank und bereitete zwicker- und leuchtstiftbewehrt und unbeeindruckt vom herrschenden Durcheinander im Saal die Regierungserklärung vor, die erst in den Mittagsstunden von der Kreisregierung, der er vorsass, verabschiedet, aber noch nicht veröffentlicht worden war.

Die Medienecke im Saal – es genügten meist einige wenige Stühle – war hoffnungslos überfüllt, sodass ganze Fernsehteams die rote Samtkordel, die eben diese Ecke abgrenzte, bereits überschritten hatten und sich daran machten, auf die Stühle und Pulte – es handelte sich um ausgediente Schulpulte des hiesigen Gymnasiums – der Abgeordneten zu steigen. Der Saaldiener, in steifem Frack und hochgeschlossenem Kragen, kämpfte die Ordnungsglocke schwingend vergebens gegen die anstürmende Medienflut. Die ihrer Sitze und Pulte beraubten Abgeordneten gaben ihr Missfallen lauthals kund, was den Lärm im Saal noch um einiges verstärkte.

»Meine Damen und Herren, ich bitte Sie«, klang die elektronisch verstärkte, von einem durchdringenden Pfeifton begleitete Stimme der leicht erhöht auf einem aus Bananenkisten gezimmerten Podium sitzenden Kreisratspräsidentin, »ich bitte die Damen und Herren Medienvertreter«, ein leichtes Tremolo schwang nun in der Stimme mit, sicher verursacht durch die Angst, sich so kurz vor den Wahlen mit den Medien anzulegen, »bitte sie inständig, sich sofort in ihre Ecke zurückzuziehen, ansonsten ich den Saal werde räumen lassen müssen«, die letzten Worte sprach sie deutlich leiser, was deren Wirkung nicht nur nichts anhaben konnte, sondern sie sogar verstärkte.

Missbilligende Blicke von Fernsehteams und Fraktionsvorstehern, die wohl bereits um ihre Wahl bangten, waren die Antwort.

Endlich kehrte Ruhe im Saal ein. Eine gespannte Ruhe, denn niemand ausser der Kreisregierung wusste, warum eine dringliche Sitzung abgehalten werden musste. Nachdem zusätzlich Raum geschaffen worden war durch Zusammenrücken der Gymnasiastenpulte und Kordelverlängerungserfolge unter Zuhilfenahme der alten Wäscheleine des Saaldieners, hatten auch die Berichterstatter sich beruhigt, dies sicher auch der vorgerückten Stunde wegen – der Redaktionsschluss nahte.

Nach kurzem Räuspern und einmaligem Glockenschwengelschwingen erklärte die Kreisratspräsidentin die ausserordentliche Tagung als eröffnet, nicht ohne der Regierung und insbesondere dem Kreisregierungspräsidenten dafür herzlich zu danken, dass das Parlament auch in schwierigen Zeiten in die Entscheidungsfindung miteinbezogen werde, die demokratische Legitimation helfe dann sicher, auch notwendige unpopuläre Entscheide durchzusetzen.

»Ich erteile Ihnen, dem Kreisregierungspräsidenten, das Wort zur Kreisregierungserklärung gemäss Paragraph 16, Absatz 3 der Kreisverfassung, die für ausserordentliche und Krisenfälle eine solche Erklärung zu Händen von Volk und Parlament vorsieht.«

Während der wortreichen Worterteilung blickte die Kreisratspräsidentin mit nicht zu verschleiernder Sehnsucht nicht auf den Kreisregierungspräsidenten, sondern auf seinen reich verzierten Stuhl, den sie insgeheim eines fernen Tages zu erklimmen hoffte.

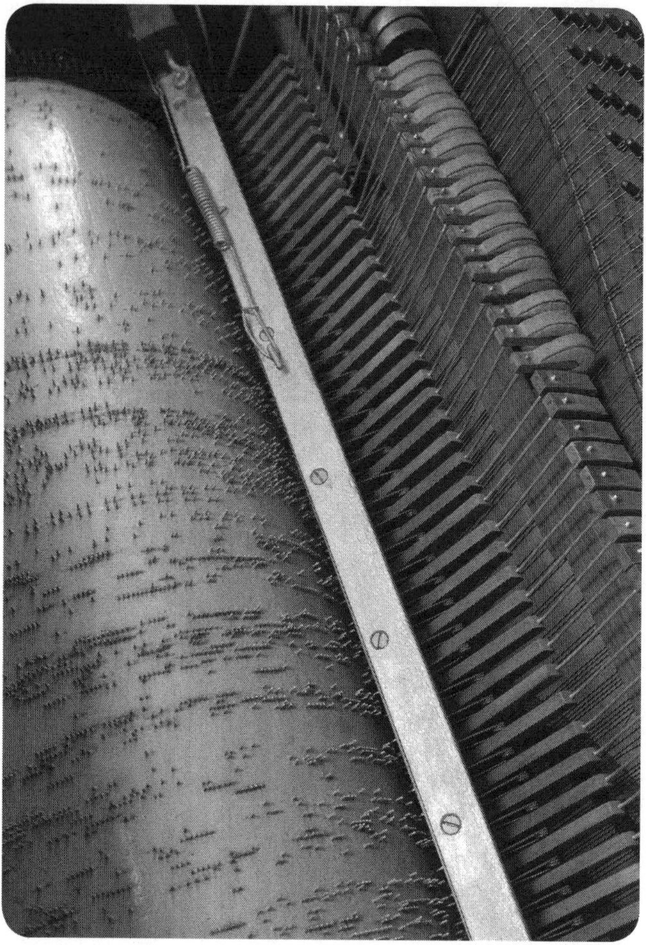

XXIX

Der Kreisregierungspräsident rückte ebendiesen Stuhl und seinen Zwicker zurecht, hüstelte leicht, liess ein effektvolles Schweigen zuerst im Raume stehen, um dann mit verhaltener Stimme, die Emotionen filtrierend, anzuheben:

»Frau Kreisratspräsidentin, meine Damen und Herren. Die Kreisregierung hat sich gestern Mittag nach langen Verhandlungen, nach Abwägen des Für und Wider dazu entschlossen, eine Notsitzung des Kreisrats abzuhalten. Dies, obwohl in der Geschichte dieses Rats diese Art der unmittelbaren Einflussnahme durch die Volksvertreter bisher erst dreimal stattgefunden hat. Mit Recht. Denn dieses Instrument der Kreisverfassung muss Notlagen vorbehalten bleiben, die diesen Namen verdienen. Eine Abwertung dieses Instruments käme einer Abwertung der demokratischen Instanzen gleich. Es wird an Ihnen liegen, Frau Präsidentin, meine Damen und Herren, und an den Historikern, die Entscheidung meiner Regierung zur Einberufung dieser ausserordentlichen Sitzung zu wägen und darüber einst ein Urteil zu fällen.«

Emsig schrieben die Kreisratsstenografen die Worte mit, bannten sie in Gekritzel auf ihr Papier, obwohl die Erklärung ihnen anschliessend in zehnfacher Ausfertigung zur Verfügung stehen würde.

»Seit einiger Zeit sind wir in der Regierung mit Problemen konfrontiert, die wir zwar bis gestern, wenn auch mit Mühe, auf unseren Schultern tragen konnten, doch die neueste Entwicklung und die sich daraus ergebenden anstehenden Entscheide zwingen uns, ich betone es – ja, Herr Abgeordneter Weier, auch Sie sind angesprochen als Sprecher der Opposition, hören Sie wenigstens einmal zu –, ich betone es nochmals, zwingen uns, Sie alle hier im Saal, die Medien eingeschlossen, einzubeziehen, Verantwortungslast mitzutragen.«

»Hört, hört,« rief nun Weier laut dazwischen, »die Regierung hat abgehalftert, Verantwortung kann sie nicht mehr tragen«, und brach in ein lautes hämisches Gelächter aus.

»Lachen Sie nur, Herr Weier, lachen Sie, solange es zu lachen gibt, das heisst vor Ende meiner Erklärung. Seit einiger Zeit also wird uns regelmässig zugetragen, dann polizeilich verifiziert, dass in geschlossenen Hotels unseres Kreises, wie übrigens auch in anderen Kreisen unseres Landes, heimlich Musikdosenzucht betrieben wird.«

»Hört, hört, die Regierung hat Musikdosenzuchtprobleme. Mir ist schon nicht mehr zum Lachen, Herr Vorsitzender, eher zum Weinen, in einem Kreis zu wohnen, in dem Musikdosennotstand herrscht, Verschwendung von Steuergeldern ist diese Sitzung, wahrlich, wahrlich ...«

»Herr Kollege Weier«, unterbrach ihn schroff die Kreisratspräsidentin, »ich rufe Sie zur Ordnung und warne Sie unter Androhung des Saalverweises, Geschäftsordnung Punkt sieben, Absatz zwei, dritter Satz.«

Der Kreisregierungspräsident, solche Geplänkel längst gewohnt, fuhr indessen unbeeindruckt fort:

»Seit geraumer Zeit nun aber stellt die Gesundheitspolizei fest, dass die Musikmaschinen, die auf den Markt gebracht und den Herbergeignern ein Auskommen sichern sollen, von starkem Pilzbefall erfasst, musikalisch ungeniessbar sind. So weit, so gut. Wenn es keine schlimmeren Probleme gäbe, wäre unser Kreis im Lot. Doch seit gestern wissen wir, Frau Kreisratspräsidentin, meine Damen und Herren Abgeordnete, durch Abklärung der hiesigen Universität und ihres Immunologischen Serum-Instituts, dass der Pilz auf den Menschen übertragbar ist.«

Der Kreisregierungspräsident legte eine lange Pause ein, um seinen Worten das notwendige Schwergewicht zu geben.

»Mit fatalen Folgen. Für die Menschen. Leider. Sie erstarren dann. Nocken und Noppen wachsen aus der Haut. Am ganzen Körper. Ähnlich den Pestbeulen. Den weiteren Verlauf kennen wir noch nicht. Zu neu ist die Gefahr. Und wir«, wiederum eine Pause, »wir sind machtlos, unsere Kinder in Gefahr, die ganze Bevölkerung des Kreises. Wir machtlos, machtlos, machtlos! Ihre Regierung, meine Damen und Herren Abgeordnete, Frau Kreisratspräsidentin, ist machtlos. Kein Gegenmittel, kein Impfstoff, wir wissen nicht einmal, wie die Krankheit übertragen wird, wie sie verläuft, zu schnell hat diese Heimsuchung uns überfallen.«

Er stützte jetzt seinen Kopf in die linke Hand, die er zum Kissen formte, nahm seinen Zwicker ab, um diesen mit dem Brusttaschentuch zu reinigen, fuhr sich dabei unzählige Male über die Nase, die nun – das sahen nur die am nächsten Sitzenden – von Nocken und Noppen übersät in den Saal sich streckte; bewegungslos verharrte er auf seinem Stuhl, derweil im Saal Tumult ausbrach.

Die einen waren erfüllt von echter Sorge um den Kreisregierungspräsidenten, rannten nach vorne zur Regierungsbank, riefen »Ambulanz, Ambulanz«, andere nutzten die Zeit, um den Medien erste Kommentare abzugeben. Von Oppositionsseite her war etwa zu vernehmen:

»Alles Schmuh, in vier Monaten finden Wahlen statt, die Regierung will einzig als grosser Retter dastehen«, und der Abgeordnete Weier schrie in den Saal, aber vor allem auch zuhanden der Fernsehberichterstatter, damit diese neben der Sensation ein Sensatiönchen hätten:

»Jetzt beschäftigt die Regierung sogar Maskenbildner, so weit haben wir es in unserem Kreis gebracht! Schaut nur genau hin, Ihr alle, die Nocken und Noppen auf der Nase sind aufgemalt! Nie hätte ich gedacht, dass diese Regierung so undemokratische Mittel einsetzt. Abgesetzt gehört sie, abgesetzt ...«

Das zweite »abgesetzt« rief Weier leiser, weil genau zu diesem Zeitpunkt der Kreisregierungspräsident auf der Bahre, begleitet vom Notfallarzt in Quarantäneausrüstung, aus dem Saal getragen wurde. Angst kam in ihm hoch, hatte er doch dem Erkrankten noch kurz vor der Sitzung, also vor weniger als einer Stunde, herzlich auf die Schulter geklopft, ihn scherzhaft in die Wange gekniffen und sich mit dem üblichen, unter Politikern bestens bekannten Gruss »Dir werd' ich's heute zeigen« verabschiedet.

Aber nicht nur Angst verspürte Weier. Es kam Hoffnung in ihm hoch, Hoffnung, den Platz des auf der Bahre Liegenden im verwaisten Amt zu übernehmen, denn ein nockiger, noppiger Kreisregierungspräsident, auf dessen Nase eine Melodie erschien, ganz gleich welche es war, wollte das Volk bestimmt nicht wählen, ganz abgesehen davon, dass der Verlauf der Krankheit, der Pilzübertragung, noch unbekannt war und ein fataler Ausgang, der seine, Weiers Chancen, deutlich erhöhen würde, nicht auszuschliessen war.

XXX

Der Kreisratssaal leerte sich ganz schnell. Ähnlich einem grossen Strudel in einer randvoll gefüllten Badewanne mit übergrossem Ablauf, deren Stöpsel mit Wucht herausgerissen worden war, wurden Abgeordnete und Besucher von der dunklen Eichentür geschluckt. Die einen liefen weg, nicht ohne andere fast umzustossen, da sie Ansteckung befürchteten – schliesslich hatte der Regierungschef kurz vor dem eingetretenen Ereignis selbst von Pest gesprochen. Andere eilten, um die Nachricht bekannt zu machen, dritte wollten ihre Familien und Freunde warnen, und zahlreiche dachten an sich selbst, rannten nach Hause, nicht ohne vorher wahllos Lebensmittel einzukaufen, um sich in ihrer Wohnung zu verbarrikadieren, diese hermetisch abzuschliessen nach Merkblatt B, das vor Jahren im Falle eines atomaren Meilerunfalls an alle Mieter und Hausbesitzer verteilt worden war. Nasse Laken wurden in Fensterritzen eingelassen, Schlüssellöcher mit Alleskleber fest verschlossen und alle Behältnisse mit Leitungswasser bis zum Rand aufgefüllt, solange das nun kostbare Nass noch unverseucht war.

Nach den ersten Fernsehnachrichten, in denen die Rede des Kreisregierungspräsidenten integral übertragen wurde, eingeschlossen seiner unmittelbar auftretenden Unbeweglichkeit und einer gekonnten, in Nahaufnahme gesendeten Aufnahme seiner benockt, vernoppelten Nase, verbreitete sich die Angst im ganzen Volk.

Als erstes gab der Volksmund der neuen, so bedrohlichen Krankheit einen Namen. Das Wort Musikdosenpest verbreitete sich in Windeseile, auf alle Fälle wesentlich schneller, als die Krankheit selbst, denn seit dem Nachmittag war kein neuer Erkrankungsfall bekannt geworden. Was, von allen Nachrichtensendungen immer wieder betont, nicht ein Jota zur Volksberuhigung beitrug, denn die Erfahrung eines jeden Einzelnen, tief verwurzelt, ging davon aus, dass je mehr beruhigt wird, zumindest von offizieller Seite, desto grösser die Gefahr ist.

So waren gegen Abend, als die Vesperglocken von den Kirchentürmen läuteten, die Strassen des Kreises leergefegt, kein Mensch war mehr zu sehen, ausser der nationalen Garde, die auf besonderen Befehl der Staatsleitung in Atomschutzausrüstungen auf den Strassen patrouillierte, um die Sicherheit des Kreises aufrechtzuerhalten, dies aber der heftigen Reaktion der Bürger wegen einzig für Hunde und Katzen tat, welche die Strasse fest in ihre Macht genommen hatten und endlich, ohne tote oder angefahrene Artgenossen beklagen zu müssen, sich schon im Kleintierparadiese wähnten.

XXXI

Die Regierung tagte unter Hinzuziehung von Experten in ihrem Unterstand, der beim Bau vor dreiundzwanzig Jahren der hohen Kosten wegen zu heftigstem politischem Gezänke, zur Abwahl der damals regierenden gelben Partei und zur Gründung der Partei der Blauen und deren erdrutschartigem Wahlsieg geführt hatte, den sie seitdem fünfmal wiederholen konnte, da die Bevölkerung des Kreises das Geld zusammenhalten wollte und keinesfalls neue Bunkerbauabenteuer wünschte, obwohl kurz nach dem Wahldebakel die Gelben hoch, heilig und feierlich ihrem Glauben an Bunker und aufwendige Sicherheitsbauten abgeschworen hatten. Die Regierung der Blauen also sass in dem von der gelben Partei gebauten und zu verantwortenden Bunker, welcher nun erstmals benutzt, aber während all der Jahre von den Blauen, trotz aller ideologischer Überzeugungen, heimlich und unter Umgehung einer eigenen Staatsrechnungsrubrik unter Verschiedenes verbucht, unterhalten worden war.

Da der Kreisregierungspräsident aus den bekannten Gründen weder die Sitzung leiten noch anwesend sein konnte, übernahm seine erste Stellvertreterin, eine militante Gegnerin des Bunkerbaus der ersten Stunde, das Zepter, mahnte zur Ruhe, verteilte die von ihr verfasste Tagesordnung und liess sie als erstes genehmigen. Was auch umgehend geschah, denn das einzige Thema auf der Liste war die Krise und deren Bewältigung, die Anhörung von Experten und die daraus zu folgernden Massnahmen, kurz-, mittel- und langfristig. Ein tag- und nachtfüllendes Thema, dessen waren sich die Kreisminister klar bewusst.

»Nun denn«, leitete im Bunker die Bunkergegnerin die Sitzung ein, »lasst uns als erstes Bilanz der Ereignisse ziehen, einen Krisenstab bilden, das sind selbstredend wir, ergänzt jedoch durch geeignete Experten, die wir, um uns ein Urteil bilden zu können, vorerst anhören wollen.«

Niemand legte Einspruch ein, sodass nach kurzer Pause Bilanz gezogen werden konnte:

»Der Pilzbefall ist das Problem und die Musikmaschinen, schwarz hergestellt, ausserhalb jeder staatlichen Kontrolle. Dann der Bericht der Universität und die Angst der Bevölkerung, die zu panikartigen Reaktionen führen kann und die Wirtschaft unseres Kreises lähmen wird. Dessen bin ich mir sicher. Einen Fall von Ansteckung haben wir alle persönlich miterlebt, und ich nehme unbescheiden an, da ich Sie alle bestens kenne, dass ein Samen dieser Angst in jedem von uns hier Versammelten am Wachsen ist. Mit Recht, wie ich meine, haben wir doch alle unserem erkrankten, verehrten Chef sicher heute einmal die Hand gereicht, die möglicherweise«, ihre Augen wurden dunkler im hellen Kunstlicht des Versammlungsraums, »ich sage ausdrücklich möglicherweise – Sie wissen, ich hasse Spekulationen – pilzverseucht gewesen ist.«

Offen und ehrlich wollte sie heute wirken, denn die Nachwahl zum Regierungschef lag, das war inzwischen nicht mehr auszuschliessen, in aufregend greifbarer Nähe.

»So gehören wir zu den Gefährdetsten, so nehme ich jedenfalls einmal an«, gesundes Urteilungsvermögen auf logische Fakten aufgebaut lag einer Regierungschefin wohl an, »lasst uns den Experten dazu hören. Herr Professor Faller, können Sie uns Auskunft geben?«

»Nein«, antwortete Faller prompt, »unser Immunologisches und Serum-Institut arbeitet mit den ihm zugewiesenen kargen Mitteln Tag und Nacht und hat noch keine Resultate vorzuweisen. Vergessen Sie dabei nicht, dass unsere Forscher weit höhere Risiken einzugehen haben als Sie, meine Damen und Herren, sodass die im Dienste der Forschung Stehenden trotz der von Ihnen, meine Damen und Herren, zu verantwortenden miserablen Löhne zur höchsten Gefahrenklasse zählen. Wobei nicht abzustreiten ist, dass, falls die Übertragung der Musikdosenpest«, der Volksmundausdruck wurde in diesem Augenblick wissenschaftlich in den Adelsstand gehoben, »über Körper-zu-Körper-Berührung erfolgt, Sie alle auch einer Gefahrenklasse zuzuteilen sind, diesen Raum also nicht ohne meine ausdrückliche Einwilligung verlassen dürfen.«

»Unerhört, uns Befehle zu erteilen, statt Auskunft zu geben!«, warf der Innenminister dazwischen.

»Und dann noch Lohnforderungen stellen und sich über Forschungsgelder beklagen, wirklich unerhört!«, merkte der Finanzminister an.

»Immerhin Gefahrenklasse auch für uns, gibt also Gefahrenzulage«, versuchte der Sportminister die Lage zu entspannen.

»Meine Herren, meine Herren, für politische Geplänkel ist keine Minute Zeit. Herr Experte, was empfehlen Sie?«

»Frau Kreisregierungspräsidentin«, zum ersten Mal wurde sie mit ihrem noch nicht sanktionierten, aber schon so nahe gerückten neuen Titel angesprochen, es war, als fühlte sie die Haut des Apfels schon pelzig weich auf ihren Fingerkuppen, durfte die Frucht aber noch nicht essen.

Sie schenkte dem Experten einen samtigen Blick ihrer sonst so harten Augen. Er war mit diesen zwei Worten in ihrer Gunst unbestreitbar gestiegen und binnen zwei Sekunden glaubwürdig geworden.

»Frau Kreisregierungspräsidentin, ich schlage vor, dass die hier anwesenden Experten ein Konzilium halten, um in einer Stunde Ihnen allen Bericht zu geben. Ich schlage zudem der Regierung vor, diese Zeit zu nutzen, um sich auszuruhen, ein Nickerchen zu machen – Kurzzeit-Schlafmittel finden Sie im Notfallkasten hinten links, denn Sie alle werden noch gefordert werden in dieser Nacht, so nehme ich wohl an.«

»Die Sitzung ist unterbrochen«, mit dem kleinen Holzhämmerchen schlug die offiziell noch stellvertretende Kreisregierungspräsidentin auf den an diesem Tag erstmals benutzten, von einem berühmten und begnadeten Innenarchitekten entworfenen Tisch, dessen Form nierenförmig war, um – wie der Erschaffer damals betont hatte – bei Angelegenheiten, die einem an die Nieren gehen, zusammenrücken zu können, aber auch, um gedankendrainagefördernd zu wirken, was in Krisen von erstrangiger Bedeutung sei und sich ja an der heutigen Regierungskrisensitzung so deutlich erwies.

XXXII

Die Kreisregierungsmitglieder lagen nach Einnahme des Kurzsomniferums im Schlafraum in Kajütenbetten, Wolldecken mit dem Emblem des Kreises bestickt über sich gebreitet.

Am Nierentisch fand das Konzilium, geleitet von Professor Faller, statt. Da keinerlei Fakten bekannt, bestand dieses aus hartnäckigem Schweigen, wobei es schien, dass ein Wissenschaftler den anderen in dieser Disziplin auszustechen wünschte.

»Da niemand etwas weiss, könnten wir mit dem griechischen Philosophen Sokrates übereinstimmend sagen, dass, weil wir wissen, dass wir nichts wissen, wir mehr als andere wissen«, fasste Faller den ersten Teil des Konziliums zusammen.

Er war sich dessen bewusst, dass die Regierung dieses Ergebnis kaum akzeptieren würde, so schlug er im zweiten praktischen Teil des Konziliums vor, nach Merkblatt A, das als streng geheim klassiert und nur für den Gebrauch von Regierungen im Falle eines Atomunfalls bestimmt war, vorzugehen:

»Wir müssen also«, sagte Faller, sich in seinem rückwärts federnden Stuhl zurücklehnend, »den Herd der Verseuchung lokalisieren«, er faltete seine Hände am Hinterkopf, »diesen unzugänglich hermetisch verschliessen, nachdem alle aufgefundenen verseuchten Gegenstände unter Wahrung der billigen Sicherheitsvorkehrungen an diesen Ort verbracht worden sind. Lasst uns nun gemeinsam überlegen, wie wir unser Vorgehen unter Berücksichtigung massenpsychologischer Phänomene in einen Zehnpunkteplan kleiden können. Regierungen sind vernarrt in Zehnpunktepläne, sie sind so schön tangibel.«

Das letzte Wort sprach Faller mit grösstem, für alle hörbarem Genuss aus – weiss Gott, was er sich dabei anzufassen vorstellte. Das Konzilium überlegte nun gemeinsam und genehmigte den Zehnpunkteplan nach kurzer, aber heftiger Diskussion und redaktioneller Bereinigung einstimmig, um ihn alsdann durch Faller der Regierung unterbreiten zu lassen.

Dieser eilte zum stromunabhängigen Hektographierapparat, drehte die Walze, nachdem er die Minuten zuvor beschriebene Wachsfolie eingespannt hatte. Die Walze erinnerte ihn an Musikdosenwalzen, obwohl sie so glatt wie seine eigene Haut war, die Faller alle Augenblicke von Kopf bis Fuss mit Augen und Händen überwachte. Befriedigt stellte er jeweils fest, dass er nocken- und noppenfrei war, doch die Angst vor einer Ansteckung stieg in ihm trotz allem in unregelmässigen Abständen.

»Wenn nur diese Angst nicht wäre«, sagte Faller immer wieder zu sich selbst und war versucht, zu Psychopharmaka zu greifen, unterliess es jedoch, da er befürchtete, dann seine Hautkontrollaufgabe zu vernachlässigen.

Nachdem er genügend Kopien des Zehnpunkteplans, auf dem in grossen Lettern »Ungenehmigte Ausgabe« prangte, hatte entstehen lassen, welche für die Regierungsmannschaft, die, sich die Augen reibend und Kaffee trinkend, inzwischen am Nierentisch Platz genommen hatte, bestimmt waren, räusperte sich der Professor:

»Ich habe Ihnen«, hob Faller an, der rechts von der Stellvertreterin des Kreisregierungspräsidenten sass, »ich habe Ihnen den Befund des Konziliums mitzuteilen, den dieses nach bestem Wissen und Gewissen Ihnen unterbreitet.«

Er hüstelte leicht, stützte seine Stirn auf seine Hand, putzte seine Brille mit dem Brusttaschentuch, sodass ihn die Damen und Herren der Kreisregierung erschrocken ansahen und schon erwarteten, dass er gleich unter Nocken- und Noppenbildung in Bewegungslosigkeit verfallen würde. Immerhin hatte er damit erreicht, die ungeteilte Aufmerksamkeit der Regierungsrunde zugesprochen zu bekommen; sämtliche Individualgedanken, die kurz vor dem effektvollen Handeln Fallers in aller Köpfe schwirrten, waren auf einen Schlag verscheucht. Also fuhr er fort.

»Wir schlagen Ihnen einen tangiblen Zehnpunkteplan vor«, wieder der sichtbare Genuss beim Aussprechen des Wortes tangibel, »einen Zehnpunkteplan, den ich gleich an Sie verteilen und erläutern werde.«

Zufriedene, sich entspannende Gesichter dankten Faller für das Vorgehen in zehn Schritten; endlich ein Experte, der wusste, wie vorzugehen war, hallte es unausgesprochen, dafür einstimmig im Raum, in dem eine gefallene Stecknadel einem Erdbeben gleichgekommen wäre.

Faller liess nun durch den Kreisgeneralsekretär die Hektographien, die er in hellblaue, mit Gummizügen zu verschliessende Halbkartonmappen gelegt hatte, verteilen. Gummizug-Öffnungsploppen. Pappe-auf-Tisch-Schlagen-Geräusche. Jedes Kreisregierungsmitglied hatte den Plan nun vor sich liegen, nach jedem Punkt war genügend Leerraum für Notizen ausgespart.

Der Professor erläuterte nun jeden Schritt, bis in die klitzekleinste Einzelheit. Zum besseren Verständnis der Zusammenhänge sei der Plan auf der nächsten Seite dieses Buches für Sie, liebe Leserinnen, liebe Leser, in extenso abgedruckt.

Vertraulich klassiertes Dokument   <u>Geheim</u>

<u>Zehnpunkteplan, Kreisregierung</u>

genehmigt in der Kreisregierungs-Krisensitzung
zur Veröffentlichung als Leerseite genehmigt:

Die Zensurbehörde der Kreisregierung
(s. obenstehenden Vermerk)

Der Zensurbeamte:

    sig. Bechtel

Die stellvertretende Kreisregierungspräsidentin:

    sig. Meier

Der Kreisregierungsgeneralsekretär:

    sig. Schaller

Die Kreisregierung genehmigte den Plan nach Änderung eines Kommas, das zu heftigen Diskussionen führte, ein Streit, der nur nach Stichentscheid der Stellvertreterin des Kreisregierungspräsidenten geschlichtet werden konnte. Verschärft wurde zudem die Strafandrohung für illegalen Musikdosenbesitz und Verweigerung der sofort wirksamen absoluten Abgabepflicht an die neu zu schaffende Musikdosenvernichtungsbehörde. Statt der von Faller vorgeschlagenen Todesstrafe wurde die Verbannung in das vorgesehene Musikdosenreservat beschlossen, eine Strafe, welche die weitaus grössere Abschreckung versprach, denn in ständiger Ansteckungsangst zu leben war weitaus schlimmer, als mit einem Mal das Leben zu verwirken.

Zufrieden über die vollbrachte Krisenleistung lehnte die Regierung sich in ihren Sitzen kurz zurück, bevor dann jedes Mitglied den Hörer mit der direkten Leitung in sein Ministerium ergriff, um die nötigsten Ausführungsanweisungen zu erteilen.

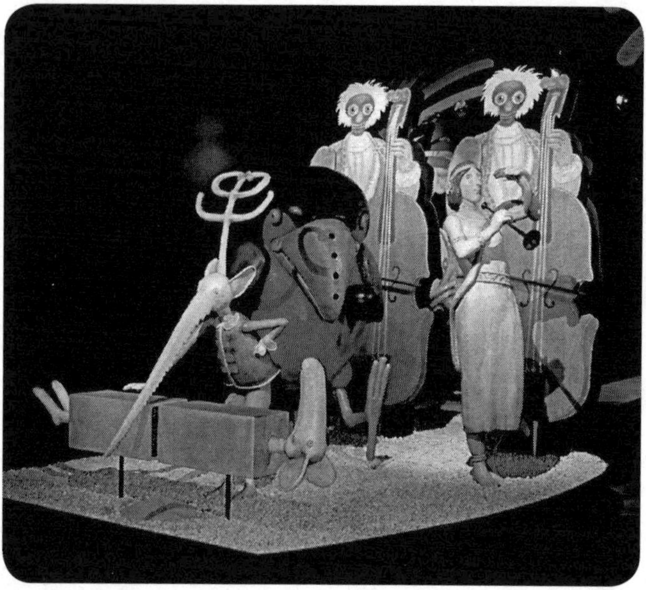

XXXIII

Endspiel: Marienon-Muriel & Gustave

Marienon-Muriel erläuterte Gustave, der ihr immer noch den Arm gereicht hielt, die Anordnung der Zuchthallen im ehemaligen Küchensaal, in der Pâtisserie, im Weingewölbe, in der Kräuterkammer und natürlich auch im Gefrierraum, in dem sie allzu bewegende Melodien zu zähmen versuchte.

Tatsächlich kam sich Madame oft wie eine Raubtierbändigerin vor, die ihren Schützlingen ein bestimmtes Verhalten beibringen wollte, dies aber nur konnte, wenn sie sich das natürliche Verhalten der Dosen zunutze machte, und selbst dann noch nicht vor Rückschlägen gefeit war, die gar ihren Lebenseinsatz fordern konnten. Nun, ausser einem verletzten Zeigefinger war die Musikmaschinenzüchterin, so berichtete sie jedenfalls Gustave, glimpflich davongekommen, wobei man nie wissen könne, was noch komme. Sie warf dabei einen Hilfe heischenden Blick zu Gustave, solle er doch nur an die Gesundheitspolizisten denken mit ihrem Pilzbefallgefasel und den darin verborgenen Gefahren. Sie aber, Marienon-Muriel, sei stets Herrin der Lage, eine Cruszot, das wisse er, Gustave, dank seinen langen Dienstjahren im Grand am besten.

Gustave nickte zustimmend, nachdem er sich mit der Entweihung seines Gaumenfreudenreiches abgefunden hatte und im Gedanken, dass hier in diesem Raum, in dem früher Leben zerstört wurde, nun neues Leben, wenn auch Maschinenleben, entstand, mehr als nur billigen Trost fand.

»Ich habe«, flüsterte Madame Gustave ins Ohr, damit die Musikdosen nichts davon mitbekamen, »ich habe alle Musikmaschinchen, mit Ausnahme der beiden Auserwählten, die ich an meinem Herzen trage, ausser Kraft gesetzt. Stift rein. Schluss. Punkt. Ruhe.«

Tatsächlich war im Gastrotrakt nichts zu hören, gar nichts, mit Ausnahme der von Zeit zu Zeit einsetzenden Kompressoren der Tiefkühlzelle, welche die Stille jeweils zerrissen, als würde in einer Kirche während des stillen Gebets ein Stück Stoff entzweigerissen.

»Gustave, jetzt wollen wir zur Kapelle schreiten, um unsere Lieblinge zu vermählen, auf dass sie uns Freude bereiten mit ihrem Nachwuchs. Ein Ohrenschmaus wird geboren werden, durch mich gestaltet, von mir, Marienon-Muriel Cruszot, entworfen, meinem schöpferischen Geist entsprungen, ach Gustave, für solche Sternstunden lohnt es sich zu leben!«

Und sie schmiegte sich ohne jede Absicht an ihren ehemaligen Chefkoch. Wärme wollte sie von aussen spüren, gleichwertig der Wärme, die sie im Inneren ihrer selbst in diesem Augenblick überflutete.

Als eine Cruszot, nicht gewohnt, mit solchen Empfindungen umzugehen, brach sie überwältigt in Tränen aus. Nicht sie weinte, nein, sie wurde richtiggehend durchgeweint. Die Tränenwassermenge, die sich in ihrem Leben angesammelt und gestaut, suchte sich ihren Weg, und so war es nicht erstaunlich, dass Marienon-Muriels Tränen nicht nur aus den Augen, sondern auch aus ihren Ohren flossen, sodass sich Gustave mit seinem einzigen Taschentuch nicht mehr zu helfen wusste. Marienon-Muriels Lebenstränenstrom versiegte erst nach zweiundsiebzig Stunden.

XXXIV

Als Marienon-Muriel Cruszot nach ihrer Fahrt durchs eigene Tränenmeer ans Ufer ihres wirklichen Lebens gespült wurde, erging es ihr wie einer Schiffbrüchigen, die sich im Sand des Strandes liegend zuerst wundert und dann über ihre eigene, nicht mehr erwartete Rettung unbändig freut, sich langsam vom Boden erhebt, bemerkt, dass sie kaum noch gehen kann und die feinen Muschelschalen, die sie im Liegen als Wunderwerke aus ferner Jugendzeit betrachtet, ihr die wunden, geschwollenen Füsse aufschneiden. Sie zudem von einem unbändigen, ja wie sie es empfindet, unlöschbaren Durst nach frischem, kühlem Wasser verzehrt wird und doch nur das Meer, das salzige Meer erkennen kann, das diesen Durst niemals wird löschen können.

Marienon-Muriel blickte sich staunend im Zuchtsaal um, sah Gustave, der ihr die ganze lange Zeit unbemerkt zur Seite gestanden hatte; erhob sich, als ob sie die ganze Last des bisherigen Lebens hinter sich zu lassen wünschte. Sie öffnete die Gefrierkammer, der gefrorener Klangnebel sacht entschwebte, befreite die vereisten Musikmaschinchen von ihren durch sie eingepflanzten Blockierungs-Stiften, tat dasselbe dann bei allen anderen, berührte leicht die Fingerkuppen, und ein Konzert erhob sich von einer Vielfalt, die nun Madame in einen Zustand des Entzückens führte.

Sie umschlang Gustave, als wolle sie die mit ihm verbrachten Jahre im Grand in wenigen Sekunden zurückerobern, um sie nochmals, doch anders, mit ihm zu erleben. Die unbekannte Komponistin und Verdis Gefangenenchor, in einer Küchenecke wartend, stimmten – auch sie befreit von fremdem Willen – in die Klangkaskade ein. Ein Jubilieren erfüllte jetzt den Küchensaal, das Weingewölbe, die Pâtisserie und die Kräuterkammer, als ob die Welt des Grand soeben neu erschaffen worden wäre.

XXXV

Draussen, ausserhalb des Tors mit dem kupfernen Nachtglockenschild, herrschte ein Kommen und Gehen, wie das Grand es selbst in seinen besten Jahren nicht gesehen hatte. Vermessungsstangen wurden aufgestellt, eine breite Strasse betoniert, Bahngeleise waren im Begriff, verlegt zu werden, Baracken entstanden in Windeseile. Kräne wurden aufgebaut, Gräben ausgehoben, Wälder planiert, Riesenbetonmischer in Funktion gesetzt. Baugerüste wuchsen in die Höhe, ein Befehlsstand wurde eingerichtet, auf dem sich Alarmsirenen hoch gegen den Himmel reckten. Es wurde Tag und Nacht gebaut, gespenstisch war die Szene, denn alle, die sich emsig im Baugelände hin und her bewegten, taten dieses in Schutzanzügen, als befänden sie sich auf einem fernen Stern. Der Beschluss der Kreisregierung wurde umgesetzt, das Grand in einen Betonsarg zu legen, nicht ohne zuvor, wie ebenfalls beschlossen, alle Musikdosen, deren die Regierung habhaft werden konnte, auf dem Hotelgelände zu deponieren.

Und sie kamen, die Musikmaschinen, während die Betonwände in den Himmel wuchsen, denn zu gross war die Angst der Kreisbewohner vor Ansteckung und Angstverbannung: Musikdosensattelschlepper, Müllkipplaster bis zur harten Decke aufgefüllt mit Musikmaschinen wurden angekarrt und dem Grand-Gelände übergeben, Dosengüterzüge erreichten den Verladehof vor dem Hotel. Fliessbänder beförderten deren Last ins Innere des Grand-Grundstücks, denn niemand wagte, es zu betreten, selbst die Schutzanzüge boten gemäss Experten nicht genügend Sicherheit.

Besonders eifrige Beamte, deren Ziel es war, die Spitze der Verwaltung zu erreichen, hatten das Wort Musikdosen eigenmächtig aufgetrennt, sodass alles, was mit Musik und Dosen nur im geringsten Verwandtschaft zeigte, beschlagnahmt und zum Grand befördert wurde: Notenpartiturenstapel, Geigen,

Flügel, Sardinendosen, Ziehharmonikas, Erbsendosen, Trompeten, Harfen, Steckdosen, Kassler-Rippen-Dosen entgingen ihrem Schicksal nicht, selbst Kirchenorgeln wurden ausgebaut und ganze Supermärkte mit ihrem riesigen Dosenangebot amtlich leer geräumt. Eine wahre Hetzjagd fand hier statt, eine Musik- und Dosenjagd, das Singen wurde durch Notdekret verboten, das Pfeifen, das Musizieren, das Dosenöffnen auch.

XXXVI

Die Musikdosen im Grand waren über den Zuzug, der unerschöpflich auf dem Gelände eintraf, hocherfreut. Von ihren eigenen Zwängen befreit, der Erniedrigung des Auserwähltwerdens entronnen, entstiftet, sodass sie ihrer Freude und ihrem Leid wieder mit den ihnen zur Verfügung stehenden Ausdrucksmitteln in der ihre Gemütsverfassung wiedergebenden Stimmung Gestalt verleihen konnten, waren sie offen für Neues. Neugierde leitete sie. Und so nahmen sie alles, was aus anderswo herrschender Angst ihnen zugewiesen wurde, zum Anlass für Zukunftsmut. Denn dass Angsterzeugendes ihnen zugewiesen wurde, ehrte die Musikmaschinen. Sie nahmen an, dass die Behörden davon ausgingen, Angstverbreitendes sei bei ihnen, den Musikdosen, sicher aufbewahrt, weil sie mit Ängsten besser umzugehen wüssten.

Als dann neben Musikmaschinen, Partituren, Schallplatten und deren Wiedergabegeräten Musikinstrumente jeglicher Bauart auf das Gelände flossen, wähnten sie sich im Paradies, nur mit all den Konserven und übrigen Dosen, welche die Flut begleiteten, wussten sie nichts anzufangen, stellten sich die Frage nach dem Sinn, hielten über diese Frage mehr als ein Konzilium ab, was ausser Schweigen nichts erbrachte. Die Partituren hingegen wurden ausgebreitet im Küchensaal, im Premier, in der Kapelle, studiert und diskutiert, Feinheiten ausgetauscht und Kontrapunkte angezweifelt, Walzen lagen sich in den Armen ob Höhenflügen, vernockten sich auf Zwölfertönen wie niemals zuvor.

Zu Jubel führte der nicht abbrechende Strom von Musikdosen, die von aussen auf Fliessbändern lautlos angefahren kamen, keine der Grand-Bewohner-Dosen hatte sich je träumen lassen, dass eine solche Vielfalt in der Dosenwelt bestünde. Walzentöne erfüllten das Gelände, als ob Millionen Sänger sich die Hände reichten und jeder dabei sein eigenes

Lied zum Besten gäbe. Allein der Baulärm, der von draussen hereindrang und bald dissonant den Klang der Neuen übertönte, störte die Bewohner. Doch nur unmerklich wenig.

XXXVII

Auch Gustave und Marienon-Muriel wurden auf das Gerumpel und Gedonner, auf das Getöse aufmerksam, erklommen gemeinsam den Zuchthochstand im Küchensaal – was Gustave erst mit innerer Überwindung vollzog –, um aus den Oberlichtern einen Blick nach draussen zu erhaschen, und blieben wie in Fels gehauen stehen, denn was sie sahen, überstieg ihre für ihr Alter noch gewaltige Vorstellungskraft bei weitem.

Ein Kranenmeer umzingelte das Grand, Spundwände waren aufgestellt, Fliessbänder beförderten Konservendosen in noch nie gesehener Zahl. Gustave sprang auf, war mit einem Sprung vom Herd, eilte zum Eingang des Hotels, der sich ihm bereits zugemauert entgegenstellte, Marienon huschte mit ihrer Schleppe in Trippelschritten hintennach, verwarf die Hände mit weit gespreizten Fingerkuppen, als sie die Mauer sah. Gustave hatte der Anblick den Mund verschlossen, kein Laut kam über seine Lippen, als er sich tastend an der neuen Wand entlangbewegte, dem Ausgang zu, wie er wohl dachte, Schritt für Schritt. Nach Stunden erst, als er erneut beim Eingang stand, erkannte er, dass er sich im Kreise drehte. Unterwegs war er den Fliessbändern begegnet, die schnell und durch mit elastischen Gummipufferbezügen gesicherte Mauerlöcher das Grundstück mit Dosen übersäten.

Gustave hatte einen harten Zug um seinen Mund, als er Marienon-Muriel beim Eingang wiederfand, wo sie auf der Treppe sitzend auf ihn gewartet hatte:

»Es ist nicht zu glauben, Marienon, oh je m'excuse, Madame«, er war jäh ob seiner eigenen Dreistheit erschrocken, »es ist nicht zu glauben, an fünfundzwanzig Stellen sind Löcher in die Mauer eingelassen, und ich weiss nicht wer greift meine Ehre als Küchenkünstler an – stellen Sie sich vor, Madame, wir werden mit Konservendosen«, er sprach das Wort aus vollster Herzensverachtung mit verkniffenen Lippen aus, »mit Konservendosen erdrutschartig bombardiert. Der Hof ist voll, die Allee, grauenhaft! Ich soll wohl diese Dinger, diese Ausgeburt des verirrten Geschmacksempfindens öffnen, obwohl ich ein solches Sacrilège noch nie in meinem Leben begangen habe. Meine Feinde versuchen mich zu zerstören, mich ins Alpträumen zu versetzen, und auch Sie, Madame, sucht man zu entweihen. Madame, unter all den Dosen, die mich zerstören sollen, erblickte ich, zwar vereinzelt nur, doch auch in grosser Zahl, Musikmaschinchen aller Art, geschlossen und offen, spielend und stumm, die auf den Teufelsbändern ins Areal geflossen kamen. Diesen Teufel, Madame, kann niemand scheren, nicht einmal ich mit meinem Freund, obwohl wir es versuchen wollten, weil Sie, Madame, uns dazu riefen.«

Marienon-Muriel schaute verständnislos zu Gustave, als wäre er nicht mehr bei Sinnen:

»Den Teufel scheren«, sagte sie, »was soll denn das? Und Ihr wirres Gerede über Dosen, sind Sie nicht mehr bei Sinnen, Gustave? Mauern und Löcher – dass ich nicht lache – bestehen in Ihrem werten Kopf, die Küchenluft in all den Jahren hat Ihnen wohl doch zugesetzt.«

»Aber nein, Madame, nein, was ich berichte, entspricht der Wirklichkeit, so wahr ich vor Ihnen stehe.«

»Welche Wirklichkeit, Gustave? Ihre Wirklichkeit, nicht meine. Sehen Sie sich doch um. Das Grand, der »Premier«, der Küchensaal, die herrlichsten Musikmaschinchen dieser Welt, die sich munter über Partituren streiten, die Bäume im Novembermondeslicht, und dann die Mauer, die Sie, Gustave, ängstigt, obwohl bei Tag besehen Sie erkennen werden, dass sie uns schützt, geschaffen ist für Sie und mich, Gustave, nicht vom Teufel ist diese Mauer, vielmehr ein Geschenk des Himmels für Sie und mich und unsere Musikmaschinchen. Die Mauer wird uns schützen vor der Welt da draussen, der

Sie dank mir entronnen sind. Im Paradies, im Paradies«, Marienon Cruszot begann, sich auf den Zehenspitzen tänzelnd zu drehen, »im Paradies, im Paradies finden wir uns wieder«, trällerte sie, als würden ihre Stimmbänder über kleine Walzen laufen, »da kann niemand Sorgen auch nur borgen«, fuhr sie fort und fort und fort, derweil der Baulärm infernalisch wurde, als sich die Decke zu Madames Paradies über dem nachtblauen Himmel zu schliessen begann.

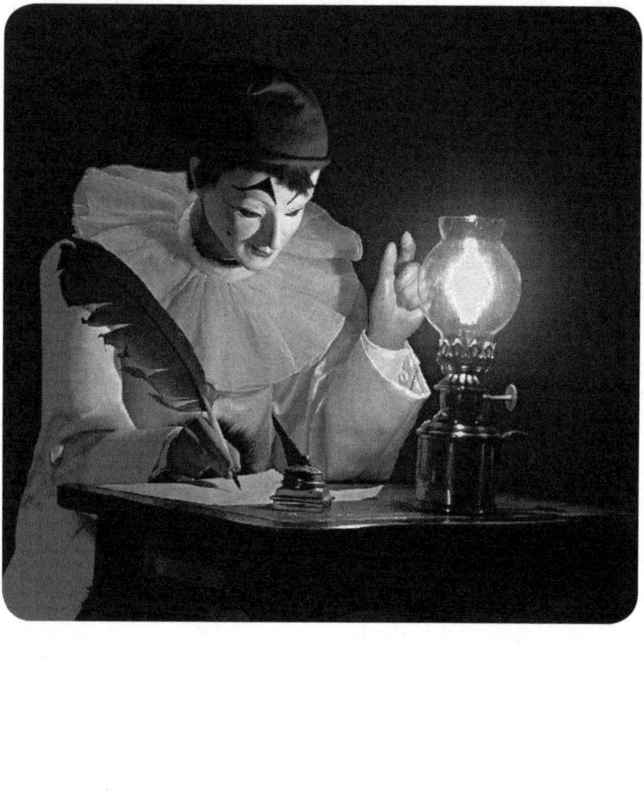

XXXVIII

Als der Baulärm schliesslich verschwand und auch die Teufelsbänder ihr Dosenspuken endlich einstellten und unter Rattern und Eisenkreischen zurückgezogen worden waren, um die Mauerlöcher mit frischen Betonwürfen zu beseitigen, hörten wir im Inneren des Grand – wir befanden uns im »Premier«, um den Fahrstuhl zu inspizieren – Trommelwirbel zu uns dringen, dann aufgeräumtes Stimmenklingen und Korkenknallen, als würde ein grosses Fest gefeiert. Silvester war es nicht, dachte ich, zu wenige Tage schienen mir vergangen seit der windigen Novembernacht, an der Gustave und ich ins Grand gedrungen waren. Und dennoch. Da die Baumaschinen, deren Lärm uns seit Tagen oder Wochen – die Zeit rann hier im Grand zu Klumpen zusammen – stets begleitet hatte, nunmehr verstummt war, musste es sich um einen Festtag handeln. Doch weder Gustave noch Marienon-Muriel wussten, um welchen es sich handeln konnte, bis überlaut eine verstärkte Stimme durch den Aufzugsschacht von oben schallte:

»Wir können dankbar sein, dass das Werk so schnell vollendet, die Angst gebannt, Musik und Dosen nun sicher verwahrt für Generationen keinen Menschen mehr zu Schaden kommen lassen können, der Pilzbefall sich gegenseitig selbst austauscht, dank des Engagements unserer Bürger und der Bautrupps, die unter äusserster Gefahr, ja dem Einsatz ihres eigenen Lebens, uns, unsere Kinder und Kindeskinder gerettet haben vor dem Schlimmsten, das uns drohte. Drei Mal Dank sei allen!«

Und aus vielen tausend Kehlen hallte es »Dank! Dank! Dank!«, durch den Fahrstuhlschacht gedämpft, in den »Premier«.

»Wenn ich nun auf diesen roten Knopf hier drücke«, sprach die verstärkte Stimme in festem Ton, »heulen die Sirenen im ganzen Kreis einmal auf und verkünden so das Schreckensende. Die Kirchenglocken werden alsdann läuten, und wir wollen gemeinsam die Angelegenheit vergessen, aus unserem Gedächtnis streichen wie auch das Grand-Gelände und fröhlich weiterleben ohne Furcht, ohne Dosen, ohne Musikmaschinchen, ohne Musik oder was uns sonst daran erinnern könnte.«

Kurzes Schweigen.

»Wohl bekomm's uns allen!«

Längeres Schweigen.

»Es lebe die Technik, der menschliche Geist, die einmal mehr über Gefahren gesiegt, das Böse bezwungen haben. Drei Mal Dank sei allen!«

Und das vieltausendkehlige »Dank! Dank! Dank!« klang nach im »Premier«, sodass Madame nach dem letzten Dank ihr eigenes dreifaches »Dank!« dem Aufzugsschacht aus innerstem Herzen als Antwort übergab.

Danach kehrte von aussen Stille ein, und einzig die Musikdosen musizierten jubilierend, ihre Rettung preisend, angeführt von der unbekannten Komponistin und dem nunmehr freien Gefangenenchor.

XXXIX

Gustave und Marienon-Muriel hatten in den zwei Sesseln Platz genommen, die vor dem Fahrstuhl standen. Sie sahen sich, als die verstärkte Stimme verstummt war und das Pfropfenknallen der Stille den Vortritt liess, einer Stille, die ihre letzten Jahre nun begleiten würde, tief in die Augen. Marienons sonst harter Blick hatte nun eine neue Modulation gewonnen, von weich war sicher nicht zu sprechen, doch der Stahl aus ihren Augen war entwichen, während Gustaves Blick die bei ihm übliche durchkomponierte Küchenwürze vermissen liess, sie war ersetzt durch eine einfache Prise Zuckerzimt, gepaart mit Angstpartikeln, die sich jedoch allmählich auflösten. Lange blieben sie so sitzen, denn Zeit – das spürten beide tief im Inneren – war nun wie Atemluft auf einem windumspülten Hügel im Übermass vorhanden.

Als Gustave nach kurzem Räuspern ein heiseres »Madame« über seine Lippen brachte, bewegte Marienon ihre Fingerkuppen zu Gustaves erhobenen rechten Hand und sprach, ihn leicht berührend, so sanft, als hätte sie die Stimme einem Lamm entliehen:

»Marienon-Muriel, Gustave, Madame wollen wir beiseite legen.«

»Oh, vielen Dank«, formten nach kurzem Zögern Gustaves leicht gekräuselte Lippen, »vielen Dank, Sie ehren mich mit Ihrem Angebot, Madame, Verzeihung, Marienon-Muriel«, beide Ms sprach er mit verhaltener Inbrunst aus, »ich bin es einfach noch nicht gewohnt«, um sich dann wieder stumm seinem Blick zu widmen, in dem die Angst den Raum nun endgültig verlor.

XL

Die Musikmaschinchen begannen derweil, sich auf dem Grand-Gelände einzurichten und die Neuankömmlinge zu integrieren. Es herrschte ein emsiges Treiben, denn jeder auch noch so kleine Musikautomat hatte sich dem Musikdosenrat zu stellen, dessen Vorsitz die unbekannte Komponistin und der Gefangenenchor sich teilten, und war angehalten, ihnen sein Können, seinen Klang vorzuführen, um dann seinen Platz im Grand zugewiesen zu bekommen. Die Leitung des Musikmaschinenrats – die unbekannte Komponistin und der Gefangenenchor hatten diese wie selbstverständlich an sich gerissen, auserwählt bleibt auserwählt – achtete dabei auf Verträglichkeiten in Ton und Takt, Grösse und Gestalt, entwarf im Geist ein Klanggemälde, das dereinst der Vollkommenheit so nahe kommen sollte, wie nur auf Erden möglich.

Die Geigen und Klaviere, die Flöten und Bratschen, die Hörner, die Gitarren, die Harfen und Zimbale wurden den Sektoren zugewiesen, um in Form von Schattierungstupfern das Gemälde zu beleben, eine Stimmung zu erzeugen, die den Musikmaschinchen dienlich sei, ihre gesamte Schaffenskraft voll einzusetzen. Nur mit den Konservendosen wusste der Rat nichts anzufangen, liess sie an dem Platz liegen, wo sie gerade standen, Erbsen und Rüben, Fisch und Mus, Fleisch und Marmeladestreusel, alle mit ihrem eigenen Verfallsdatum, dem sie sanft entgegenträumten.

XLI

Draussen in der Aussenwelt wurde der Erfolg gebührlich gefeiert, und dies, obwohl der Kreisregierungspräsident in seiner Unbeweglichkeit per Dekret abgesetzt und durch seine Stellvertreterin ersetzt worden war, die als Stundenheldin hoch gelobt bereits an die anstehende Volksbefragung zu denken hatte. Und obwohl kein weiterer Fall von Dosenpest bekannt war, musste der Wahlen wegen der Schreck gestreckt, ja ausgewalkt werden, als sei er Teig für einen Hauchdünnkuchen. Das Konzilium hatte zu tagen bis in tiefe Nächte, Professor Fallers Stuhl geriet ins Wanken, Lösungen wurden gebraucht, ganz gleich wie hoch der Preis und tief die Wirkung war.

Da jeder noch so schmale begehbare Pfad für die Kreiseinwohner sichtbar werden musste – nur so konnte Faller seinen Kopf über die Wahlen retten, wer dann auch gewinnen mochte –, beschloss das Konzilium, einen Weg zu beschreiten, der als revolutionär bezeichnet werden konnte. Der Teufel sollte, so der Plan, mit dem Belzebub ausgetrieben werden. In zylindrische Eisglaçons von vier Millimetern konsistenter Dichte sollten tiefe Noten – am besten eignen würden sich dazu, so das Konzilium, Bässe – eingefroren werden, um diese dann von Helikoptern, einem leichten Hagelschlag vergleichbar, über dem Kreis zu verteilen. Da tiefe Töne aus innerem Instinkt sich hohe suchen würden, um sich mit ihnen zu paaren – Gegensätze ziehen sich bekanntlich an –, erläuterte Faller seinen Plan auf der Kreisregierungssitzung, sei es dann ein Leichtes, verborgene Pilzgefährdungsherde – die der Entdeckungsangst wegen nur hohe Töne produzieren könnten – aufzuspüren und gezielt zu bekämpfen. Die Kostenhöhe der Aktion sei durchaus tragbar, da pro Hektar der zu behagelnden Fläche von nur siebzehn Kilo der inkubierten Materie auszugehen sei. Zudem könnten, da möglicherweise ein Notstand – die Wahlen meinte Faller nicht – zu bekämpfen sei, die Sicherheitsdienste von Polizei und Feuerwehr sowie der Armee die Verteilungspflicht als Pilotübung ohne Mehraufwand einfach übernehmen.

Die Kreisregierung stimmte dem Plan, der logisch klang, einstimmig zu, und Faller eilte in sein Institut, requirierte Tiefkühlhäuser zur Produktion der Eisglaçons, liess vierkommaeins Millimeter zylindrische Formen giessen, in die er die tiefen Töne mit Wasser zu vermischen dachte, sicherte sich Quellrechte zu, denn für die Masse der zu formenden Glaçons würde selbst ein See nicht reichen, konferierte mit der Polizei, der Feuerwehr, den Rettungsdiensten, der Armee, die alle ihre Einsatzpläne mit Hilfe von Megarechnern nach Sektoren klar erstellten, kein Meterchen des Kreises, Ziegelflächen eingeschlossen, sollte vom rettenden Hagelschlag unerfasst verbleiben.

Als dies alles vollendet, die Minuten des Hagelwetters festgelegt worden waren, galt es einzig noch, die tiefen Töne zu beschaffen, eine geringe Aufgabe, gemessen an den anderen. Doch Faller, kurz vor seiner Zielerreichung, hatte nicht damit gerechnet, dass die Kreisverwaltung Worte trennte und somit dank einer perfekt durchgeführten Arbeit der Vollzugsorgane kein Bass mehr aufzutreiben war, da alle bis zum letzten den Fliessbandweg ins Innere des Grand genommen hatten.

Faller machte sich auf zum Grand-Gelände, um zu retten, was zu retten war. Ausgerüstet mit einem Betonbeschallungsstethoskop wollte er Kontakt aufnehmen mit dem Inneren des Grand, und falls seine Bitte um Herausgabe eines Basses abgeschlagen würde, so hoffte er doch wie ein Grosswildjäger einer der seltenen tiefen Töne einzufangen, um diesen duplizierend seine Aufgabe einem guten Ende zuzuführen und damit seinen Stuhl zu retten. Doch Decke wie Betonmauer waren so dicht, dass in die nun trockene Materie kein Ton durchdrang, geschweige denn Faller hätte seine Bitte mit Vollzugserfolg unterbreiten können. So zog er ab, ein geschlagener Mann mit seinem nutzlosen Betonstethoskop, und wurde abgesetzt vier Wochen vor der Wahl, die die Kreisregierung dann klar verlor.

»Kleine Ursache, grosse Wirkung«, waren die letzten Worte der Kreisregierungschefin in ihrem Amt.

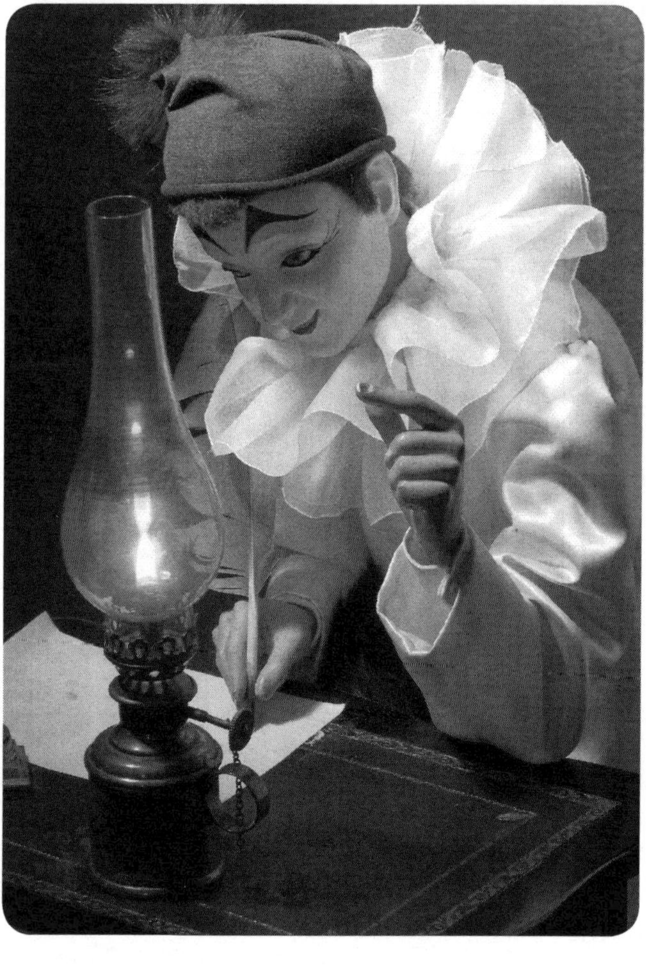

XLII

Im Grand sassen Marienon-Muriel und Gustave schweigend in ihren Sesseln im »Premier«, die Blicke ineinander verschlungen, als wollten sie sich gegenseitig alle Gedanken aus der Iris lesen, die sie in all den Jahren mit sich getragen hatten, ohne sie je einer Menschenseele anvertraut zu haben. Und beide lasen wie in einem dicken Buch, lasen und lasen sich gegenseitig aus den Augen, tage- und nächtelang, reisten im Universum des anderen, verstanden und verstanden nicht, lernten kennen und kannten sich nicht aus, nahmen einen Fixstern an, um zu erfahren, wo sie beim anderen standen, und verloren sich gleich wieder in seinem All.

Erst als die Zwei begriffen hatten, dass trotz dicker Iris-Bücher weder Marienon-Muriel Gustave noch Gustave Marienon-Muriel ganz erfassen konnte, nur Bruchstücke, Tagstücke, Sternschnuppen, erst als sie erkannten, dass es nur darauf ankam, erhoben sie sich von ihren Stühlen und schritten Hand in Hand zur Burgund-Kapelle, die in den bleichen Betonhimmel strebte. Tausende von Musikmaschinchen, Instrumenten, Notenpartituren säumten ihren Weg, stumm, denn alle wussten, wann Schweigen Gold war.

XLIII

In der Kapelle, aus deren Innerem Marienon-Muriel und Gustave der säuerliche Geruch der »Evas-Äpfel« entgegenströmte, herrschte diffuses Licht. An den einst prächtigen Säulen wuchs nun Moos. Der dreifarbige, mit schwarzen Rhomben, rostroten Rechtecken und gelblich-weissen quadratischen Steinplatten gestaltete Boden war uneben, strahlte dabei eine Ruhe aus, die – da war ich mir sicher – auf die Unebenheitsdissonanz der Fläche zurückzuführen war. Die Decke, an der die Wappen längst verblichener Geschlechter prangten, war von feinen Säulenausläufern durchzogen, als ob das Spinnennetz der Ewigkeit die Zukunft aufzuhalten suchte.

Marienon-Muriel und Gustave betraten die Kapelle durch die Seitentür und setzten sich an den mit Konservendosen reich gedeckten Tisch. Gustave studierte erst die Beschriftungen und Bildlegenden der Dosen, wurde aus ihnen nicht klug, da keine ihm bekannte Speise beschrieben oder abgebildet war. Vielmehr schien es ihm, die Schrift bestehe aus Hieroglyphen und die Bilder würden sich bewegen, sich dauernd verändern wie Wolken, die über den Himmel ziehen. Marienon-Muriel reichte ihm den Dosenöffner, den sie aus dem schwarzen Täschchen zog, als hätte sie gewusst, was sie im Inneren der Kapelle erwartete.

Gustave stach alle Büchsen vorerst an, um ihnen dann mit Schwung und Metall-gegen-Metall-Geräuschen den Deckel zu entfernen, wobei einmal abgehoben darunter eine weitere Bedeckung zum Vorschein kam, auch diese aus Metall, nahtlos verschweisst. Sollte er nun weiter öffnen oder dieses Zeichen als Warnung deuten? Marienon-Muriels Augen, von Neugierde erfüllt, trieben ihn zum ersten an. Als dann wieder und wieder, weiter angetrieben durch ihre Blicke, jetzt in seinen eigenen Augen festgekrallt, verschlossene Scheiben erschienen, fuhr er fort und fort und fort mit Dosenöffnen, bis Marienon-Muriel einen kurzen Aufschrei tat und mit der geübten Fingerkuppe ihrer rechten Hand auf die nun auf dem Boden verteilten Dosendeckel zeigte.

Zuerst sah Gustave nur Dämpfe, die vom Boden der herausgetrennten Scheiben emporschwebten, langsam Gestalt annahmen, lauter bekannte Gesichter, Vater und Mutter, Onkel und Tanten, Freunde und Untergebene, Gäste und Mägde, alle längst verblichen, sich im Kreis drehend, zur Decke steigend, die nun bläulich fluoreszierend glomm. Marienon-Muriel erging es gleich. In den aufsteigenden Dämpfen erkannte sie ihre Hochzeitsgäste, die sie nicht geladen hatte, sie tanzten trotzdem um die Wette, hinauf zur Kuppel, in einem für sie bläulich-gelben Licht.

Dann nahmen die Musikmaschinen ihre Plätze an den Wänden ein. Am Boden, auf der Estrade, an den Mauern in jeder Höhe. Als der Hochzeitsmarsch mit lauten Walzenklängen blechern ertönte, in den die unbekannte Komponistin, der Gefangenenchor und tausend andere mit ihren eigenen Klängen einstimmten, liefen Tränen der Ergriffenheit diesmal Gustave und nicht Marienon-Muriel über die Wangen, endlich, endlich offen und nicht getarnt durch Zwiebelschneiden. Marienon hingegen, Rührungstränen inzwischen gewohnt, nahm die Musik gelassen auf, als wüsste sie, was nun folgte.

Der Gefangenenchor und die unbekannte Komponistin stellten sich als Amtspersonen vor den Holztisch hin:

»Wollt Ihr, Marienon-Muriel, Euch mit Gustave«, haspelte der Gefangenenchor seinen Text herunter, »zu einer Person vereinen, bis dass das Leben Euch scheide? Dann saget Ja.«

Ein sanft gehauchtes »Ja« Gustaves war die Antwort.

»Wollt Ihr, Gustave, Euch mit Marienon-Muriel zu einer Person vereinen, bis dass das Leben Euch scheide, dann saget Ja«, sprach noch schneller als der Gefangenenchor die unbekannte Komponistin. Ein kurzes, knappes, klares »Ja« folgte von Marienon-Muriels Seite.

»So erklären wir Euch«, sagten beide Dosen nun im Chor, »so erklären wir Euch zu einem Teil des Ganzen, zu einer einzigen Person, zur Musikmaschine Marienon-Muriel-Gustave-Cruszot. So sei es«, endeten die beiden.

Die Nebel tanzten und huschten in der Kuppel, liessen Rührungstränen fallen, lachten, sangen und jubilierten, derweil sich Marienon-Muriel-Gustave-Cruszot in den Armen lagen.

XLIV

Die Musikdosen wollten noch und noch der Geschichte des Grand von den Anfängen über den »Premier«, den Küchensaal, die Kapelle, Gustaves Bain-Marie-Herd und Marienon-Muriels Zuchthochstand, bis hin zum Pilzbefall und Betonsarg aus erster Quelle lauschen. Zwar musste Marienon-Muriel-Gustave-Cruszot immer wieder aufgezogen werden, um ihr Wissen zu verbreiten, ein grosses Auditorium war ihr jedoch gewiss, denn wer befasst sich nicht gern mit seinen eigenen Wurzeln, vor allem, wenn aus erster Hand erzählt und immer bis aufs letzte Wort ...

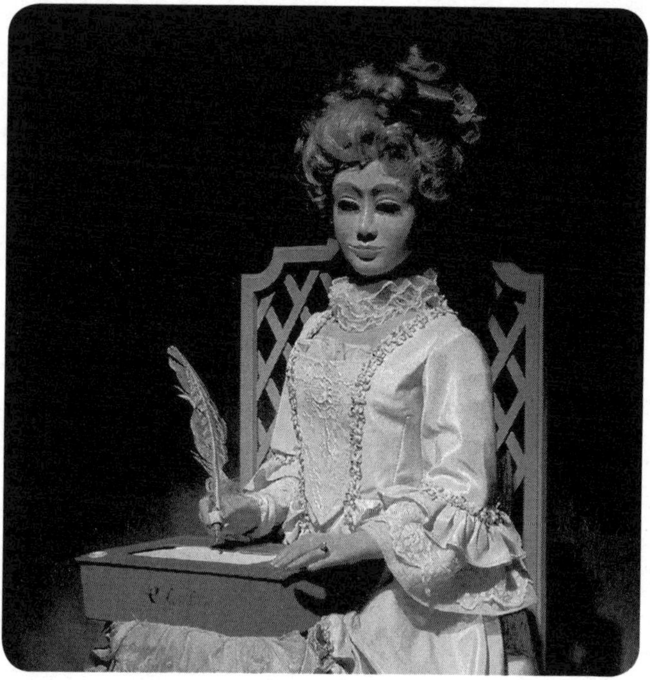

XLV

So nahm das Leben seinen Fortgang im Inneren des Grand, wobei die Musikmaschinen, die nun die Kontrolle innehatten, oft in hitzigen Diskussionen darüber debattierten, ob die Welt, die draussen lag, von der man sie vertrieben hatte, nicht doch die Innere sei, in welche sie, die Edlen, gehören sollten. Denn ihre Welt sei ja begrenzt. Begrenzt durch eine Mauer, einen Mauerhimmel und einen Erdboden, der zwar weich sei – wenn man sich nicht im Inneren des Grand befinde –, aber eben doch begrenzt. Draussen oder besser gesagt im Inneren, falls denn das Grand-Areal das Äussere sei, berichteten die älteren der Musikmaschinchen, herrsche Unendlichkeit, Weite, Raum, der nirgendwo anstösse, in dem man sich in eine Richtung ewig bewegen könne, ein wahres Paradies für den, der die Enge des Seins, ihres Seins, wie sie betonten, unerträglich finde.

Es gab aber Dosen, die widersprachen: Weite, Unendlichkeit mache nur Angst. Nirgendwo sei Halt und eine Möglichkeit zu wissen, wo man sich befinde. Schwindlig werde einem, nur daran zu denken, und die Noten, die eigenen Klänge würden nur so verfliegen in der Unendlichkeit. Da sei das Grand-Gelände das wahre Paradies, aus dem keiner, wenn er wisse, was ihm blühe, bereit sei, sich jemals vertreiben zu lassen, auch nicht von den Anhängern der »Innensei-Aussen-Lehre«, die vielmehr eine Leere sei, die nur ins Elend führen würde.

Als der Gefangenenchor auf dem Louis-XIV-Thron im Küchensaal, der nach wie vor den Bain-Marie-Herd zierte, von diesen Wortgefechten hörte – er hatte, gemessen in Musikminuten, vor langer Zeit schon den Musikrat aufgehoben, die unbekannte Komponistin zur Schleppenträgerin degradiert, die seine aus einem Stück von Marienon-Muriels Hochzeitskleid gefertigte, um den viereckigen Leib geschlungene Schleppe tragen musste – als er von den aufrührerischen, ja blasphemischen Redensarten hörte, das Grand sei kein Paradies für Musikmaschinen, sei aussen und nicht innen, sei zu verlassen, wenn Musikmaschinen eine Zukunft haben wollten, verbot er – nicht ohne zu betonen, dass, wenn jemand, dann er am besten wisse, was Gefangenschaft und Freiheitssehnsucht sei – bei Strafe des Walzennockenziehens, und zwar aller Nocken, einschliesslich der Noppen, solch ketzerisches Denken, das einzig zum Verlust des erreichten gemeinsamen Glücks führen könne. Ein Paradies sei, fügte er dem erlassenen Verbotsdekret gleich bei, ein Paradies sei nur ein Paradies, wenn jeder daran glaube, ansonsten sei das Paradies verwirkt und die Hölle in der Nähe. Deshalb sei der erlassene Befehl einzig zum Wohle des Musikmaschinenvolks erlassen, dessen Glück ihm, der die Last des Auf-dem-Thronsitzens wortlos auf sich nehme, so nah am Herzen liege. Darauf liess der Gefangenenchor seine sehnsüchtig nach Freiheit lechzenden Walzen zur Unterstreichung des Erlasses tönen, es trieb ihm die Tränen aus der eigenen Walze ob der Klänge, die er so intensiv empfand, dass er kurzum jede andere Musik verbot, mit Ausnahme der eigenen.

XLVI

Auf dem Dach des Betonsarges, in dem das Grand begraben ist, wächst jedes Jahr in einer Mondsommernacht eine weisse grossblättrige Margerite, der ein Blütenblatt fehlt. Sie singt um Mitternacht, als würde ihr Stimmband über Walzen laufen:

»Im Paradies, im Paradies finden wir uns wieder, da kann niemand Sorgen auch nur borgen ...«

Sie singt, die Margerite, der das fehlende Blütenblatt nicht fehlt, bis sie verblüht und ihre Blütenblätter einzeln sanft zu Boden gleiten und ihre Wurzeln in der Betondecke für das nächste Leben kränzen.

XLVII

Margeriten, vor allem jene mit den grossen Blättern, haben starke Wurzeln. Sie durchdringen härteste Materie. Selbst Beton mit den Jahren.

So bleibt die Hoffnung. Die Hoffnung, dass im Inneren des Grand-Geländes der Gefangenenchor mit seinen Klängen die Sehnsucht nach der Freiheit schürt. Die grossblättrigen Margeriten ihre Wurzeln, genährt durch ihre eigenen Blätter, durch den Beton treiben. Im musikfreien Kreis wieder Klänge ertönen. Aussen und innen, innen und aussen sich finden werden zu einem Ganzen.

Nachspiel

Steinplatte am Eingang des zubetonierten Grand-Hôtel des Alpes et Lacs:

Wanderer, falls du in deinem Leben einer Musikdose begegnest, denke an das Exempel, das ich für dich schrieb. Du hast noch Zeit, Lebensmusik zu geniessen.

Marienon-Muriel-Gustave-Cruszot

Post scriptum

Mir selbst als Berichterstatter gelang die Flucht. Die Flucht durch die Kanalisation. An deren Abschluss niemand dachte. Als Präsent überbringe ich Gustaves Vermächtnis. Komponiert kurz vor der Erfüllung seiner Liebe, der Verschmelzung mit Marienon-Muriel.

Gustaves »Suggestion du jour«

Pilzstiel-Soufflé

Zutaten für 4 Musikmaschinen:

- 200 g Wiesenchampignonpilzstiele
- 40 g Foie maigre, püriert und verdost
- 2 dl Mehl
- 100 g Milch Extra-mager-Kondensat, verbüchst
- 8 Dosen-Wachteleier extra klein
- 1 Büchslein konservierter Töne gemischt, x-laut
- 1 Prise Freiheitssehnsucht

Nach Öffnen der Dosen die Hälfte der Foie maigre in einem Topf erhitzen, Mehl zugeben, mit der Milch ablöschen. Nach 3 Minuten Kochzeit die Mehlschwitze abkühlen lassen.

Die andere Hälfte der Foie maigre ebenfalls erwärmen, hauchdünn geschnittene Pilzstiele bei mittlerer Hitze darin weich werden lassen, nach Bedarf salzen (Achtung: Bluthochdruckgefahr, bisher bei Musikdosen leider unterschätzt).

Wachteleier trennen, Eigelbe unter abgekühlte Pilzmasse rühren, die Eiweisse schnittfest steif schlagen. Mehlschwitze mit Pilzmasse vermengen, den Eischnee mit grosser Behutsamkeit unterziehen.

Die Souffléform mit Maschinenfett ausstreichen (über Risiken und Nebenwirkungen fragen Sie Ihren Fettnäpfchenhersteller oder Uhrmacher) und mit Semmelbröseln bestreuen. Die Masse hineingeben. Die Form in einen Topf mit etwas kochendem Wasser stellen und in den Backofen (mittlere Hitze, Gasstufe 3) schieben. In etwa 20 Minuten garen, bis das Soufflé schön aufgegangen ist. Soufflé mit konservierten Tönen sorgfältigst garnieren, die Prise Freiheitssehnsucht einstreuen. In Betonschale anrichten, zubetonieren und geschlossen servieren.

* * *

Die Fotos der Novelle »Grand oder Eine Reise ins Innere« wurden uns freundlicherweise zur Verfügung gestellt von: Le Musée CIMA de Sainte-Croix – Centre International de la Mécanique d'Art.

MUSEE
*B*oîtes à musique • *A*utomates

CIMA
Sainte-Croix • Suisse

Rue de l'Industrie 2 CH-1450 Sainte-Croix
Tel 024/454 44 77 Fax 024/454 44 79
Email : cima.ste-croix@bluewin.ch
www.musees.ch

»Das letzte Prozent ist das schwerste«

Rotary International engagiert sich seit 20 Jahren im Kampf gegen Polio – Krankheit weltweit nur noch in vier Ländern

Der Baum steht einsam in der afrikanischen Steppe. »Dieser Baum wurde niemals gefällt, um eine Krücke für ein Kind zu fertigen, das niemals an Polio erkrankt ist«, klingt die Stimme aus dem Off. Keine Kinderlähmung mehr – was der im Internet veröffentlichte Film andeutet, ist das große Ziel von Rotary International: Die weltweite Service-Organisation möchte gemeinsam mit der WHO und mit Hilfe prominenter Unterstützer die Welt frei von Kinderlähmung machen. Allein im Jahr 2009 haben 43.000 Rotarierinnen und Rotarier in Deutschland unter dem Motto »End Polio now« mehr als 1,7 Mio. Euro zur Erreichung dieses Ziels gesammelt. Bis 2012 will Rotary International 200 Mio. US-Dollar aufbringen, um die Ansteckungskette mit Polio weltweit zu unterbrechen. In der Bill & Melinda Gates Stiftung hat die Organisation einen engagierten und überzeugten Mitstreiter gefunden: Der Microsoft-Gründer und seine Frau haben bereits 355 Mio. US-Dollar für das Projekt gespendet.

Seit 1979 setzt sich Rotary International für den Kampf gegen Polio ein. Mit großem Erfolg: In der größten Gesundheitsaktion in der Geschichte der Menschheit hat Rotary schon 800 Mio. US-Dollar aufgebracht. Über zwei Milliarden Kinder wurden dank des Einsatzes des Serviceclubs weltweit geimpft, dadurch fünf Millionen Kinder vor schwersten Gesundheitsschäden bewahrt und 250.000 Todesfälle verhindert. Heute ist die Welt zu 99 Prozent von Kinderlähmung befreit. Nur in Afghanistan, Indien, Nigeria und Pakistan ist die Krankheit noch nicht ausgerottet. Hier kommt es jetzt darauf an, sämtliche Kinder zu impfen und auch in den Nachbarländern für einen durchgängigen Impfschutz zu sorgen, um eine erneute Ausbreitung zu verhindern.

Polio in Afrika und Asien geht uns nichts an? Von wegen! Immer wieder kommt es auch in westlichen Ländern zu Krankheitsfällen. Denn Indien, Pakistan, Nigeria oder Afghanistan sind nur eine Flugreise entfernt. Ebenfalls alarmierend: Nach aktuellen Schätzungen haben nur 67 Prozent der Bundesbürger über 40 Jahre einen ausreichenden Schutz gegen Kinderlähmung. Ansteckung droht. Auch auf diese Problematik weist Rotary International in seinen Aktionen hin.

Helfen Sie Rotary International, Polio für immer von unserer Erde zu verbannen. Jede Spende hilft, bislang noch nicht geimpfte Kinder vor der Krankheit zu schützen!

Spendenkonto für End Polio Now

Rotary Deutschland
Gemeindienst e.V. Düsseldorf
Deutsche Bank AG, Düsseldorf
Konto-Nr. 39 41 200 00
BLZ 300 700 10

Informationen zum Thema Polio unter

www.polioplus.de
www.polioeradication.org

Polio

Die Poliomyelitis ist eine durch Virus-Infektion von Nervenzellen im Rückenmark verursachte Lähmung der Skelettmuskulatur. Die Polioviren gelangen durch verseuchtes Wasser, verunreinigte Nahrung oder Berührung des Mundes mit kontaminierten Händen in den Darm, vermehren sich dort und werden mit dem Stuhl als hochinfektiöse Erreger wieder ausgeschieden. Nur maximal fünf Prozent der infizierten Personen erkranken sichtbar. Das Lähmungsstadium dauert vier bis fünf Tage, die Rekonvaleszenz Tage bis Wochen, die Reparationsphase ein bis eineinhalb Jahre, das Stadium mit Restlähmungen lebenslang.

15 bis 35 Jahre nach der akuten Erkrankung treten neue Spätfolgen auf, die auch Muskeln betreffen, die ursprünglich nicht gelähmt waren. Dieses so genannte Post-Polio-Syndrom umfasst Ermüdungserscheinungen, neuerliche Muskelschwäche, Gelenk- und Muskelschmerzen sowie Atembeschwerden. Viele Eigenschaften dieser Krankheit sind bisher nur schlecht verstanden.

Die durch Jonas Salk 1955 entwickelte Schutzimpfung wurde später durch eine Schluckimpfung vereinfacht und verbessert. Dadurch wurde die Krankheit weitestgehend ausgerottet. Heute existiert Kinderlähmung noch in Afghanistan, Indien, Nigeria und Pakistan.

Rotary International

Weltweit setzen sich 1,2 Mio. Frauen und Männer in rund 30.000 Clubs für eine Idee ein: Die des selbstlosen Dienens für andere. Rotary leistet als so genannter Serviceclub humanitäre Hilfe überregional und in der eigenen Gemeinde und setzt sich für Völkerverständigung und Frieden ein. Weltweit übergreifende Rotary-Projekte sind der Einsatz für sauberes Trinkwasser für alle, für Bildung, sowie der Kampf gegen Kinderlähmung.